BLUE OCEAN

藍海

藍海 E112201

不當反派當賢夫

舒遙◎著

藍海製作有限公司／出版

【編輯推薦】最強反差萌！

我這個人很奇怪，不管是漫畫還是小說，那種始終如一的霸總角色我都不太愛，反而很喜歡個性有點小衝突的角色，例如平時沉穩冷靜的菁英型男，遇到蟑螂卻會嚇得哇哇叫，而這就是我們一般說的「反差萌」。

而要說到反差萌的男性代表，我的腦袋裡立刻浮現一個人——地表最強大叔馬東石。

馬東石明明是個身材魁梧的猛男，可是在戲劇或電影中，每每都會有跟他體型不相符的小設定，像是戴著粉紅色露指手套踩縫紉機、前一秒痛揍壞人下一秒扶老奶奶過馬路等等，時常逗得我捧腹大笑。

除此之外，《不當反派當賢夫》中的沈執也是擁有這一項迷人特質的男主角。

他原本是個霸氣威武的大將軍，卻在一場戰役中雙腿殘廢，從此只能躺在床上，在如此重大的打擊和無良家人的苛待下，他最終成了殺人不眨眼的大反派……這是在遇到女主角姜眠之前的設定。

穿越而來的姜眠被系統賦予重大任務，必須阻止沈執黑化，否則她的小命也將不保，為了活命加上不忍心看大好青年走上歪路（？），她努力幫助沈執重拾自信，卻也在「調教」過程中發現了他不為人知的一面。

別看沈執長年在軍營裡摸爬滾打，他並沒有被那群男人帶壞，依舊是個純情少年郎，捏捏小臉牽牽小手就會臉紅心跳，讓姜眠獲得了極大的成就感，因此逗弄夫君幾乎成了她必做的日常任務。

不過姜眠雖然是沈夫人，內心卻只把自己當成沈執的室友，完全沒有打算跟他當真夫妻，但開竅後的沈執可不這麼想，一心一意就想把姜眠拆吃入腹，究竟兩人的愛情拉鋸戰最後會是誰勝出，就請各位往後翻吧！

目錄

第一章　被遺棄的夫妻

時序隆冬，京城才下一場大雪。

永寧巷定北侯府沈家，灰牆青瓦皆變成了一派茫茫的白景，園子裡雪意滿枝頭，卻壓不住紅梅傲挺。

雪方停，步履匆匆的女人穿過最後一道青石路，躲到一處簷下收了傘。

女人穿著不算厚實，隱隱能看出身段姣好，肌膚暖玉般白皙清透，可目光移至臉上，大概會被爬滿右臉的疤痕嚇到。

雪水順著傘滴落，啪嗒一聲濺沒在衣裙，姜眠顧不得理會，天氣太冷，她凍得唇色發紫，只好裹緊衣裳。

好在沒等多久就逮到了人，姜眠冷不丁叫出來，「王嬤嬤，留步啊！」

她從柱後走出，努力站直了身子，笑盈盈的看向來人。

王嬤嬤穿著一身肥厚的青布襖子，捂著心口嚇了一跳，又瞧見姜眠臉上駭人的疤，趕忙撇開臉，暗罵了句晦氣。

「大少夫人不忙著照顧大少爺，跑到奴婢這兒來做什麼？沈府規矩多，不是什麼地兒都能瞎走的。」她心裡嫌惡，話裡便多了幾分嘲諷。

原以為這位嫁進沈家半月有餘，容貌醜陋的大少夫人是個懦弱本分的，今日不知怎麼竟從那處院子出來了。

出來做什麼？醜人配殘廢，一塊死在那破地方才好。

「王嬤嬤教訓的是。」姜眠將傘隨意挨放在紅漆圓柱上，拍了拍手，「不過就衝王嬤嬤喊的這聲大少夫人，那這下人的地兒我還是能來的，妳說是不是？」

被她反將一軍，王嬤嬤臉色鐵青，也不應聲。

姜眠見她如此，便知表面功夫作到這兒即可，笑意一斂，「我也不和嬤嬤多說廢話，只是這寒冬臘月的，我夫君那兒的炭火已經斷了兩天了，今兒還遲遲不見有人送來，我這個大少夫人只能親自來催了。」

王嬤嬤還當是什麼，原來是要炭火，她也不慌，臉上敷衍著笑了笑，「大少夫人您怕是誤會了，年關收緊，侯府這個月的日常開支減少，大少爺那邊炭火的分額已經用盡了，再要得等下個月才有。」

姜眠挑眉，「真沒有了？」

「那是自然，我騙您做什麼。」

「好啊，那妳進來！」姜眠一腳邁進門檻，還伸手將王嬤嬤給扯進來，手上的力氣十足重。

「大、大少夫人！您這是做什麼？鬆手、快鬆手！」王嬤嬤氣得叫嚷，偏偏又掙脫不開，只能一路被拖拉著走。

她在沈家內宅做了數十載，連夫人也會給她幾分敬重，還沒被誰這樣推搡過，這醜八怪，叫她一聲大少夫人就真把自己當主子了？

姜眠拽著她，徑直找到了屋內燒著的暖爐，「妳告訴我，這裡面燒的是什麼東西？」

王嬤嬤身子骨快被她扯散架了，怨氣衝衝朝她手指的地方望去，看到爐子裡燒得火紅的炭火，臉色微變，「這……」

「這是你們下人的分例？」姜眠哼笑，「我倒不知，哪戶人家竟然有主人得受凍，奴才燒炭取暖的事，沈府的奴才可真是矜貴啊！」

她拍拍王嬤嬤的臉，垂眸笑，「就是不知這事兒傳至京城，百姓們是個什麼反應，應該都會爭著來沈家當奴才吧？」

王嬤嬤手一顫，連忙爭辯，「大少夫人可別說胡話！」

「哦？」姜眠淡漠的抽回手，輕飄飄道：「意思是你們這些管府內分例的奴才們中飽私囊，苛待主人了？」

「不是！」王嬤嬤矢口否認，一著急，她仰面對上姜眠的眼睛，咬牙說了句看似毫不相關的話，「大少爺是侯府的罪、罪人！」

這定北侯府早就變天了，大少爺的地位哪還能同從前相比。

姜眠等的就是這句，冷笑道：「我夫君沈執的確在帶兵攻打潼關時戰敗，但聖上只罷了他的大將軍之位，此外再無懲罰，連聖上都未曾說他有罪，妳一個小小的婢子膽敢口出狂言，是誰指使妳這般說？還是說侯爺那授意妳苛待嫡子了？」

王嬤嬤不知被哪句話戳到了痛點，瞪著她說不出一句話來，畢竟大少爺之事侯爺氣得不輕，但確實沒有說過這話，若是大少夫人一個惱怒將這聲「罪人」捅到侯爺那邊……

王嬤嬤不敢想，久久才動了動嘴唇，「是、是奴婢失職，忘了大少爺那處的炭火，奴婢該死，這就給大少爺補上……」

姜眠露出個滿意的笑容，手按在她肩上，「那就好，我不希望待會送過來的東西再有什麼問題，也不想聽見什麼分例用盡了的話……主人家的事還輪不到妳一個下人指手畫腳，知道嗎？」

王嬤嬤被逼得連連點頭。

姜眠將人恐嚇完，心情大好，拎起傘，慢悠悠離去。

突然，她腦子裡響起了一個軟糯的聲音，「叮！任務完成！」

姜眠一頓。

沒錯，她剛才是在做一個名叫「反派的溫暖」的任務，內容是從王嬤嬤手上拿回反派被剋扣的炭火。

得知任務完成，姜眠心裡鬆了一口氣，「還挺簡單的，比搞定沈執容易，系統，快看看我有沒有產生情緒值！」

「檢測到王嬤嬤正在辱罵宿主是嗶嗶養的、是小嗶子，屬於背後說壞話行為，獲得情緒值百分之零點五，當前總情緒值百分之零點五，總目標百分之百。本系統是文明系統，髒話已自動為您屏蔽，感謝收聽本系統的播報，請您再接再厲，繼續加油！」

這髒話還不如不屏蔽呢，但姜眠沒心思去顧及這個，「這個任務完成所得的情緒值居然連一個百分點都沒有？」

「經系統認定，此任務屬智障級別，王嬤嬤為劇情邊緣人物，回報率極低，其他任務也皆為輔助手段，奉勸宿主從目標攻略對象入手，獲得的回報率最高。」

目標攻略對象就是她丈夫沈執。

姜眠皺著眉，「可我已經試過了，我花了兩天時間當牛做馬，沈執每天在床上像條死魚一樣，連點反應也不給！」

系統羞澀的聲音在腦內傳出，「嗯哼，由於本系統未成年，宿主請慎言。」

姜眠一滯，「……你幾歲了？」

系統搖著小尾巴，「三歲啦！」

「別打岔，不是說三天內無法獲得一個百分點的情緒值就會被抹殺嗎？現在都過去兩天半了，好歹擔心擔心你宿主的危亡。」

姜眠並不屬於這個世界，三天前她還是現實世界的一個醫生，每天加班救死扶傷，因為勞累過度猝死了。

沒想到死後穿到這個古代世界裡，成了因火災毀容，作為侮辱工具嫁給反派的炮灰女配姜眠，還綁定了一個系統。

系統說沈執就是這個世界的反派，鑑於後期他黑化後太過強大，隨時有毀滅大梁朝的趨勢，為了避免世界的崩塌，她必須阻止反派黑化，掙取情緒值，等情緒值達到百分百，她才能真正在這個世界生存下去，而通過掙取情緒值，她也可以恢復容貌。

情緒值可以在沈執身上掙取，也可在促成沈執黑化的對象上掙取，區別是前者需為正面情緒，後者為負面情緒，且後者還要達到「背後說壞話」的條件才算成功。

沈執是定北侯的嫡長子，雖說他是個反派，前期的形象卻十分正直。

他十五歲參軍，驍勇善戰，用兵如神，短短三年便為大梁打贏了數場戰役，被元嘉帝親封為鎮國大將軍，鎮守邊疆。

只是這樣的神戰績並未維持多久，三個月前他被人謀害，於戰場上慘敗，折了近五萬的兵馬，艱難撤退之際還遭人暗算，雙腿俱廢。

元嘉帝震怒，卻只先奪了沈執大將軍的封號，沒有定罪。

即便如此，一時間沈執仍如不定時炸彈，時刻會株連沈府，甚至牽連他往日相交的同僚，定北侯沈敬德對這位喜愛不起來的嫡子怨氣沖天，將他關至一處荒涼的院落當中，名為養腿，實則軟禁。

這就是沈執黑化的前因。

「黑不黑化的我可管不著，怎麼活下去還沒解決呢。」姜眠鬱悶道。

現在沒有別的任務可做，剩下那點時間根本不夠她在沈執身上獲取情緒值。

姜眠喪如老狗，系統打著小喇叭配樂，「宿主不要灰心，車到山前必有路，柳暗花明又一村！」

「你要給我提供幫助？」姜眠忍不住問出聲。

小喇叭瞬間停了，「……沒有，人生沒有捷徑，一切要靠宿主自行努力，請您再接再厲，繼續加油！」

得了，她的菜雞系統就只會說這兩句話。

從院門到主屋的路程說長不長，卻一個人也沒見著，小說裡標配的丫鬟、小廝、嬤嬤……這裡統統沒有。

沈家人在原主嫁過來之後就把院裡為數不多的幾個下人遣退了，認為原主作為妻子能夠照顧好……個屁啊！

且不說原主原來也是嬌養大的小姐，更何況她要照顧的沈執雙腿不能行，這分明是要讓沈執自生自滅啊！

地上的雪快化了，寒意四起，姜眠挑開簾子進去，屋內的擺設十分簡陋，但總算比外頭暖和不少，她換了身衣裳，等一身的寒氣散了才往內室走。

她歎了聲氣，沈執從天之驕子變成一個廢人，又被家族拋棄，落到這個地步也真是淒慘，如果這半天真是她最後的時間，那她竭盡所能……給沈執一點溫暖吧。

邁入內室，姜眠一眼看見床榻上的人影，冷硬著一張俊臉，費力地往床邊挪蹭，最後一個悶聲，上半身摔在了地上。

這緊皺的眉頭、略顯焦慮的神色，無不在說明著什麼……哎呀，忘了她這兩日投餵了沈執不少東西，有吃就得排泄嘛！

「對不住對不住，忘了你身邊不能太久沒有人！」姜眠嗖一下過去扶人，動作十分狗腿，語氣裡滿是歉意，「摔著哪了？沒摔疼吧，你應一聲？」

系統瞧見宿主那沒出息的模樣，哼哼唧唧著在她腦子裡放出了一個鄙夷的小表情。

不得不說，沈執的長相十分俊美，此刻他烏髮鋪了滿地，年輕的側臉線條流暢，唇紅鼻挺，眉眼清雋，就是身上有些邋遢。

這哪裡像什麼凶神惡煞的大反派，被奪去將軍職位的他分明只是個困極絕境的少年郎。

她來不及欣賞美色，趕緊繞過他身側，手穿過他的腋下，試圖把人給撈起來，但不知是觸碰到了哪，沈執瞪著眼發出了一聲悶哼，頭微微後仰，「放手，別碰我！」

沈執赤紅著眼，年輕的面龐上沾滿屈辱的汗水，二十歲的少年最是心高氣傲的年紀，被撞到這難堪的一幕，強烈的自尊使他咬緊了牙。

虎落平陽被犬欺，元嘉帝棄了他，那個名義上的父親要他死，這段時日他嘗盡了人間冷暖，一雙腿遭人暗算中毒廢了，哪也去不了，只能任自己癱在床上，當個連自己都噁心的廢物。

這個女人來了半個月，一直畏畏縮縮，一副怕極他的樣子，這兩日卻如同換了個人，湊上前來獻殷勤，不知在耍什伎倆，真可笑。

既然害怕，為何又要惺惺作態過來照料？這些想法瞬間漫上心頭，在她過來扶他的一刻爆發。

沈執大口大口地喘著氣，咬牙推了她一把，奈何他手上綿軟軟的沒力氣，根本推不動。他憋紅了臉，如今他連個女人都推不動了，真是廢物！

這個念頭深深的在他腦裡扎根生長，沈執痛苦又難過地閉上了雙眼。

姜眠眼裡卻充滿興奮，「欸，你終於說話了！」

這兩天來她忙活了這麼多，也沒能見沈執嘴裡蹦出一個詞兒，此刻聽見他開口，姜眠幾乎要喜極而泣。

還有得救，她還能再帶著這小悶葫蘆掙扎一下！

沈執沒想過她會是這反應，一瞬間忘了掙扎，這一愣神就任由姜眠動作。

他穿著白色的中衣，身材高大，身上卻沒什麼肉感，那雙綿軟的手環住他，摸到了一手的骨頭，他忍不住一顫。

姜眠卻皺眉，好好一個人，也不知道是怎麼瘦成這樣的。

她費了九牛二虎之力，終於將沈執拉起來，又將長枕墊在他的背後，讓他挨坐起來。

「你是想如廁？你的腿不能動，我去給你拿恭桶吧？」姜眠靠在床邊，眼神誠懇地看著他。

女人半邊臉上疤痕猙獰難看，另一邊卻膚白若雪，鼻子小巧挺翹，那雙杏眼神采奕奕，亮得過分，沈執很難想像她能輕易說出這種難以啟齒的話。

她回來就是想對他說這種話的？她就……她就不覺得噁心？

他隱忍地閉上了雙眼，手指緊緊扣住被褥，表情有些崩裂。

姜眠見他又不答，認真說：「長久憋著不好的，身體的毒素排不出去，對腎臟也有影響，哦，還有啊……」

「……我要。」沈執難忍她直白的話，終於泄了氣，悲憤的聲音從喉嚨發出。

他的腦子很亂，一邊想她閉嘴，一邊又在一遍一遍地想讓她快點離開，不要再來注目他難堪的一面。

姜眠一愣，會意過來後連忙竄出去提回一個乾淨的桶，還貼心備了手紙和濕手帕，「你先湊合著用，我扶你過來。」

恭桶拿來了，姜眠卻沒有要離開的意思，她掀開了被褥，作勢要給他解褲子，沈執卯足了勁兒拉住褲頭。

姜眠疑惑的抬頭。

沈執滿臉通紅，忍無可忍，「妳……出去。」

姜眠挑眉，「不需要我幫你？」

沈執眉眼染上了一抹憋屈，飛快搖了下頭，「不需要。」

「哦，那你有事叫我。」姜眠也不強求，到屋外等著了。

這時，小廝正好送了兩筐炭過來，「大少夫人，炭要放哪？」

姜眠指揮著讓人放好，王嬤嬤沒敢親自送，很明顯心裡有鬼，但和這號人物接觸之後，她大概能猜出確實是有人在背後刻意不讓沈執好過，只是不知道是誰。

姜眠也沒多思慮，拿到東西後心滿意足的放入爐鼎內燒起了炭火，又將外間的窗子開出縫來通風，以免中毒。

屋子裡很快升起一股暖意。

「我進來了！」姜眠算算時間差不多了，叫喚了一聲。

想到沈執剛才的彆扭勁兒，她又稍微等了一下，沒聽到回應，估摸著他已經完事兒了，便不再猶豫地走了進去。

沈執躺在床上，一動不動，被褥蓋得嚴嚴實實，只露出一顆腦袋。

姜眠覺得有些好笑，不就是幫他拿個恭桶，上廁所是多正常的事兒啊。

她惡趣味地扯了扯他飄在外邊的頭髮絲，湊近他說：「再有需要就叫我，你也不想弄床上吧？你敢弄，我就把你吊起來再清理床。」

被子中傳來咬牙切齒的聲音，姜眠聽到後臉上露出了得逞的笑容，把東西提了出去。

她一出來，就聽見系統又打響了小喇叭，「恭喜宿主！獲得攻略對象情緒值百分之一，當前總情緒值百分之一點五，成功獲得重生機會！」

「真的？」姜眠瞪大了眼睛，「我不用死了？」

她激動得差點沒叫出聲兒來，她可以活下來了！

冷靜下來後，姜眠有些迷茫，「這百分之一是怎麼獲得的？好像我也沒做什麼呀？」

系統軟糯的聲音十分殘忍，「原因無法告知，需要宿主自行探索。」

「……好吧。」姜眠忍不住嘴角上揚，「難道是因為我拯救了他的膀胱？可他一開始還不樂意，不斷凶我來著，哎，男人心，海底針。」

話是這麼說，她臉上卻難掩喜色。

姜眠突然想到了什麼，將銅鏡翻出來照自己的臉，暗紅色的疤痕在那張原本嬌俏美麗的臉上依舊突兀，百分之一點五情緒值的作用實在太渺小了。

嗯……不過好像顏色比原來淡了一點點，有變化就是好事。

姜眠神色雀躍，掀開簾子出去看到雪水半化、光禿禿的院子都覺得心情愉快。

她剛來的時候為了活命，注意力皆撲在沈執身上，都沒好好看過這處地方，當下終於解決了事兒，心思也就活絡起來了。

院內配有一個小廚房，姜眠走進去，大概是自原主嫁過來之後就沒生過火，灶臺、水缸上皆是灰，她一進去便被那煙塵味嗆到，忙將窗子打開通風。

陽光照射進來後亮堂不少，姜眠驚喜地發現這裡鍋具一應俱全，米缸裡剩有半缸米，旁邊挨著一罈子鹹菜和一個髒得看不出原本顏色的布袋，鹹菜泡得發酸，她掀開蓋子時那酸味漫出來，弄得她直流眼淚。

布袋裡裝的是幾顆不大的番薯，算是意外收穫。

姜眠心裡一動，沈府每日給他們送來的那些飯菜她早就受夠了，大冬天的半溫不熱不說，飯菜的味道還一言難盡，要是能自己做那再好不過。

看來得逼迫他們供應食物了，她現在算是知道，等他們主動不如等自己餓死。

姜眠一邊想著，一邊開始清理起廚房。

水缸裡還有水，她舀出來沾濕抹布時，手被這凍人的溫度刺激得一激靈，隨即咬著牙仔細擦洗起來，又撿來地上隨意丟棄的破掃帚打掃了灰塵，衛生方面總算能看過眼。

接著她開始生火，柴火下細碎的木屑被她堆成一小撮，拿出火摺子引火，將灶火燃起來，因為沒有別的食材，她只能煮小米粥。

將鹹菜用水清洗過幾回，瀝乾後切碎，放入鍋中炒，配小米粥正好。

折騰了大半個時辰，姜眠端著熱氣騰騰的粥重新走回內室，「沈執，你該吃東西了，粥是熱的，你起來吃點吧。」

她怎地又來了？沈執仍窩在被中，迷糊中帶著幾分煩悶，他極力地放空自己的感官，好控制不會產生饑餓感。

姜眠一把掀開了被褥，沈執的頭露出來，一對長睫顫了顫，他固執地不看她，仰著面，眼睛無神的望著上空，一聲不吭，好叫她知難而退。

無視她？姜眠的嘴角翹起一個弧度。

下一瞬她便捋起袖子，看他那死氣沉沉的樣子她就知道，這碗粥若是不掐著他下巴餵，恐怕進不了他肚子。

她來到這看到沈執的第一眼，便只覺得床上那人半死不活只剩一口氣，也不知多久沒進食了。

原主性子懦弱，每日食物端過去也不敢管他吃不吃，還是姜眠過來後強硬給他灌了半碗粥下去，把那條命從閻王殿拉回來。

這幾日，沈執對她的觸碰十分逃避，不過在她面前逃避是無效的，一個瘦得只剩骨架子的人連句反抗的話都說不出來。

姜眠如法炮製的灌了幾回，怎麼方便怎麼來，現在想想沈執的正面情緒沒漲，對她的怨氣應該是漲了不少。

但別的還好說，姜眠總不能由著他餓著，餓出胃病可治不了。

一雙充滿罪惡的手伸了出去。

「等等！」沈執俊美的臉瞬間凝固，縮著臉避過，「妳……妳別碰我，我自己來。」

這才乖嘛。姜眠暗暗偷笑，面上一派正經，「你得趁熱喝，不然白費我一番苦心。」

她不由分說將他拉起來，枕頭墊到他背後，沈執咬著牙，俊臉上寫滿了惱恨和憋屈。

姜眠內心毫無障礙，絲毫不覺得冒犯，仍笑咪咪地激他，「你看啊，你不吃東西，一點力氣也沒有，別說外面那些人了，連我都反抗不了……真看不出來，沈將軍竟然喜歡我的掌控。」

「將軍啊。」她故意湊在他耳邊，用一種輕飄飄又飽含惡意的語氣說：「和你強調一下，我是你的夫人，要聽夫人的話，知道嗎？」

末了，姜眠彎著唇抬手碰他的臉。

沈執啪一聲將她的手拍開，憤怒道：「姜眠！」

喲，姜眠無辜挑眉，這人一直無聲無息，原來是知道她名字的。

沈執清雋的臉連著耳根爆紅，連眼窩都逼紅了，他死死地瞪她，不知是氣的還是羞的。她竟如此不要臉，三番兩次說那種不知臊的話，她就、她就不知道矜持嗎！

「粥留下，妳給我滾出去！」

好的，姜眠也知道適可而止，將熱粥擺在他跟前，眉眼笑得像個無賴，「那你記得要喝完。」這才大搖大擺地滾出去。

直至姜眠消失在視線中，沈執緊拽的心才鬆懈下來，他摸了摸臉頰，燥意遲遲退不下來，按捺不住的煩悶鋪面竄來。

好一會，他垂眸，盯著那碗煮得濃稠的米粥和一小碟鹹菜，長睫微微閃動。

食物的香氣在鼻尖環繞，直直鑽到心裡，他緩緩地拿起了粥碗，舀了一勺送入口中，熱的，流到胃裡暖洋洋。

沈執恍惚了一下，他好像已經很久沒有吃到這般溫熱的食物了。

姜眠這幾日都是宿在外間的木榻上，今天也不例外。

待客的小几被撤了下來，棉被是雙人大紅鴛鴦戲水繡樣，應該是原主嫁妝裡的一部分。

原主是安平侯的養女，姜家早年丟過女兒，為了彌補這個過失，姜家人抱回還是嬰孩的原主當女兒養著，期間還攀上了和定北侯府的婚約。

不料十多年後親生女兒意外尋回，姜家上下喜極而泣，本打算就此棄了原主，婚約也奉還給真千金，不想沈家出了這等事故，姜家人捨不得親生女兒受苦，便強迫原主繼續接手這燙手山芋。

原主臉上的疤是半年前某個夜晚住處走水，下人搶救不及所致，那場火來得蹊蹺，姜眠不由得與那位剛回來的姜府真千金聯繫起來。

她翻看過原主的嫁妝，十幾個箱籠幾乎都是她原本的衣衫雜物，連用到殘缺的茶具、燒得過半的蠟燭都有，真離譜，該不是把原主用剩的東西一起打包丟來了吧？

然而首飾卻只剩寥寥幾樣，姜眠除了在衣服夾縫裡翻出二百兩銀票，幾乎沒看到什麼有價值的東西，與其說是嫁女兒，不如說是做足了不讓她回來，讓她在沈府等死的打算。

不過不少東西倒對她現在什麼都缺的處境派上了用處，尤其是這套被褥。

姜眠縮在被子裡，聽著風聲呼嘯，南面那扇破敗的窗子縫隙被吹得嗚嗚響，像是厲鬼咆哮，不由得又將自己裹緊了一點。

她早早就將燭火熄滅了，沒辦法，這些東西緊缺，能省點就省點。

屋子裡一片漆黑，姜眠其實有點害怕，雙腳焐了半天越來越冷，想跟沈執說說話，但是內室一點動靜也沒有，估摸著人已經睡了，她只能一遍又一遍催眠自己，將注意力轉移到怎麼從沈執身上獲取情緒值。

要想賺情緒值，那便得讓沈執過得舒心，沈執現在最缺什麼呢……對了，他現在寸步不能行，這是最痛苦的事情。

昏昏欲睡之際，姜眠突然想到他需要什麼了——輪椅啊！她可以給他弄輪椅！

於是隔日姜眠醒得格外早，翻箱倒櫃地找出了筆墨，埋頭苦畫了許久，終於畫出了一幅輪椅的構造圖。

姜眠問過系統，確定這個世界沒有輪椅這樣的東西，不過不要緊，沒有做出來就有了，這種水準的代步工具在這個時代還是能做到的。

當然，她是不會做的，這裡連最基礎的木頭、工具都沒有，她當然辦不到，但是不妨礙外頭的木匠師傅能夠做出來啊！

構造圖畫出來不難，如何出府找人做出來才是大問題，她雖沒被軟禁也沒受到監視，但若要出沈府的大門定會有人攔她。

想到這，姜眠臉上的喜悅淡了下去，原本還想和沈執提這個消息讓他高興高興，但她突然沒了底氣。

不行，輪椅對他的利處太大，再難她也得試試。

第二章　輪椅有望了

姜眠晨起了將近一個時辰，沈府後廚才把早點送來，食盒放在院簷下，送餐的丫鬟不肯進來，便連通知她一聲也不願，不知情的還以為這兒有什麼瘟病傳染。

吃食拿走後食盒需放回原處，丫鬟下次來送餐會帶走，姜眠剛來時什麼不知，等出了院門才知道，那一餐已經放在院門簷下涼透了。

她將餐盒提了回來，說是早點，也不過幾個能填肚子的饅頭，饅頭冷得快，姜眠一口咬下去又乾又冷，還容易噎著。

算了，她也沒報什麼希望，自己拿去廚房重新熱好，又燒了一壺的水，一起送到內室叫沈執漱口後吃了，而後才咬著饅頭邊出院子。

昨晚約莫又下過雪，地面鋪上了薄薄一層白色，光禿禿的樹披了層霜雪，離小院落最近的一個湖已然結了冰。

寒風吹在臉上像被刀刮，姜眠臉上的傷痕隱隱作痛，也不知是不是燒傷的後遺症，看來回去需得給自己做條圍巾，否則出門實在受罪。

她吃完了饅頭，拍拍手，手縮回了袖中。

「宿主要上哪去呢？」她家系統上線了。

「咳，在想如何給沈執弄個輪椅出來。」大概自己也覺得難以啟齒，她摸了下鼻子，沒有正面回答。

「宿主可要和沈府守衛打一架，打贏後出府？本系統可為您導航。」系統軟糯的聲音躍躍欲試。

它們這代人性化系統從不需要多加管制宿主的行動，一旦宿主搞事反而會獲得獎勵，所以往往對宿主要做的事十分熱切。

「你還能導航？」姜眠語氣一喜，「大門就不必了，能導航出沈府哪個方位有狗洞嗎，我能鑽出去的那種！」

啊，狗洞是什麼東西？系統瞬間垮下臉，這種想法實在出乎意料之外，它是怎麼找上這種思想清奇的宿主的？

「不行，我只能告訴妳侯府地圖上有的東西，狗洞不在系統檢測範圍之內。」系統咬牙切齒。

「好吧，那我再自己找找。」姜眠可惜的歎了口氣，左望右望不見人之後，她放心摸到了牆根。

她不是沒有考慮過出府，可那樣太冒險了，出府這麼搶眼的舉動很容易被人注意到，到時候被人暗殺問題就大了，她現在可惜命了。

姜眠貼著沈府的牆走，不得不說定北侯府真的很大，她走了好長一段路，別說狗洞了，老鼠窩都沒見有一個。

姜眠眉頭一皺，「哎，你說，找狗洞我是不是應該請教一下沈執，畢竟沈府是他家，肯定比我熟悉。」

系統很無奈，「他可能會翻牆而出，而不是鑽狗洞。」

「嘖。」姜眠抬頭瞄牆頭，確定是她翻不出去的高度，隨後略微尷尬的摸了下鼻子。

她也覺得自己的舉動傻過頭，但這不是想著這麼多古裝影視劇裡的狗洞都能鑽人嗎？

「算了算了，今天出來吹的風就當交智商稅了，回去吧。」姜眠看著被不小心蹭髒的衣服憐惜了好一陣，這裡沒有洗衣機，冬天洗衣服可難了。

「等等，請宿主繼續前進，前進五尺後轉彎。」系統突然警示。

「你檢測到了？狗洞在哪呢？」姜眠驚奇又高興，繼續往前走。

「……不是狗洞。」

姜眠還想問「不是你叫我繼續走做什麼」，耳邊就傳來一聲哭泣，伴隨著絕望的叫聲——

「你放開我！」

另一個聲音猥瑣至極，是個男人的，「叫什麼叫？等下就讓大爺我爽快爽快……操妳娘的！小賤人還敢咬我？」

「你敢，我父兄不會放過你的——」

汙言穢語裡夾雜著衣帛絲裂的聲音，只見粗鄙不堪的男人將一個年輕女子按在牆角，在做什麼可想而知。

「由於宿主心願強烈，觸發支線任務，解救……」

系統還沒播報完，姜眠已經抄起地上的半塊磚頭，一骨碌往男人身上砸過去，頓時傳來了慘烈的痛呼。

「做什麼啊你！」姜眠一把扯住男人的頭髮後拉出一段距離，將人踹趴。

真是的，隨便出門走走都能遇見敗類。

男人穿得厚，但依舊不能阻止板磚的傷害，他疼得弓起身子。

姜眠還不解氣，凶狠地將人按在地上，拳腳不要錢似的往他臉和腰腹上揍，「在你姜爺爺眼底下做壞事？知道自己是畜牲嗎？是覺得自己長了那一根很了不起？看姑奶奶我今天不把你給廢了！」

她的話音隨著一腳跺在男人腿間而終結。

「啊啊啊啊！」男人瞬間飆出驚天地泣鬼神的慘叫聲，他來不及捂住身下，最後拚著一股勁兒推開姜眠，跌跌撞撞跑走了。

姜眠屁股著地，有些摔懵了，是她跺太輕了嗎，竟然還能跑？

她還想追，奈何沒了力氣，只好作罷，等呼吸平緩，姜眠轉過頭將倚靠著牆滑下的姑娘扶了起來，又幫她將扯開的衣襟攏好，「沒事兒吧，姑娘？」

「沒、沒事……」原先女子還滿臉淚痕，現在連哭都忘了，怔怔地看著姜眠，意識到自己看愣了，她刷地跪下磕頭，「謝謝大少夫人相救，大恩大德采娘無以為報……」

「沒事，妳別跪，快起來！」姜眠打量采娘兩眼，疑惑道：「妳知道我是誰？」

聲音突止，姜眠這才後知後覺摸了把自己臉上的疤，好吧，應該不少人都知道定北侯府的大少夫人毀容了。

采娘憋紅了臉，搖頭解釋，「我不是這個意思……」

姜眠笑了笑，示意自己不在意，「我知道，妳沒事就好，剛才那個男人……」

「他是府裡的奴僕，我是給沈府後廚送菜蔬的，前段時間被這廝看上，一味要我嫁與他，我已經推拒多次，不料今日他竟把我騙來此處，意欲……」采娘抽噎起來，忍不住抹著淚，「多虧遇見了您，我才保全了清白……您真厲害，我從未見過有人像您剛才那樣……」

姜眠回想了一番方才的作為，難得有些不好意思，「非常時期，確實能很好解決問題，不過女子之間，守望相助是應當的。」

采娘眼睛濕亮，「您說得對，守望相助。」

「是啊。」姜眠笑意盈盈的臉上出現鬱色，「不過寧得罪君子不得罪小人，日後還是得提防他報復。」

「我曉得。」采娘蒼白的臉上義憤填膺，「等這半個月過去，我便再不來沈府送菜蔬。在外頭我不怕，我父兄都是頂好的木匠，敢對我動手動腳，我就叫他們拿刀砍他！」

姜眠笑著聽她說完，隨即一怔，「妳說，妳父兄都是木匠？」

姜眠方回到小院，就隱隱感覺到哪裡不對勁，她明明記得出門時有將院門合上，眼下卻大開著，地上還多了些凌亂的鞋印。

姜眠皺眉，隨即大步往屋裡去，突然聽見內室傳來書冊凌空飛過的動靜，「滾出去！」

她心頭一緊，是沈執的聲音，他在對誰說話？

腳步向前，姜眠呼吸一滯，只見沈執床前站著一個華服男子，而她面前有一名身著黑色緊衣的男人伸手擋住了她的去路，「不能進去。」

姜眠瞪了他一眼，「你是什麼人，竟敢攔我？放手！」

男人不答，姜眠伸手推他，又被擋了回去，「不能進。」

系統提示，「宿主，裡面是定北侯與繼室之子沈汶，沈執的弟弟，也是他黑化後虐殺的第一人。」

姜眠眼皮一跳，突然聯想到背後吩咐下人苛待沈執的說不準就是這個沈汶，甚至不只這樣，他或許還對沈執做了更狠毒的事。

沈汶像沒注意到門口，對床上的人笑道：「兄長腿廢了之後脾氣見長啊，若是傳到父親那裡，他又該罵你一聲孽子了，不過兄長不必擔心，今日之事父親不會知道的。對了，兵權之事也不用擔心，阿汶會勸說皇上交出來的。」

沈執手指扣在床沿，眉眼是從未有過的冷厲，「作夢吧，他不會給你的。」

「兄長確實只能作作夢了。」沈汶姿態悠閒的整了整衣袖，輕笑，「給不給可不是看兄長怎麼想，而是二皇子與我同皇上怎麼說。」

沈執回以一聲冷笑。

沈汶見他還不識好歹，逐漸沒了耐心，「希望兄長能多撐幾日，屆時兄長趴著求饒的樣子必然令我動容。臨安，放手吧。」

「是。」黑衣男人鬆開了手，低眉讓出一條道。

沈汶轉身欲離開，姜眠猝不及防對上他那雙鋒利的眼。

掃了眼姜眠可怖的疤痕，沈汶目光居高臨下地道：「原來這便是嫂嫂，當日我為兄長去姜府議親，姜侯爺憂慮嫂嫂樣貌有毀，不知還能否嫁與兄長，今日一見我才知是他多慮了，兄長與嫂嫂分明般配的很。」

姜眠暗暗磨牙，她要是聽不出他話中的侮辱就枉為人了。

沈汶惋惜般笑笑，「嫂嫂照料兄長這般辛苦，本該給新嫂準備見面禮的，遺憾的是今日來得匆忙……」

「現在也不遲。」姜眠突然道。

沈汶一怔，「什麼？」

「我說，你現在拿過來也不遲。」姜眠沒空擱這看他演，抱手而立，「哦，還有，我和你大哥婚禮那日你也沒送禮吧，一塊兒拿來唄，省得日後還要多跑一趟。對了，你要送我什麼啊，寶石還是金子？或者一樣一箱？需要我挑兩個大點的箱子去裝嗎？」

從挑釁沈執起，內心一直處於得意狀態的沈汶吃了癟，他臉色黑沉，咬牙罵出一句，「不識好歹！」

他死死地盯著那張疤臉，不知想到了什麼，突然冷笑一聲，摔門而去，「走！」

臨安緊跟在他身後離開。

「喂，你不會不送了吧？」姜眠一臉無辜地朝門外喊，直到看不見人了才不屑地冷哼一聲，「嗤，有病。」

她瞟了一眼床上的某人，溜回床邊，見沈執的臉色十分難看，薄唇緊抿，她知道他是生氣了。

「沈執，他對你說什麼了？」姜眠湊近問他，語氣溫和。

沈執冷硬著臉不回答，雙手撐床，準備慢慢靠自己挪動躺下。

眼見小兔崽子又倔了，姜眠拽了拽他的衣領，「不許不應聲，開口說話。」

沈執面色如霜，「說什麼？說我是個不折不扣的殘廢？說我到如今地步有他一份功績？說我父親盼著給他的好兒子騰位置？」說到最後近乎咆哮出聲，額上青筋暴起。

他扯開姜眠那隻手，指著門口的方向，「姜眠，我勸妳趁他們還未動手，趕緊走。」

姜眠沒料過會是這樣的情況，更不知彆扭精吼起人來這麼凶，一時怔愣住了，「沈執，我是你……」

「是我妻子？」沈執冷笑，眼中佈滿紅血絲，「我未認定，妳便不作數。」

「你說什麼？」姜眠原先眼睛都快紅了，聽見他這句話氣得翻身將人摁在床上，恨得牙癢癢，「憑什麼你說不作數就不作數，要說也得我來！」

沈執仰著面喘出一口粗氣，輕嗤，「隨妳。」

「隨我？」姜眠直勾勾的盯著他，像要看入他眼底，「那這話我可不說。」

「怎麼？」沈執眼底閃過一絲嘲弄，「妳不會照顧殘廢照顧上癮了吧？」

姜眠沉默一瞬，掌心漸漸收緊，握住了他的幾縷烏髮，慢慢地笑出了聲。

「還真是，而且不得不說，癮可大了……」她的粉唇漸漸逼近，離他的鼻尖只有一點距離，音調如歎息一般輕。

「妳！」沈執如玉一般的臉瞬間由耳垂泛紅至頸根。

姜眠看著瞬間紅透的耳根微愣，手指忍不住想撫上去揉撚。

「起來！」沈執厲聲呵斥，可微微顫抖的音色和臉上消褪不去的紅暈輕易暴露了他的內心。

姜眠手腕一抖，縮回了手指頭，可惜了，那瓣耳垂看起來十分柔軟，沒能摸著，她心裡有些空落落。

「不起！」她抬手惡狠狠地拍了拍他的臉，「我一天沒鬆口，你這個夫君的身分就得給我做下去，明白吧？」

小崽子，敢跟我鬥！姜眠輕哼。

沈執看她的眼神像在看犯病的瘋子，嘲弄道：「執意要一個殘廢當夫君，妳想從我身上得到什麼？」

「你腿不能行又怎麼樣，我還毀容了呢，也沒見你嫌棄。」姜眠扯了扯他的中衣，仔細打量幾眼，逕自道：「怎麼就不能要了，這不是挺好的嘛，好好整飭整飭就能要了。」

沈執神色越發古怪，「沈汶說的沒錯，我倆正好相配。」

一個殘，一個傻。

姜眠沒應，她沒注意聽，只低頭嘟囔，「你這衣服……怎麼弄得這麼髒？」

「妳說什麼？」沈執皺著眉，眼神複雜。

「我說你的衣服髒了。」姜眠鼻尖湊近輕嗅了下，「你多久沒洗澡了？都有味兒了。」

沈執臉色隱隱生出幾分黑沉，難堪和悲憤在他胸中交替。

他是有一段時間沒清理身體了，他腿廢了，若要洗澡就必須依賴人，可他對一個堪稱陌生的女子根本說不出沐浴這個要求。

「妳若是覺得噁心，大可以離我遠些，不必虛與委蛇！」

聞言，姜眠一副踟躕的模樣，神情若有所思，隨後她真的站起來離開了房間。

沈執的雙手猝然握緊，一張臉繃得面無表情。

呵，走便走，正合他意。

沈執躺平了身子，閉上眼，嘗試從中找出一絲暢快來，他深吸一口氣，試圖將自己的呼吸放緩，可卻發現胸口像有什麼東西堵住了，連氣都吐不順。

沈執勉強翻了個身，他膝蓋以下沒有知覺，翻不過來，被褥下的軀體呈現出一個怪異扭曲的狀態，不過沒人能看見。

他開始催眠自己睡覺，可沒過多久就再次翻向另一邊，顯然是睡不著。

不知又過了多久，沈執再次睜眼，眼中色彩晦暗不明。

明明是他讓她走的，為什麼自己成了煩悶的那個？他在惱什麼？

這時，門口傳來了細碎的聲響。

沈執身體反應快過腦子，猛然支起身子，朝門口那人擺出一副冷漠的姿態，「不是要走，還回來做什麼？」

姜眠費勁的提著一只水桶，瘦弱的身板因手中的重量微微躬著，她一臉奇怪地看他，「怎麼，我出去一遭就不能回來了？」

沈執滿腔的氣堵在了喉間。

「真沒良心，虧我辛辛苦苦給你燒水，死渣男！」姜眠罵罵咧咧的把水桶放在地上，倨傲地瞪他一眼，緊接又搬進來一個浴桶。

沈執動了下唇，直到聽見自己心跳怦怦作響的聲音，才艱難地問出聲，「燒水……做什麼？」

姜眠投給他一個疑惑的眼神，「除了沐浴還能幹什麼？」

沈執不吭聲了，他突然不知將眼神往哪處放。

但他這神情落到姜眠眼裡，卻像是不願意配合，她不由得皺眉，「不是吧，雖然現在是冬天，也不能一直不洗啊，你堂堂一個將軍不能懶到這個地步吧？」

姜眠直到剛剛才想起沈執需要沐浴之事，這算她的錯，一個人長久不能沐浴肯定很難受，怕他小心眼，她趕緊去燒了水，沒想到這人根本不想洗。

「我沒有！」沈執氣得一口老血要噴出來。

怎麼倒成他懶了？若非他腿腳不便，又怎能忍受自己身上髒著？

這女人，總這般峰迴路轉的冤枉他！

「哦，那便好。」姜眠應聲。

沈執抓了抓衣裳，內心像有一種不知名的情緒悄然生長，他卻說不出是什麼。

姜眠沒停留太久，一桶水可不夠一個大男人洗澡，她反覆提了好幾趟，熱水終於將浴桶填了大半。

姜眠額上都是汗，她都這麼拚了，要是這小兔崽子的情緒值再不漲，她一頭撞死還舒坦點！

也就是在這時，系統小聲對她說：「宿主！情緒值上漲百分之三！」

哦齁！姜眠瞥了眼男人，嘴角微微翹起。

看不出來嘛，沈執表面不情願，原來在暗暗開心，直說不好嗎，真是個彆扭精！

咳，那要是他真的洗完了澡，情緒應該會更好吧，畢竟誰不想自己身上乾淨清爽呢？

姜眠試探性問出聲，「水好了，看在我忙得出了一身汗的分上，你賞臉下來洗洗？」

浴桶隔床不算近，姜眠主要是擔心水灑出來，床榻沾了濕氣散不掉。

沈執不知在想什麼，半晌才僵硬地點了點頭。

姜眠掀開被褥，自告奮勇，「我抱你下來？我力氣很大的。」

沈執醞釀出來的那點感動和旖旎全散了，嘴角抽了抽，他一個男人被女子抱起來行走，這也未免太不像話！

沈執耳朵尖又染上不自然的紅，「……妳扶我下去便好。」

這可以說是這幾天來沈執第一次對姜眠提要求，沒想到姜眠不依不撓，「扶恐怕是不行，你的腿沒有知覺，到時怕是會拖地走，我背你過去吧！」

不等他說出拒絕的話，姜眠已經拉過他的雙臂，轉過身搭在自己的肩膀上，欲要背他起身。

「沈執，你配合點兒！」

不得不說，叫她一個女子去背男人，還是挺要命的，姜眠使出了吃奶的勁兒，將沈執整個人的重量都往背上壓，雖說她力氣大，但也只是在女子中比較突出而已，現在要她背個男人也算不得輕鬆。

沈執一開始深感抗拒，可直到這具比他小這麼多的身子將他撐起，他覺得自己像在無理取鬧，心中頓時五味陳雜，只沉默著低頭，摟緊了她瘦弱的肩。

姜眠背他到浴桶邊時差些沒收住勁，好不容易倚著浴桶將人放下，她氣喘吁吁地擦了把汗，彎下腰去，找到了沈執中衣繫帶的結，一扯，衣服敞開，他的胸膛若隱若現。

「妳……」沈執未料到她會這麼直接，根本來不及阻止，眼看姜眠已經將手伸向他的腰帶，他按住了她的手，紅著臉結結巴巴道：「我、我自己來……自己來……」手腕上的粗礪觸感不容忽視，姜眠抬起了頭，沈執頓時一驚，頭抵在了浴桶上，和浴桶密不可分。

哎喲，忘了她家將軍除了彆扭之外還是個小純情。

姜眠連忙鬆開手，心領神會地做了個「你自便」的手勢，又想她在沈執肯定洗得不自在，還是走開吧。

沈執見她要走，又生出一絲無措來，顫聲道：「我如何進去？」

怎麼進去……這可真是個好問題，姜眠一時啞口無言。

對哦，這麼高的桶沈執是邁不進去的，還是得靠她。

送佛送到西，姜眠咬咬牙將人抵在桶壁上，托著向上拱入了浴桶中，頓時「噗」一聲，水花四濺，而且因為動作過於粗暴，沈執還磕到了木桶邊緣，發出一聲悶響。

他衣裳盡濕，緊緊的貼在身上，身體部位一展無遺，臉上露出一瞬間的痛楚和茫然。

從不知害羞為何物的姜眠對著這副肉體嚥了嚥口水。

在現代的時候，她男男女女的身體不知看了多少，早就麻木了，可現在見到沈執泡在浴桶裡的場景，姜眠恍恍惚惚生出了種她臉上的溫度比浴桶中熱水的溫度還高的錯覺。

姜眠忽地靜了下來，在沈執臉上那片茫然之色退卻之前溜了出去。

出了屋子，姜眠抬起手拍了拍臉，直到外頭的涼風將她的臉龐刮得涼颼颼，那股熱度才降下來。

屋裡，沈執終於醒過神，緩慢抬起手捂住了後腦杓，覺得有點疼。

他臉上依舊有些紅，也不知是不是被熱水熏的，旁邊的椅子上放好了方布和澡豆，衣裳整齊掛在椅子上，他有些恍惚的想，這人總能將一切都給他安排妥當。

他將那身不知穿了多久，已經微微泛黃的中衣脫下，剛想丟開，遲疑了一下還是搭在浴桶邊上，這才拿起澡豆將自己渾身上下連帶頭髮仔細搓洗了一遍。

剛進來的時候他還覺得這水過於燙了，泡了一會兒只覺得渾身舒暢，胸膛深處也暖了半分。

好一會過去，姜眠又溜了進來，隔著一面三折屏扇，她看不見人，耳邊盡是嘩啦的水聲。

姜眠呼出一口氣，往臉上搧風，確保沒有剛才那種燥熱勁，而後趁沈執洗澡的功夫將他床上的東西盡數撤下，將換洗的鋪上去。

沈執太久沒離開過床，連帶著她也忽略了，被褥和床墊子太久不更換都會積攢很多病菌，雖然是冬天，一樣不衛生，沈執睡這樣一張床肯定很難受。

緊接著她把地面也收拾了一番，窗子打開通風，將屋裡的悶味兒都散去，又怕沈執冷，她將暖爐一塊挪了進來，內室乾淨不少。

姜眠對自己的勞動成果十分滿意。

屏扇外收拾的動靜方停下，沈執那裡突然傳來劈里啪啦的聲響。

姜眠嚇了好大一跳，「沈執？喂，將軍？」

她第一反應是沈執摔了，手裡的東西一丟就急切奔進去，絲毫沒有考慮到衝進去自己可能會看到什麼。

「你……怎麼弄成這個樣子？」姜眠神色震驚。

面前的沈執倒在地上，連帶著放在旁邊的椅子摔落在地，也不知他是怎麼靠著臂力爬出來的，他褻褲穿得穩穩當當，上衣卻敞開著沒來得及繫好。

姜眠突然又想起之前的場面，熱水氤氳之間，沈執濕透的衣裳貼在胸膛上，兩粒茱萸尤為奪目，往下是勁瘦的腰腹，再往下……

姜眠覺得自己要瘋魔了，趕緊甩開思緒，過去將人扶了起來，一眼看見他手背的擦傷，皺著眉，「怎麼弄成這樣？非得自己來嗎？叫我一聲也成的呀！」

沈執「嘶」了聲，斂著眸坐穩，「我可以自己來。」

「自己來，都摔傷了還自己來呢，厲害！」姜眠怒極反笑，「你知不知道你剛才那樣像什麼？」

沈執抬頭看了她一眼，那意思像在問像什麼。

姜眠重重掐上他耳朵，冷哼，「像王八，四腳朝天的那種。沈執，你是不是王八？」非要一直縮在龜殼裡，撬都撬不開！

聞言，沈執臉上一陣黑紅交替，不吭聲，只死死地低著頭。

小古板！

姜眠拿他沒辦法，只能拉起他放在椅子上，「坐著別摔了。」

沈執隱隱覺得她生氣了，又不知道她要做什麼，「姜眠……」

他的身子突然無預警向後斜，姜眠給他扶穩回去，「都說了坐好！」

她繼續將椅背下壓，用後邊的椅子腿做支撐，拖著凳子往床的方向去，椅子一路劃過地面，發出了尖銳的摩擦聲。

沈執眨了眨眼，還、還能這樣？

「告訴你啊，我忙活一天了，沒力氣再把你背回去，你要是再不配合就自己爬回去，聽見沒！」姜眠冷哼。

沈執捏了一下擦傷的手，受她揉捏的耳垂還微微紅著，他輕輕的應了聲，「嗯。」

重新被拖回床上，沈執低頭看了眼床榻，第一時間感覺到身下躺著的被褥不是他原來蓋的那個，顯然已經換過了。

「給你看一樣東西。」姜眠拿出了她畫的輪椅圖紙，擺在沈執面前。

她沒想到今天竟然發生了這麼多事，最重要的一件拖到現在才說出口，也不知現在告訴沈執他還會不會高興。

「是什麼？」沈執聲音微弱，修長的手接過圖紙，帶著幾分小心翼翼。

今日發生了太多事，他思緒繁雜，觸動卻深，原以為自己這輩子便這樣了，不料身旁有個人還能對他做到這般境地。

沈執說不清他的感覺是什麼，她這般對他是為什麼呢？

他視線從姜眠身上隨意的望向手裡的圖紙，然而這一看眼睛便挪不開了。

沈執拽著紙張的手指節泛白，良久他嗓音沙啞道：「是要給我的？」

「嗯，這是輪椅。」姜眠將自己出門遇到的事挑重點說了，笑得眼睛彎成了月牙狀，「采娘說她父親這幾天便能做出輪椅來，有了它，你便不再受這張床的限制。」

「沈執。」她仔細地瞧著他，「日後你想復仇，我陪你，可好？」

第三章 像在養孩子

天色漸晚，定北侯府內的玉春院燈火通明，和暖安然，膳桌上數十道精緻肴饌色澤鮮美，錯落而擺，飄散出誘人的香味。

兩側的侍女低眉而立，桌前的美婦衣容華貴，挽袖彎腰為主位上的人添菜，「侯爺您嘗嘗看，妾身給您特意做的。」

女人是定北侯繼室徐氏，也是沈汶的生母，她年歲算不得小，然而因保養得宜的緣故，容貌依舊豔麗動人。

沈敬德抬眼便見徐氏風姿綽約，笑著拉過她的手，「不用伺候，妳也坐。」

徐氏落了坐，笑容婉約，「妾身聽侯爺的。」

沈汶見狀，彎著唇停箸舉酒，乖順道：「兒子見父親母親伉儷情深，心中不勝歡喜，敬父親母親一杯，祝您二位長歲安樂、情如金堅。」

沈敬德心中寬慰，哈哈大笑起來，「阿汶能有此心，是為父之幸！」

徐氏笑盈盈接話，「阿汶向來懂事，讓我少操了不少心。」

「也是妳教得好！」沈敬德眉眼舒暢，輕攬過徐氏的手，「如今阿汶在朝堂風頭正旺，近來皇上對我沈家的態度也有所轉變，有阿汶在，來日定能令我定北侯府更上一層樓！」

「兒子定會努力，謹慎行事，絕不會有辱門風！」

「好！」見次子如此曉事懂禮，沈敬德感念之餘不由得皺眉，「若非那個孽子張狂惹事，害得兵權被收回，我又怎會令朝臣看笑話！」

定北侯府多出武將，向來手握兵權，只是先皇在世時將其收了回去，後來當今聖上看在沈執有將門之才時才又賜了下來。

可笑的是沈敬德說這番話時，竟然忘記自己一輩子都沒上過戰場。

「父親千萬別動怒，兵權被收想來也非兄長所願。」沈汶言辭懇切，「而且今日我去探望兄長，他似乎……過得並不好。」

徐氏眉眼微變，略顯傷神，「是妾身疏漏了，阿執他腿不能行，想來是很痛苦的，這事兒妾身應當負責。」

「哼。」沈敬德冷哼，「也只有你們母子倆還肯為他憂慮，他那般態度，哪裡值得你們為他做如此多！不好就不好，你們也無須去理！」

「或許也有姜氏照料不周的緣由，今日我與嫂嫂打照面的時候，她竟然……」沈汶語氣微頓，不知該不該講下去。

沈敬德看向沈汶的眼，「竟然什麼？」

沈汶咬了咬唇，「兒子也不好編排嫂嫂，可今日嫂嫂向我索要新婚禮物，還讓我挑兩個大箱子給她裝滿珠寶，兒子恐怕拿不出這般多的東西來。」

「混帳！貪得無厭！」沈敬德氣得頭腦發脹，「姜氏算個什麼東西，居然對你說這種話！不必理會她，來日我定叫人教教她規矩！」

「父親勿動怒，不必為兒子生氣。」沈汶忙安撫沈敬德。

徐氏也起身輕拍沈敬德的背，燈花閃爍，玉春院一派和樂融融……

遠在侯府偏僻小院內的姜眠此刻才剛拿到廚房送來的飯菜，打開一看，兩碗米飯，一碟看不出油腥的青菜、一碟寡淡無味的炒蛋，目測分量還不足兩人。

耳邊突然又冒出系統的聲音，「叮！經檢測，有人罵宿主您混帳、貪得無厭、不是東西，符合背後說壞話條件，獲得情緒值百分之一點五，當前獲得情緒值總數百分之十！」

姜眠提食盒的手一頓，什麼玩意？

待反應過來，她怒上心頭，罵罵咧咧道：「我要是貪得無厭，至於連肉都吃不著嗎？哪個王八羔子罵我！」

「未知哦。」

姜眠怒翻白眼，身體倒是很誠實的回屋翻鏡子。

她今日跟沈執說完那番話，情緒值暴漲了百分之四，加上某人罵她所得，已經有了百分之十的情緒值，姜眠覺得自己頓時成了小富婆。

拿起鏡子照了照，姜眠看見自己右臉上原本大片又暗沉的燒痕顏色變淡了不少，原本傷至耳部的疤痕沒了，露出一隻白皙小巧的耳朵，雖然她那半張臉依舊不好看，卻大大減少了那種恐怖感，這變化說得上是很大了。

姜眠心花怒放，照這個程度下去，還是有很大希望恢復容貌的，試問哪個女孩子不希望自己漂漂亮亮的呢！

姜眠收回剛才的話，罵她，請狠狠罵她，不用憐惜啊！

她哼著歌來到了小廚房，決定拿現有的食物改造一下。

燒柴刷鍋後，她將米飯倒入鍋中翻炒，很快空氣中便充斥滿了滋滋聲和米飯特有的香氣，雞蛋盡數倒入，充分和米飯混合，姜眠覺得太單調，還加了一小碟鹹菜。

炒飯很快就出鍋，姜眠嘗了一口，味道正好，米飯香軟，粒粒分明，裹挾著細碎的雞蛋，並不會讓人覺得膩。

她將飯分成了兩份，一份端去給沈執。

內室中，沈執正在看書，昏暗的燭光打在他流暢堅毅的下頜，側臉映出一片陰影，他骨相極好，眉眼深邃，白色中衣外蓋著外衣，烏髮披落肩頭卻不顯凌亂，活脫脫是個美人。

姜眠沒忍住感歎，吹了聲尾音百轉千迴的口哨，沈執聞聲望去，姜眠笑嘻嘻，還衝他拋了個媚眼。

熱度刷地往臉上沖，沈執手一抖，書差點沒掉出去，這人怎地如此輕浮！

沈執實在看不出來，姜眠那些行為能是養在閨閣裡的千金會做出的事。

「餓了沒？我做的炒飯，嘗嘗？」姜眠將餐盤端到臨床的桌面上，上邊東西很多，是她考慮到沈執的腿，將他需要的東西盡數放了上去。

「謝謝。」沈執垂下了頭，臉上表情微鬆。

這確實是他想說的話，可說出來又覺得單這聲謝謝太輕了，成不了什麼作用。

他不想承認，卻也無法否認，自己欠姜眠的恩情越來越多了，而且他好像越來越離不開這個人。

「哦……謝誰呢？謝她做什麼呀？」姜眠眼底惡劣的笑正一寸一寸朝他身上掃視，吊兒郎當，活脫脫一副女紈褲的形象。

沈執一瞬間有種自己全身赤裸的錯覺，漲紅了臉，「姜眠，妳別得寸進尺！」

「好好好。」姜眠應得隨意，湊近他的肩膀，笑語輕喃，「我知道，你是我夫君嘛，不用說謝謝的，飯再不吃就涼了。」她把碗遞到他手中。

沈執冷臉接過，悶頭進食，動作斯文規矩。

姜眠盯著他那副憋屈的小模樣，嘴角彎了彎，這才貓著腰將他蓋的半截被褥翻了上來。

下邊透進來的涼意使沈執的動作一僵，手按在被褥上，「妳做什麼？」

「我看看你的腿。」姜眠自然應道，被褥下沈執兩條修長的小腿藏在褲腿下，安靜得沒有一絲生命力，她小心將兩管褲腿掀起，「是膝蓋以下都沒有感覺嗎？」

她的手撫在沈執的腿上，有溫度，也沒有萎縮的跡象，她鬆了一口氣。

沒萎縮就好，比她想的情況要好很多。

「嗯。」沈執輕輕地應了聲，被褥一角被他捏在手心，捏得很緊，耳根也發紅。

不知為何，他的腿分明沒有知覺，卻好像能感受到姜眠那雙細滑白皙的手在上面摸索，癢癢的。

「你的腿之前是如何受傷的？」

沈執聽她略微嚴肅的口氣，沉默半晌，「那日胡人偷襲，我從馬上摔下，再醒來便成了這副模樣。」

姜眠望著沈執修長健碩的腿發呆，她看不出來是什麼原因，他的腿沒有受傷，也沒有中毒的跡象，卻無法行走。

難道是傷及了神經？

姜眠踢一腳系統，把它叫出來，「系統，能知道沈執的腿後來怎麼好的嗎？」

「自然好的。」

「自然好？沒看大夫，也沒經過救治就突然好了？這算什麼？」

「具體緣由未知，可告知劇情原文。」

下一瞬，一段文字出現在姜眠腦海——

「想吃嗎，大少爺？」賊眉鼠眼的小廝一口黃牙，低著腦袋逼近沈執的臉，手裡舉著一碗白粥在沈執眼前晃悠。

此時沈執已瘦得脫形，面容凹陷，但他的目光沒有落在粥上，也沒有一絲渴求，看小廝的眼神像在看什麼髒東西。

「死到臨頭還倔！我告訴你，二少爺很快就會將你這條爛命處置了！」小廝得不到預期的反應，氣得把手裡那碗熱粥倒了沈執滿身，「餓好幾天了吧，想吃嗎？想吃就舔呀！哈哈哈哈……啊！」

沈執眼中滲滿血絲，發了全身的力一口咬上小廝的脖頸。

小廝慘叫著想將人推開未果，沈執猩紅著眼，手死死拽住小廝的衣裳，兩人雙雙摔在地上，那只碗也應聲而落碎成了幾瓣。

沈執將人按在地上，喘起了粗氣，卻拚力抓起了碎瓷片插入小廝喉間。

小廝雙眼瞪得老大，神情驚恐萬分，他最後看見的是沈執赤著腳從地上緩緩站起，那模樣彷彿惡魔降臨人世。

姜眠幾眼掃完，恍惚了一下，她一言難盡的看了眼沈執薄且好看的唇，想不到他竟會被欺壓到那種地步。

心疼感襲上心頭，姜眠暗暗發誓，有她在，絕不會讓沈執淪落成那樣。

「我幫你按腿。」姜眠垂著眼，把握好力道在他腿上按摩。

她在現世的家中也有老人腿腳不好，便自己學了一套按腿的手法，常常給老人家按，對舒通血管有挺大作用，不知道對沈執會不會起幫助，但肯定不會有壞處。

沈執張了張口，最後還是沒出聲，他看著姜眠那雙漂亮又認真的杏眼，任由她在他腿上動作，她的手法看起來……很嫻熟。

一開始他尚且能看著，沒過多久他就被那雙柔若無骨的手晃了眼，慌忙撇開眼。

「那妳的臉呢，又是怎麼傷的？」沈執忍不住扯開了話題。

他雖不介意，卻也知道容貌對一個女子而言有多麼重要，姜眠臉上的傷疤這般嚴重，想來當初傷得極其重，但她又是極其樂觀的，從未露出半分難過。

「哦，這個啊。」姜眠賣了個關子，「我不是安平侯府的真千金，你知道吧？」

沈執臉上露出一瞬間的茫然，他常年在軍中，對於這個未婚妻的瞭解僅只於知道她的名字，訂親後連面也未曾見過。

難道說，她是替嫁而來的？

沈執的心一縮，「所以……妳不是姜眠？」

「我是！」姜眠哭笑不得的解釋，「姜府早年丟了女兒，便抱回我做養女，大半年前真千金回來了，我也該讓位了。後來某天我院子起火，第一時間無人來救，我來不及跑出去，便在火中傷了臉。」

「可是那真千金有意為之？」見她輕描淡寫，沈執不由得皺眉。

他忍不住想，若是那場火來得再洶湧些，面前這個人是不是已經不存在了？

「我有這麼想過，不過沒有證據能證明。」姜眠搖搖頭，她並不喜歡冤枉人。「說我做什麼，你墜馬不也是被害的？那個沈汶，你弟弟？」

沈執一瞬間拽緊了拳，臉上浮出一抹痛色，「是，他與他母親害死了我娘，我父親並不在乎我娘，那個人滿心滿眼都是那對母子！」

姜眠內心一咯噔，這前因後果之下她終於明白沈執為何會犯那些罪孽，不，單就弒父殺弟這條根本算不上罪孽，他只是在為自己、為母親要一個交代。

姜眠覺得眼睛有些濕潤，忙低著頭，悄聲問：「你要讓他們付出代價嗎？」

沈執自嘲一笑，臉上的陰影顯出幾分孤寂，「如何報仇？我如今站不起來，性命有如螻蟻，又能做什麼？」

「會好的，你的腿。」姜眠抹了抹眼睛，努力衝他燦然一笑。「一定會有那一天的，我幫你！」

翌日，姜眠再次出了門。

今日采娘還會來送菜蔬，姜眠與她約好了見面，問她輪椅的情況，順便託她悄悄帶些肉食來。

來到約定的地點，她左顧右盼，並未看到采娘的人影。

這裡離沈府後廚很近，來往的人不少，姜眠不想引人注意都沒辦法，幾個丫鬟長了火眼金睛似的注意到她，但誰也未靠近。

等她反應過來，把守廚房的婆子多出兩個，反正被發現了，姜眠也不怕暴露她的來意，直接走上去，順便試試口風。

果然，那幾個婆子見她過來便開始嚴防死守，目的性很強，「大少夫人，後廚重地，為防外人投毒，您不能隨便出入。」

姜眠微微一笑，隨口編，「我夫君身體不好，想拿碗肉羹補補身子，可否幫我取一份送出來。」

那婆子不耐煩，「您和大少爺的吃食自有人會送去，不是我們能管的。」這便是不給的意思了。

姜眠掃了她們幾眼，準備離開，本來她也沒抱多大打算。

正欲轉身，背後突然傳來一個尖利的女音，頤指氣使道：「一個個站門口做什麼，二少夫人的燕窩羹做好了沒？還不快送過來，主子等急了你們擔待得起嗎？」

姜棉回頭看去，那是個侍女，她面容飽含怒色，一身桃紅色的衣裳，髮髻梳得精緻，配飾不少，看起來在丫鬟裡地位不低。

「好了好了！」下人一陣慌亂，趕緊端出來，「彩蝶姑娘，二少夫人的燕窩在這，還勞姑娘多多美言幾句，莫讓夫人怪罪。」

姜眠挑眉而視，這態度和剛才可真是天差地別，他們剛剛喊的二少夫人應該是沈汶的妻子吧，怪不得。

彩蝶接過食盒，哼了一聲，又凌厲地掃了眼一旁的姜眠，嫌惡道：「什麼亂七八糟的人都往後廚鑽，你們是想害二少夫人腹中的孩兒不成！」

姜眠差點沒翻白眼。

婆子小心翼翼地瞥了姜眠一眼，忙道下次不會，連番道歉，然後開始驅趕姜眠。

姜眠沒多做爭執，一來她本就打算要走，二來她已經看見自己要見的人了，側邊經過一個穿著青蔥色衣裳的人影，正是采娘。

姜眠默不作聲地轉頭離開，很快消失在眾人眼中。

「大少夫人！」采娘衝她招招手。

廚房背靠的小亭子偏僻無人，視角很好地被一面假山石遮擋住了，姜眠趕緊提裙跑過去。

采娘一張臉紅撲撲的，還帶著笑，「我阿爹他們說能做，昨天回去之後已經動手了，再過兩天應當能做出來，您不用擔心。」

「真的？」姜眠聽完臉上浮出喜色，差點沒蹦起來，「謝謝妳，采娘！」

兩三天便能做出，這其中活量可不小，姜眠看得出采娘一家是在為她趕工。

「大少夫人不用謝，我父兄說這是應當的。」采娘羞澀一笑，清秀的面龐露出少女的嬌憨，「他們讓我代為向您道謝當日救我一事。」

「妳也不用稱我大少夫人了，我叫姜眠，喚我名字便好。」姜眠聽這聲稱呼總覺得有點羞恥感，況且她現在算哪門子侯府大少夫人，落魄到連丫鬟都比不過。

「侯府那幫人如此待您和大少爺，真是狼心狗肺！」姜眠說了她和沈執在沈家的處境，采娘憤憤不平，「我在外頭都聽說著呢，原先大少爺還是大將軍，戰功赫赫，不知給定北侯府掙過多少功績，如今他們竟這般欺壓！」

姜眠安撫她，「是，他們算不得人，但今日之仇我們遲早讓他們受回去。」

「采娘希望您和大少爺過得好好的，你們都是好人。」采娘心緒一動，「對了，這是您託我帶的肉蔬。」

她將身上的背簍解下，拿給姜眠打開，簍子裡塞得滿滿當當，一點空隙都沒有。

姜眠看到肉時眼淚都快流出來了，她都多少天沒吃過肉了啊！

* * *

告別采娘後，姜眠為了避開人，她抱著背簍走一條偏僻的路回到了小院。

內室窗戶大開，風呼啦啦刮進來，裹挾著雪的氣息，外面是後院，從內望去能見到一株紅梅傲雪而立。

冬日萬物枯卻，這株紅梅是小院唯一一抹異色，但約莫自栽下起便疏於打理，長勢並不好。

沈執坐在床邊，手肘支在臨床的桌上，右手握著筆，不知在寫些什麼。

這幾日經過姜眠勤勤懇懇地投餵，他終於沒有剛開始那般消瘦，但依舊清減，像大病初癒的人。

他執筆的手十分好看，修長有力，落下的字跡遒勁俐落，只是身體的姿勢有些艱難，他歪曲著身子，有時待久了不好受，還得扭動著舒緩一下。

姜眠見他表情頗為怪異，忍不住噗哧笑出來。

沈執只看她一眼便把目光收回，手上卻已經亂了，慌裡慌張的，將信紙匆忙結了尾，最後一筆因為太過用力，墨水在紙背暈開一片，漂亮的字跡上劃上了汙點。

沈執沒有理，他收了筆，還極力控制自己的表情，面上八風吹不動，有一絲冷酷。

「寫什麼東西要對我藏著掖著？」姜眠裝模作樣地瞪大眼，彷彿蒙受了巨大的欺騙，「不會是背著我同哪個小丫鬟的甜言蜜語吧？沈執，枉我這麼勞心勞力對你，她哪裡比我好了！」

她假惺惺地捂臉，彷彿要哭出來了。

沈執收紙的動作一頓，焦急道：「不是！妳……」

突地，他見她雙手半掩下的嘴角翹起，滿腹解釋的話碎在喉嚨，他意識到姜眠是在拿他開玩笑。

自己昏頭解釋的反應像犯傻，沈執頓時面紅耳赤，「妳別胡說八道！」

這人果真就沒有正經的時候！

「好——」姜眠像小學生應和老師，將尾調拉得長長的，又顧自嘟囔，「那你在寫些什麼？」

沈執耳尖一紅，他寫信是為了聯絡一些舊部，自三個多月前他腿殘歸家後，便一直消沉不理事，誰的面也見不著，更不想見，可如今身旁多了個人，這些骯髒汙穢的事哪能由她一直擔著。

可這種話他如何好意思說出口？

沈執羞赧，支支吾吾不知該如何開口，卻見姜眠已經挪至窗邊，話題一轉，「這窗戶怎麼爛成這樣了？」

窗門與窗框的銜接處斷開了，窗門歪斜又破爛，搖搖欲墜，說不好下一瞬就要整個脫落掉地，她伸手將半面窗子拉了回來。

「風吹的。」沈執不痛不癢解釋了句，口氣很淡，好似不欲多言。

「哦。」風吹的就風吹的，這屋子年久失修，壞了很正常，「什麼時候壞的？你不會吹了一早上的風吧？」

她記得晨起給他送早餐時還是好的。

「剛壞。」

姜眠不信他，狐疑地往他臉上望去，想看出點什麼究竟來。

沈執面不改色，甚至還有些冷漠。

姜眠臉色一垮，昨天他倆也算推心置腹了吧，今天就對她冷臉，長能耐了。

她肉眼可見的不高興了，也不再理會沈執，獨自繞到屋子外面，鑽研這面窗子該怎麼修，窗子的間隙滿是灰垢，姜眠踮起腳尖扶著窗軌把弄，沒摸幾下就弄得雙手灰撲撲。

姜眠犯了難，皺著眉看窗扉，好似和它有深仇大恨。

沈執見她閉了嘴，呆愣在床上，目光透過窗外緊緊黏上她，姜眠擺弄窗子時他眼睛盯著，她皺眉沉思時視線也緊跟不眨，一舉一動皆落於他眼。

他能看到她長而翹的睫毛撲閃撲閃的，小巧的鼻尖光澤如玉，可卻沒等來姜眠看他一眼，這讓沈執心裡有些挫敗。

而那邊的姜眠像是終於定好主意，離開後又很快回來了，手上還抓著一疊紙，窗子合上後在上下的空隙裡塞緊。

修是修不好了，但起碼能控制它不掉，好歹還是能擋風的，只是這面窗戶不宜再開。另一扇窗門合上前，姜眠終於往室內一望，透過間隙立馬便和沈執的視線對上了。

不知是不是錯覺，那雙漆黑深沉的眸子似乎摻了幾分哀怨？

姜眠眼皮一跳，狠狠剜他一眼，「看什麼看？誰准許你看我了，不許看！」

她現在心眼小著呢，還在為剛才的事斤斤計較。

沈執被她喝了一聲，目光一散，隨即垂下了眼，神情竟然有些可憐。

姜眠心中一亂，乾脆撇開眼，眼不見為淨。

采娘帶來的背簍被她放在了廚房，姜眠洗淨了手，走去翻看那些東西，菜蔬是一些蘿蔔和大白菜，她並不覺得奇怪，這個時代菜種本就匱乏，更何況現在冰天雪地，能剩些易於貯存的蔬菜就很不錯了。

姜眠繼續往下看，提出來一塊約莫三斤重的豬肉、一隻雞和新鮮的豬骨頭，骨頭是她特意囑咐采娘買的，打算給沈執熬骨頭湯喝，給他補補身子。

想到這她就窩火，小崽子，為他著想還敢對她耍脾氣！

除此之外還有一些雞蛋，一袋麵粉和一些調料，都包裹得好好的，姜眠在內心感謝了采娘一萬遍。

眼下時間還很充裕，姜眠乾脆挽袖和起了麵，打算做餃子。

麵粉倒在一個稍大的盆裡，她打入了一個雞蛋，又加入少許鹽，這才開始一點一點加冷水和麵，不一會兒就揉成了一個光滑的麵團。

餃子若想做得好吃，麵團揉得好不好尤為重要，做好的餃子皮才有筋道不易破。

趁著醒麵的那一小段時間裡，姜眠飛快地剁好豬肉，白菜也切得細碎，而後齊齊放入碗中加了調料、水和成糊狀。

接著就是擀餃子皮，這裡水準有限，姜眠拿不出擀麵杖，便取來一只空碗，順著碗壁擀，她揉出來的麵團光滑緊實，擀出的皮兒也均勻漂亮。

一個人包餃子不算輕鬆事，幸而也就兩人的分量，姜眠折騰了大半個時辰，白菜豬肉餡兒的餃子終於下了鍋。

麵粉香帶著肉香從鍋子冒出，姜眠沒用的嚥了下口水，手中的筷條翻動水餃，避免它們黏在一塊兒。

沒多久，餃子終於熟透，一個個浮了上來，薄皮兒變得微微透明，露出漂亮的色澤，香氣四溢，姜眠盛入碗中，月牙狀的餃子個個飽滿分明，餡兒鼓鼓囊囊的裹在麵皮裡，湯色也清，翠綠的蔥花飄蕩在奶白色裡，令人一眼看見便心生食慾。

她一口咬了半顆，肉汁的鮮甜和餃子皮柔軟清淡的味道交織著，頓時口舌生香。

不錯，她的手藝沒退步。

姜眠意猶未盡的吃掉了另外半個，而後起身盛了滿滿一碗給沈執送去。

她覺得自己像在養孩子，沈執就是那個處處讓她不放心還一味惹她生氣的屁孩，可餓著誰也不能餓孩子呀。

腳步聲傳來，沈執嗖一聲翻開了被子，卻在看見她後動作緩了下來，磨磨蹭蹭，支著手臂起身。

姜眠將木製托盤穩當的放於桌前，也不說話，場面一度有些冷清。

沈執只好硬著頭皮，裝作隨口問：「……這是何物？」

姜眠冷颼颼掃他一眼，看得沈執頭皮發麻，「餃子，我做的。」

雖然兩人尚在冷戰，但她也不能忘記本職工作，要在他面前刷刷好感。

沈執一眼掃過那碗吃食，果真是餃子，圓鼓鼓的躺在湯中，賣相極好，絕非定北侯府會給他的食物，果真是她做的。

沈執不免驚訝，姜眠雖說不是安平侯親女，但也是個正經主子，什麼樣的環境下才能讓她練出這般手藝？

他連忙停下了思緒，他作為一個男子細想一個女兒家的私事，實在非君子所為，但他實在找不出話來說，憋了會兒也只憋出了聲謝謝。

姜眠頷首，也不多說，直接退了出去。

沈執望著她離開的身影，目光微深，姜眠的態度和往日相差太大了，竟沒再逗弄他。

他一瞬間生出了種被冷落的情緒，還有種莫名的慌亂。

她生氣了，怎、怎麼辦？

第四章　撞見不倫事

姜眠回到桌前，繼續享用著午餐，來到這個世界後太孤獨了，能和她說話的人很少，圍著一個人轉的日子還算充實，要是沈執別那麼無趣便好了。

「反派的性格和他小時候所處的環境有很大影響哦。」系統突然出聲。

「他小時候是什麼樣子的？」姜眠好奇地問。

「沈執生母乃出自京城洛家，不過自他五歲起洛氏便纏綿病榻，無力保護這個孩子。沈敬德不喜這個正妻，行為也浪蕩無德，洛氏一病倒他就從外頭領回一對母子，女人便是沈敬德的表妹徐氏，孩子則是沈汶，年紀和沈執相差不過半歲。」

這代表沈敬德是在洛氏懷孕時和表妹暗通款曲，生下孩子後還帶入侯府，可想而知這對於病重在床的洛氏刺激有多麼大，這沈敬德就是個不折不扣的人渣！

「洛氏氣怒交加之下，不久便離世，徐氏被沈敬德以繼室的身分抬進門，沈汶也順理成章成為侯府嫡次子，深受沈敬德喜愛。」

母親離世、父親不喜、繼母和異母弟弟虎視眈眈……沈執自幼便處在這樣的環境下，明明是嫡長子卻無人照拂、無人教導，所受的只有接連不斷的陷害以及謾罵，但他卻沒有因此倒下，反而憑藉著自己的強大入了元嘉帝的眼，成了戰功赫赫的少年將軍。

「姜眠——」

她聽見有人在叫她，本以為是聽錯了，不料耳邊又傳來一聲她的名字，斷斷續續的，還夾著兩聲咳嗽。

姜眠立刻意識到是沈執在喚她，神色一凝，急急挑開門簾回到主屋，他極少有這般叫她的時候，定然是出了什麼事。

「怎麼了，有什麼事嗎？」姜眠神色焦急的站在他面前。

沈執坐在那裡，俊美的臉龐有些發燙，他心裡一直定不下來，叫她的時候只想著把人叫來，可姜眠真的過來了，他反倒不知要說什麼了。

沈執望著手中食不知味的餃子，抬頭暈乎乎，開始胡言亂語，「我想添些醋……以往我吃餃子的時候都添的。」

姜眠差些沒忍住翻出個白眼來，這人粗羹淡飯吃了那般久，好不容易來頓好的，倒講究起來了？

姜眠覺得他莫名其妙，但是她剛剛聽系統說沈執從小沒受到幾分關愛，在如此多逆境當中才掙扎到如今，對她提出點小要求又怎麼了，便也沒多想。

她折回去拿了醋碟，遞到沈執手邊，「喏。」

「謝謝……」沈執倉皇的接過，他看著穿著淺杏色襖裙的姜眠，欲言又止。

沒等他出聲，姜眠說了聲「你慢慢吃」便轉身而出。

沈執錯愕地看著她離去的背影，那股心緒不寧、失意的感覺又湧現上來，心也彷彿被緊緊拽了一下。

姜眠回到了小廚房，她剛才起灶火時順帶著往灶子裡塞了幾顆地瓜，此時灶中炭火未燃盡，烤地瓜的焦甜味已經散開。

姜眠拾起火鉗，逐個翻了面烤，又挑揀出一顆烤好的，撣了撣灰，撥開烤得發焦的外皮，金黃又冒著熱氣的番薯肉露了出來，她趁著熱乎咬了一口，眉眼間盡是滿足。

冬天有比握著熱氣騰騰的烤番薯吃幸福的事嗎？

不料一個烤番薯沒吃完，她又聽見了沈執的聲音……今天沈執怎麼這麼多事，這會兒又叫她幹麼？

當沈執看見姜眠略帶審視的目光，捏著碗沿的手抖了抖，「這餃子好吃，我想再吃一碗。還有嗎？」

姜眠纖細漂亮的手指扣在碗沿上，「有，你等一下。」

她要拿碗，沈執卻沒鬆手，低聲問道：「妳的手怎麼髒了？」

姜眠剛才剝番薯皮，弄髒了原本瑩白整齊的指甲，指甲邊緣和縫隙都染了髒灰。

「吃烤番薯弄的，你要是嫌棄我碰過這只碗，我便將手和碗洗淨後再給你裝來。」她不以為意地道。

「我不是這個意思！」沈執臉有些發燙，語氣也有些急切，「烤番薯，我也想吃。」

姜眠狐疑的看他一眼，總覺得今日的沈執很奇怪。

沈執被她這麼看著，發紅的臉露出一絲窘迫。

「可以。」

姜眠將吃食一塊給他送了過去，而後回到榻上，準備繼續縫補上回說要做的圍巾。

料子是她拆了一件帶絨的衣服改的，繡工她不在行，只能鎖邊勉強弄出大致模樣，至於好看與否不在她的考慮範圍之內。

針線來回穿插幾回，屁股還未坐熱，姜眠聽見沈執今天第三次喚她。

「又怎麼了？」姜眠不耐煩了，站在門邊氣勢洶洶地質問。

她現在才知道，沈執不折騰還好，折騰起來能把人累死。

沈執半掀開被褥，聞聲直接結巴了，「我、我想如廁，妳說有需要可以叫妳的。」

好吧，這個確實需要她。

姜眠歎了聲氣，將恭桶提至床前放下，「你自便。」

「等等！」沈執忽地叫住她，飛快地掀開了被褥，「可、可以幫幫我嗎？」

「什麼？」姜眠看著他清俊的臉龐，一時不知道他在說什麼。

她聽過沈執說過很多次「等等」，但都是在阻止她動手動腳的行徑，怎麼今天卻反過來叫自己幫他，不會真吃錯什麼藥了吧？

「你自己不是能行嗎？」

沈執的臉瞬間爆紅，「是、是啊。」

「那怎麼還……」姜眠眼神疑惑。

沈執恍惚了一下，意識到什麼後簡直羞憤欲死，他本以為姜眠喜歡扒他褲子，下意識覺得讓她做這件事就能讓她開心，可竟然不是這樣，是他自己誤會了，那便叫他陷入萬般尷尬的境地了。

沈執完全繃不住臉色，他竭力控制住想捂臉的衝動，磕磕絆絆出聲，「一個人……比較困難，不過不妨礙，妳先出去吧，我自己來便好。」

「哦。」姜眠有滿腹的疑問，但還是出去了。

沈執面上的臊意還未消散，他以前所未有的速度解決完了自己的問題，然後把姜眠叫了回來。

「你是不是有話要對我說？」姜眠問出聲，目光一寸一寸審視著他。

「……是。」沈執動了一下嘴唇，緩緩道：「我有件墨綠竹紋的冬袍在櫃中。」

姜眠幾下從櫃中找出沈執所說的那件衣裳，拿給他，「這件？」

「嗯。」沈執拿到了衣裳，姜眠在旁邊目光灼灼的盯著他的舉動，讓他有些不好意思。

「你要做什麼？」

「裡面有些東西。」

姜眠聽了他的話，想到外間拿她的剪子來，未想還沒轉身便聽見衣帛撕裂的聲音，沈執徒手將那件分外厚實的冬袍大袖處撕開，內層露出一個淺色的布包，約莫巴掌大小。

沈執拿起了小布包，將裡面的小玩意取了出來，放在手心給她看，「骨哨。」

那粒小小的骨哨和姜眠的小拇指差不多大，淺青色的，泛著漂亮的色澤，觸手冰涼。

「這是做什麼用的？」姜眠心裡隱隱有個想法，不知道是否是她想像的那般。

沈執這時拿出這樣一個東西，還藏得這般深，絕不是來玩鬧的。

「我部下有一種鳥，可以傳遞資訊，也不容易令人察覺，靠一些特殊的哨音可喚來。」

果然，在姜眠瞭解到的沈執黑化後的故事裡，確實有一枚這種特殊的哨子存在。

她隱隱有些激動，「所以方才你寫信是為了要聯繫他們？」

沈執見她眼中有了笑意，心口那道鎖像咔嚓一聲解開了，他點點頭。

「吹了那種鳥就會下來嗎？」

沈執笑了，「我未曾用過，妳現在試試。」

當時部下給他只是為了以防萬一，一年過去也未派上用場，不料卻讓他在風調雨順的京城拿了出來。

姜眠躍躍欲試，接過那枚骨哨，抵在唇邊使勁吹出聲，骨哨的聲音清脆響亮，姜眠確信在這處院子半空的範圍內能聽見。

然而毫無反應，兩人等了一下，並未聽見有什麼鳥叫聲。

姜眠又試探的吹了一聲長的，依舊沒聲響。

她狐疑地道：「是不是鳥都藏起來過冬了，外邊還有飛雪呢，總不能強迫一隻鳥這時候瞎飛騰吧。」

她又吹了兩聲，不過這回斷斷續續的，並不用心。

突然「砰」的一聲，那扇她安回去的破窗子摔下了地，徹底報廢了，而罪魁禍首撲騰著雙翅，一身雪白的羽毛，淺灰色的喙較尋常的鳥類大，正在窗前打轉。

姜眠轉頭看著沈執，驚喜地說：「欸，真的能召鳥！」

與此同時，姜眠腦中響起系統的聲音，「叮！恭喜宿主，提前改變反派心志，進入『獲取舊部幫助』橋段，獎勵情緒值百分之五。」

姜眠出乎意料地眨巴眼，百分之五這麼輕易就到手了，還是獎勵來的？

系統軟萌的聲音告訴她，「這段劇情發生的時間點本應為一年後，也是沈執黑化的伊始，現在沈執沒有黑化跡象，主動進入這段劇情，宿主功不可沒！」

這番話說完，姜眠理解了大半，系統的意思是沈執開始有自我拯救的意向了。

她開心地朝沈執望去，笑得眉眼彎彎，不錯嘛，不枉她對他這麼用心，總算有些長進。

沈執被這一笑鬧了個紅臉，手腳都不知往哪擺了，心中暗暗生出了一絲喜悅。

他悄悄捏了好幾下自己的手指頭，告訴自己不要過分高興。

鳥兒終於停止盤旋，爪子抓在窗沿上，牠抖了抖漂亮光滑的羽毛，一雙褐色的眼睛滴溜溜盯著姜眠看，一點也不畏生。

姜眠忍不住向前擼牠的毛髮，牠竟也不躲，感受著手心美妙的觸感，她擼著鳥露出了享受的神情。

「現在呢？要怎麼做？」她轉頭問沈執。

沈執悶聲不語，掏出了一個小小的筒子，比剛才那骨哨大不了多少，「這個。」

「是你寫的那封信？裝在裡邊了？」姜眠好奇的接過，溫潤的手指頭在他手心微微劃了一下。

沈執心猛跳了下，收回去的手忍不住抓了一下掌心，好緩解那點癢意。

「對。」他應了聲，完了覺得喉嚨有些乾。

「是要給牠繫到腳邊嗎？」姜眠低頭觀察那個小筒子，上面纏著兩條細細的線，她走到鳥旁邊時還扯了一下那條線，竟然異常牢固。

沈執還未回答，窗邊的鳥兒突然啼叫了兩聲，尖利的喙一啄，將姜眠手邊的小筒子銜了去。

「哎！」姜眠猛然抬頭想把東西拿回來，還未來得及阻止，卻見牠揚了腦袋，一口要將筒子嚥進喉嚨。

「不行！這個不能吃！」姜眠急得掐上了鳥脖子，「吐出來！快！」

她哪知道上一刻還覺得鳥乖，下一瞬牠就能當著自己的面做出這種壞事兒來。

誰知這鳥死活不張嘴，撲騰著翅膀還兩眼朝天翻，豆大的白眼珠子露出來，像在嫌棄她似的，姜眠更急了，一人一鳥幾乎快要打起來。

「姜眠，妳先住手！」沈執急急叫住她，「牠不會嚥下去的，就卡在喉間。」

啊……姜眠晃著鳥脖子的手瞬間鬆開了，她看看沈執，再看看鳥，場面有些難以言喻的尷尬。

居然是這麼回事，這類鳥不是把信繫在腿上，而是卡在喉嚨裡。

那隻鳥沒了桎梏，刷刷抬起翅膀拍了她一下，像在報仇似的，完了還扭頭氣勢洶洶地飛進內室，落在沈執床邊。

姜眠轉過身來，臉上的表情不知是惱還是羞，染上了緋紅，「你怎麼不早告訴我！」

「我……」沈執一時語塞，剛想說沒來得及，就見她臉上露出一種此前他從未見過的表情，又不小心卡了殼。

他再次飛快地掃了她一眼，然後被燙著一般縮回了視線。

好在這隻鳥又鬧出點動靜，故意惹人視線般撲了兩下翅膀，這才將姜眠的注意力調開。

「看不出來這鳥還通人性，我還以為只有鸕鷀有這種特性呢。」只不過前者為人傳遞書信，後者給人捕魚。

「嗯，清林調教的。」沈執眉眼帶笑。

姜眠一愣，這男人眉目舒展的樣子可太好看了，多了一絲溫情，像畫卷裡原本容貌朦朧的美男，輪廓突然清晰了。

沈執拍了拍鳥頭，「去吧。」

那隻鳥好似聽懂了一般，蹭了蹭他的手，展翅鑽過窗子，朝天際飛出，很快便只留下一道模糊的白影。

姜眠重新看向沈執，他一身素衣，烏髮披滿肩頭，清雋如常，她望著那雙眸子，覺得那雙深邃漆黑的眼睛似乎多了幾分堅毅。

「沈執，我幫你剪頭髮吧。」姜眠突然說。

沈執回了神，隨即臉上露出幾分呆愣，剪頭髮？

姜眠盯著他那頭長髮，興致勃勃，「怎麼樣？你看你的頭髮，已經很久沒剪了吧，長成這樣平日裡應該很不方便。」

確實，而且現在是冬天，一洗便很難乾。

沈執垂眸看著自己的長髮，他有近三個月未修理過，已經快長到腰了，女子這般長度的烏髮倒是常見，可男子卻少有留這麼長的，於是他應聲，「好。」

姜眠得了同意，杏眼亮晶晶的，扭頭去取了剪子回來，她將沈執攙下了床，讓他坐在椅子上，還在椅子後面鋪了塊廢棄的布，方便事後收拾。

沈執身材高大挺拔，此時規規矩矩地坐在椅子上，那雙修長的腿竟然有點憋屈。

他記得母親還在時有幫他修理過頭髮，自母親過世之後，多半是身邊的小廝或是他自己動手，很少有和女子這般接觸的時候。

姜眠摸著沈執的頭髮，看到髮尾有些發黃和分岔，這很正常，頭髮留長了營養供給不足便會這樣。

不過現在她操心的其實不是這個，姜眠握著羊角梳，一邊胡思亂想一邊打算先幫他將頭髮梳順。

她其實……沒幫人剪過頭髮，只是看著沈執枯黃的髮尾突然心血來潮。

分了神，她手下不知不覺使了勁兒，痛得沈執「嘶」了一聲。

姜眠的手迅速停下，湊至他的側臉，「我弄疼你了？」

沈執耳根一陣酥麻，「還好。」

姜眠只得繼續小心的梳下去，頭髮太長果然容易打結，她儘量在梳齒遇到卡頓的地方便緩下來解開，奈何沒過多久她又聽見了沈執的痛呼聲。

哎啊，姜眠突然不好意思了，原來她也不太會給人梳頭啊。

「沒事，髮尾無須管了，直接剪去便好。」沈執撚著自己的衣角，他知道自己的頭髮不好打理，見她停頓下來，有點擔心她就此放棄。

「好。」既然沈執不介意她手藝差，那她便放心大膽地動手了，況且雖然她沒經驗，但頭髮這種東西修剪出來樣子都差不多才是。

姜眠將剪子握在手中，依據在網路上看過的剪髮步驟動起手來……

兩刻鐘後，她握著沈執的一縷頭髮，看著變成狗啃狀的髮尾，深深陷入沉思。

「怎麼了？」沈執見身後沒了動作，手抓了抓椅子把手，清俊的臉上有些疑惑。

「沒、沒事！」姜眠哆嗦了下，「還沒好，你再等等，我還要修整修整！」

她的手穿過沈執的髮下，將長髮全攏至身後，趕緊補救一番，剪子嚓嚓作響，終於在又剪短一截後齊整了些，但整體來看……好像變得更醜了？

姜眠欲哭無淚，恨不得給自己來個大耳刮子。

「好了？」沈執嗓音低啞。

「好了……」姜眠乾巴巴的笑了兩聲，緊接著道：「我幫你束髮。」

不等沈執應聲，姜眠便敏捷地開始給他梳髮髻，將先前取下的冠玉給他戴好。

她一邊心虛一邊自我安撫，沈執一個大男人頭髮醜點不算事兒，過段時間能長好的……

「好？你說好就能好嗎！」粗莽的漢子嘶吼出聲，身側一個路過的女人嚇得花容失色。

西街巷口萬籟靜寂，近處人家門簷邊懸著兩只燈籠被風吹得打著旋，馬兒迎著風口不耐地發出兩聲嘶鳴，腿下輕踏。

怕沾上是非，女人腳下走得飛快。

漢子身旁端方有禮的男子皺了眉，「邱之，不可說此胡話！」

「我胡說？」閻邱之冷笑，「我若胡說便不會還跟在你身旁了！陸清林，你還看不清局勢嗎？那位已經說了，不介意你我過往，你又何必連分面子也不留，把話說到那般地步？」

陸清林聽完那番話，眉眼染上幾分冷肅，「你這是何意？莫不是還想投去那邊？你可別忘了，將軍落至那般田地皆是誰害的！」

閻邱之似被卡住了喉嚨，低聲道：「當……當然不是！只是你也知曉其中關係，便是他雙腿好全也難再回到以前的境地，又何苦再追隨一個沒有希望的人？清林，這段時日我們飽受了多少欺壓你不是不懂，可你看他，可曾遞出一絲音訊？我們這般苦等著有何價值？難道還少得了我們的好處？

「可那邊不一樣，莫說他們在爭奪兵權，以後若是真坐上了那個位置，清林，我敬你有才，二皇子也惜才，你的本事不該無地施展。」

「別說了。」陸清林面無表情，「多說無益，你若真想去，我也攔不住你。」

閻邱之咬了咬牙，「你不聽勸，早晚連活路都不剩！」

陸清林冷聲，「我只是不想去附庸那奸人。」

「你……冥頑不靈！」閻邱之怒罵了一句，覺得他不識好歹，轉身驅馬離去。

陸清林斂了神色，從那道離去的人影中抽回了目光，他抬頭望了眼天，空中飄起了細雪，凌亂、斑駁，又格外陰冷。

自三個月前沈執被撤了職，他二人便再未有過聯繫，陸清林知道他處境艱難，若說找不著機會還好，只怕是人已經消沉得無力反擊，早已放棄了。

他其實比沈執大了不少，只是沈執在戰場上那份謀略和神勇卻非任何人所能比擬，可如今……他雖不會投靠那幫為了權勢不擇手段之人，卻也覺得難以再支撐下去了，他現在也不過是個連朝堂都進不去的末流小官罷了。

他歎了聲氣，轉身欲回去，驚覺上空一道陰影在他頭頂盤旋，隨即飛離。

陸清林只看了一眼，立即收回了目光，沉寂的心猛然直跳——這是想什麼來什麼！

他並未打草驚蛇，按著原路回到家中，鳥兒早先一步歸家了，在小架子上蕩悠，見陸清林回來立馬歡脫的往他的方向飛，鳥脖子彎曲出一個奇怪的弧度，「啪」的一聲，收著信物的小筒子摔落在桌面上。

陸清林眼中閃著光，他摸了摸鳥兒，「好孩子。」

「哎呀煩死了，這鳥壞得沒邊！」姜眠委屈的蹲在地上。

是的，有回信了，那扇可憐的窗子又被撞了一回，木頭邊緣直接斷開，這回是真爛得回不去了。

姜眠刷地站起來，沈執坐在床邊，他展開的信掩住了半張臉，可姜眠一眼看出他眉眼帶著的笑意。

「笑笑笑，不許笑，真是少年不知愁滋味，柴米油鹽多貴你知道嗎？窗壞了怎麼換？晚上凍死你看你還能不能笑得出來！」

沈執輕咳了聲，不再笑了，表情正經得不像話。

幾眼掃過信的內容，他給她總結了一下，「是京中的局勢和清林當前的一些情況。眼下皇上還未立太子，朝堂上勢力有多股，涉入黨爭的官員都在明裡暗裡勸皇帝早日設儲君。」

「二皇子也在其中？」姜眠問。

她還記得沈汶支持的就是這個人，那沈執的腿定然與他也脫不開關係，那些人總是可以為了權勢，層出不窮地使出骯髒手段。

沈執一愣，捏緊了拳，「是，二皇子蕭逸，生母為蘇貴妃，外祖父則是當今丞相，與之勢均力敵的是大皇子蕭冊，乃皇后嫡子。二皇子表面做得漂亮，相比略平庸的大皇子更有賢名在外，朝中立賢立長之聲從未停止。」

「那皇帝更喜歡哪個？」姜眠皺眉問他。

沈執眉眼一斂，搖了搖頭。

「什麼意思？」姜眠沒明白。

「皇上正當壯年，事實上，哪方的呼聲越高他越反感。」也是，縱使這樣相似的事情在歷朝歷代並不少見，但作為一個上位者，誰又能忍受自己的臣民不忠於自己，卻暗牽著勢力涉及黨爭呢？

「那兩方豈不是都不立了？」

「不是不立，是不能立。現在的局面正好兩方能相互牽制著，皇上哪一方都不好得罪，卻又不能脫離其中一方而選擇其他人。」

姜眠一懵，「那可怎麼辦？」

沈執眼中流出一絲狠厲，「那就幫他脫離這個境地。」

討論完朝堂大事，姜眠想起自己還有更重要的一件事情要做，約定的兩日之期已至，采娘那邊的輪椅應當已經妥當了。

采娘每日都來，送的菜用一匹馬駕著板車從定北侯府後門拉進來，今日也是相同，不過她帶了兩個漢子，說要趕時間快點卸下。

廚房掌事的省了份勞力，笑得臉上褶子開花，「當然沒問題，不過今日的分量怎地比以往多出不少？侯府可收不下這般多。」

采娘笑笑，她將車尾的車欄放下，露出底下兩箱果子，紅豔豔的，「您誤會了，這是寧國公府那頭定下的，待會我們還急著給那邊送去。」

寧國公府可比定北侯府尊貴許多，掌事不好過問，當即道：「原來是這樣，那你們先忙著，待會我再過來清點。」

采娘笑著應了聲，待人走後，她朝那兩人道：「哥哥們先搬開。」

「哎。」兩個漢子聞聲而動，上部的蔬菜被搬下，露出了輪椅的樣貌。

兩人齊力將東西扒拉出來，放到采娘腳邊，她點點頭，「辛苦哥哥們了。」

她推著輪椅，避開有人的地方往後走，姜眠一早便在先前碰面的地點等候，采娘忙把東西交付給她。

姜眠又塞了銀錢給她，這次采娘沒收，「姜姊姊上回給的足夠了，不必再給。」

「這是感謝費，必須得收！」

見姜眠堅持要給，采娘也不好再推托，「好……趁現在人少，姊姊趕緊回去！」

姜眠應了，她也知道輪椅過於惹眼，現在可不好被人瞧見，因此並未多交談便散了。

她看著手中的紅木輪椅，按捺不住一顆激動的心，想著若是沈執坐上去，應當會很高興才是。

她仍是走上回那條小徑，本以為還是碰不著人，不料在一處轉角的時候，一聲帶著哭聲的「四郎」傳來。

姜眠心跳如鼓，腳步猛地一轉，連人也沒敢看清便閃到距離最近的門牆後，緊緊貼住了牆根，攥著紅木手柄的掌心滿是冷汗。

那頭的哭泣聲還在繼續，「四郎別走！別留下我一人……」

那位四郎平靜地開了口，「二少夫人，放手吧。」調子平平，對女人的哭訴沒有半分的情緒波動。

姜眠心想，這種時候還能秉持著高貴冷豔的傢伙要麼是真的高貴冷豔，要麼就是個渣渣……等等，二少夫人？

是她想的那個二少夫人嗎？

姜眠瞳孔一縮，像是知道了什麼不得了的驚天祕密，她屏著息，小心翼翼地將頭探出去一些，想驗證自己的想法，可惜角度太偏了，她探出的那點視線只夠捕捉到女人的一方鵝黃色衣角，男人完全看不見。

姜眠把腦袋又探出去一點兒，眼睛瞟得都要抽筋了，就是為了能看到那個女人，她記得那日在廚房門口，那個侍女說了二少夫人是個孕婦。

若是此刻有人見著這副場景，非得被她猙獰的面部嚇一跳。

「四郎……你以前從不那麼稱呼我的，可是真的怨我了？」江映月哭得梨花帶雨，她上前扒拉住玄衣男人的手，「這些時日我每日每夜都在想著你，就想著告訴你這件事……」

「好了，我現在知道了。」男人聽著很不耐煩，「妳不必再糾纏。」

「若不糾纏，你又如何能來見我？」江映月紅著眼，將他的手按在肚子上，「這條小生命是我們的孩子，他已經三個月大了，你就要做爹爹了，怎能在這時候說不要他……」

牆後的姜眠瞪大了眼，驚訝得無言以對。

沈汶被綠了，不僅如此，江映月肚子裡懷的還是姦夫的孩子？

姜眠手下一用力，輪椅朝前方滾了一步，碾過地面時傳出一點沙沙聲。

男人本想再說，突然眉目一凝，轉過頭來，「誰在那裡，出來！」

姜眠猛地縮回了脖子，不好，被發現了，她著急欲逃，可站久腿僵了，一步都動彈不得，就這麼直直地撞上了來人狠厲的眼。

空氣死一般的沉寂，姜眠的心已經蹦到了喉間，堵得她喘不出一絲氣。

她順利看清了姦夫的長相，桃花眼眼尾微挑，本當多情的眼眸此時鋒利如鉤，她面如冠玉，一副小白臉長相，確實有讓女子癡情不捨的資本。

但這並非重點，姜眠手撐著牆面才未倒下去，她強撐鎮定，眼神警惕又害怕，這人不會直接開殺吧……

「四郎，是誰？」江映月狼狽地跟上來，神情緊張。

她眼淚未乾，臉上花成一片，心裡卻警醒，剛才那些話絕不能被人聽了去！

男人收回了目光，「一隻野貓，踩著樹幹跑了。」

「是、是嗎？」

「走吧。」男子淡淡道，他往回走了幾步，又轉身睥睨江映月，「我說的事，妳最好按著去處理。」

江映月的眼淚瞬間決堤，她沒想到男人還是這般決絕，追上去喊出他的大名，「崔軼！我如何能忍心將孩子打掉？那是你的骨肉啊！」

「妳說是便是？」

江映月愣住，久久才從他的目光中讀出意思，一臉不敢置信。

崔軼冷笑一聲，甩開她的手，一舉從牆上翻了出去。

第五章　瞬間要黑化

姜眠也不知怎麼回到小院的，她的雙腿一路上都在抖，生怕崔軼突然折回，一刀要了自己小命，直到迷迷瞪瞪掀開簾子進到屋內，看到這段時日來自己一直睡著的小榻和喜慶的被褥，才終於有種回魂了的感覺。

姜眠歪歪扭扭的坐到了圓凳上，因為太過用力，凳腳後挪幾寸，發出一聲尖利的摩擦聲，也讓姜眠在混亂的思緒中摸出一條線來。

他剛才不僅沒有直接滅口，好像還……掩護她了？

「姜眠？」沈執的聲音從內室傳來，他聽見了動靜。

對了，輪椅！

姜眠迷迷糊糊的將輪椅推進去，沈執正在床上安靜的看她動作，她擠出一抹笑，配合誇張的音效道：「噹噹噹，看我給你帶回了什麼？」

沈執的目光便順著移到那把輪椅上。

不得不說，采娘的父兄木工手藝實在了得，姜眠原先還擔憂做出來的輪椅平穩性會不夠，現下所見卻大大超出她的預想，它的構造無半分差錯，轉向足夠靈活，丈量出的椅座、靠背和腳托板對於沈執這樣體魄的成年男子是合宜的。

「快試試，我扶你起來。」姜眠杏眼亮晶晶，衝他伸出了手。

沈執抬了手，配合著被她扶起來，兩個人費了些力氣，終於從床上轉移到輪椅上。

「覺得怎麼樣？」姜眠認真地問他。
沈執穩當地坐好，笑顏清雋，「很好。」
「那便好。」姜眠望了望門口，低頭湊至他的耳畔，「推你出去轉轉？」
沈執捏著光滑的扶手，耐不住挪了挪位置，心裡急切地怦怦直跳，微微泛紅的耳垂顯出幾分緊張。「好。」
他的神態沒能逃過姜眠的眼睛，她嘴角翹起來，真可愛。
系統激動的聲音響起，「檢測到反派正面情緒直線上漲，轉化可得情緒值百分之八，當前總情緒值百分之二十三，請宿主繼續努力！」
姜眠眼中的笑意更濃了，她開開心心的推起輪椅，剛推兩步又頓住，「差點忘了！」
她跑去衣櫥那拿了沈執的外衣過來，他只穿了件單薄的裡衣，這麼出去非得著涼不可。
「你身子前傾些，我給你穿衣服。」姜眠敞開他的厚衣裳抖了抖。
沈執一句「我自己來」憋在了心中，乖乖地將身子前靠，下一瞬就感受到有衣服披在他身後。
姜眠身子貼了過來，雙手環住他，將衣襬捋順，「手抬起來。」
沈執順從的抬起臂彎，穿過她舉起的袖子，之後她蹲了下來，細心地給他繫衣帶。
沈執微微垂眸，看到女人纖細漂亮的手指在兩根深色的帶子上纏繞，幾乎在貼近的瞬間，他不可避免地聞到了她身上特有的淡淡馨香。
姜眠仔細在他腿上蓋了件大氅後，她站起身，捋了捋弄得微皺的素色襖裙，準備將沈執推出門。「走吧！」

沈執看著她垂眼，長睫挺翹可愛，似小刷子般濃密，往下是她燒傷後留下的疤痕，其實他並不覺得難看……他眸光微閃，那片疤痕好像突然間變淺了，是錯覺嗎？

來不及細究，姜眠已經繞去他身後，車輪滾動，她推他出了內室的門。

簾子一掀開，屋外凜冽的寒風便迎面吹了過來，幾乎是同時，沈執握著扶手的手暗暗發力，手背青色的血管微微凸起。

今日其實天色尚可，未下雪還出了日頭，但這座小院實在沒什麼好轉的，本就稱得上荒涼，又是冬日，賞觀的景色半死不活，四處都是冷冰冰的。

但沈執不一樣，他從住進這兒起，裡頭那張床便成了禁錮他的枷鎖，讓他無論如何也解不開，今日於他彷彿重見天日。

「你冷不冷？」姜眠總擔心他會受寒。

沈執搖了搖頭，他以前在邊關，那邊的冬天可比這兒冷的多，「我只是腿不好，身子並無大礙。」

怎麼會冷呢，他受這風一吹，才有種自己真實活著的感受。

「只是腿不好？你還真敢說，也不知道前段時間那個病懨懨的是誰！」姜眠哼哼唧唧拆穿他，一點也不留面子，「以後再敢玩絕食……哼！」

一聲「哼」，意思皆在不言中。

沈執瞬間被鋪天蓋地的羞恥淹沒了，他當時沒了生念，才會做出那種舉動，現在想想真的幼稚萬分。

絕食自盡這種念頭，沈執萬分不敢再說給姜眠知道，只好低沉著聲音糊弄，「我想去外邊走走……侯府是什麼景致，我近乎要忘了。」

若是換個熟知沈執的人，必定知道這話是在騙人，畢竟這幾年他常在邊關，住在侯府的時日少之又少，再者他早已學會對府裡這些事物不抱任何感情，什麼景致能讓他放在心上？

不過姜眠不瞭解，她被轉移了注意力，心還軟得一塌糊塗，根本說不出拒絕的話，「行行行，推你出去。」

說到底，沈執又有什麼錯呢，壞人為了權錢作惡，卻將他拉進深淵。

姜眠滿心都是心疼，徑直推他去院外，「不能出去太遠，你現在還不好被人看到。現在不是丫鬟來送飯的時間，這邊也夠僻靜，沒人會在大冷天跑過來晃悠。

當然，來找麻煩的不算。

「嗯，聽妳的。」沈執道。

院外不遠處有假山和亭子，姜眠慢悠悠的帶著沈執晃悠，相比她的閒情逸致，沈執還真四處望了望，只是姜眠在他身後，並未看見他神色越來越冷淡。

「先停下吧。」

姜眠依言停在了亭子邊。

「你還沒告訴我呢。」姜眠尋了塊乾淨的階石坐下，對他道：「你回那個陸……的信寫了什麼內容？」

「陸清林。」沈執在後面補全姜眠忘了的那倆字。

「哦哦，他是什麼人啊？」

「他是……」沈執遲疑了下，在想怎麼同她解釋，「算是我昔日的軍師，極有本事。」

陸清林出身鄉野，身分低微，連仕途的邊角也搆不著。

他去投軍，招士兵的管事嫌他體魄不行，纓槍都抓不穩，也不想收他，然而陸清林神色激動，不肯就此放棄，說自己可為將軍出謀獻計，惹得周圍人哄堂大笑，罵他口氣大。

這一幕被沈執撞見了，他沒由來的相信那番話，見陸清林一腔熱血，他願意給對方一個希望，便直接收入麾下。

相處之後發現，陸清林確實極具才能，是個可造之才，時至今日，兩人間的情誼已不能單純用上司下屬衡量。

「你們如何打算？」姜眠隨口問出聲，玉手隨心地向他的手背摸去。

肌膚相觸的瞬間，沈執心跳猛地加速，手忍不住縮回去半寸，「做、做什麼？」

「你的手。」姜眠剛碰上去就覺得他的手冰涼，「都凍成這樣了，自己沒感覺嗎？」

姜眠拉起他的手往寬大的袖子裡藏，遮掩得結結實實，「另一隻手你自己來，這樣手就不會受凍了，像我這樣。」

她示範著將兩隻手都往大袖裡藏，抖了抖袖子，帶著點得意，「你看！」

她從這麻煩的大袖子中找出一個優點，就是能將整隻手縮進裡面擋風，沒道理這些穿了小半輩子年歲的古人不知道吧？

沈執嘴角微扯，他當然知道，可這未免也太不莊重了。

沈執心裡抗衡著，右手卻不由自主地學她的法子，在姜眠的目光下將手藏得沒了影。

姜眠滿意一笑。

「我是叫清林去查些東西，三個月前那一戰疑點頗多，加之我墜馬同沈汶有關，我總懷疑事情並非表面那般淺顯。」

三個月前那場潼關之戰，荔國來犯，他們應對了幾日，雖說身心俱疲，但好歹也除了荔國半數軍馬，可那日敵方的援軍分明未達，當夜夜襲的兵馬卻遠遠多於營中所剩的將士。大戰後雙方都精疲力竭的情況下，還舉兵夜襲多半是兩敗俱傷，因而幾乎從未有過，這才讓他們疏於防範，可問題是荔國哪來的援軍？

「若是這樣……二皇子也脫不了干係？可能那折了的五萬兵馬也同他也有關？」沈執有些驚詫的看了眼姜眠，他沒想到她能這般快的意識到這點。

他低聲道：「他既有爭奪兵權的這份心，便不得不讓我多慮。」

眼看有細雨飄落，姜眠和他回了院子，穿過臺階門檻這種地方總是難行的，姜眠搭了塊板子才好將他弄回去。

「那邊是什麼地方？」沈執忍不住問。

主屋外廊順延至那間尚能看得過眼的小平屋，灰溜溜的卻看不出是做什麼用處的，他對這屋子的構造全然不知。

「廚房啊。」姜眠漫不經心地看了眼他指的地方，隨即想起什麼，「呀，午餐沒做！你想吃什麼，我去做。」

采娘給他們送了兩回食材，吃食這方面暫時還是足夠的，但今天為了慶祝沈執順利坐上輪椅，她決定做點高難度的！

「隨妳。」妳做的都好吃，他在心中補了一句。

「那成，我先推你回屋歇歇。」姜眠步伐輕快，低頭就見他髮頂上一截短短的墨髮翹起，在梳得整齊順滑的髮髻上十分突兀，「你等等，先別動。」

她忍不住伸手捋平，還順手摸了摸這顆腦袋，軟乎，手感不錯。

沈執被摸得心緒翻飛，他感覺姜眠像在對待小孩子，但被她這樣摸著內心又可恥的產生了一絲舒服感，想叫停又不叫出口。

等姜眠心情愉悅地將手挪開，沈執耳尖紅得欲滴血，他忸怩出聲，「不回屋裡，床上我待膩了。」

姜眠一愣，「那你想去哪？」

沈執薄唇吐出倆字，「廚房。」

也成，廚房雖然小，但沈執一個人也不占多少地方。姜眠這般想著，兩人便去了廚房。

「我們今天吃麵！」她把沈執安置在一旁，變戲法似的拿出一個陶瓷面盆，裡面是之前揉好未用完的麵團。

姜眠將手洗淨，一手壓在面盆上，一手揉了幾下那塊微微發黃的麵團，軟硬正好。

她在現代時父母很早就離異了，從小和奶奶生活長大，奶奶有一手好廚藝，麵食更是一絕，她從小耳濡目染，倒是學過不少。

後來奶奶離世，她工作從早忙到晚，又是獨居，幾乎沒什麼自己下廚的時候，到了如今這個環境，動手倒成了常態。能卸下壓力做些尋常事，她十分開心。

依舊困難的是生火，姜眠拿著兩塊火石打了半天，遲遲不見火花，這種事情實在太為難她這個用慣電力的現代人了。

閒置一旁的沈執終於看不過眼，「給我試試？」

姜眠眼巴巴的將火石遞到了沈執手裡，還將他推到灶臺邊。

沈執彎著腰下去，只聽見「啰嚓」一聲，那小堆做火絨用的枯草出現了丁點的火星，生出了一簇火苗。

沈執熟練的遞柴火，未過多時，便把灶火生了起來。

「這……」姜眠難以置信，這是怎麼做到的，她每次都得弄半天呢！

沈執悄悄瞥見她帶有些許讚歎的神色，輕咳了一聲，泰然自若，心裡有幾分暗喜，他也還是有點用處的。

姜眠笑嘻嘻用身子碰了下他的肩部，「果然，有個夫君幫忙就是不一樣。」

「咳咳咳……」沈執咳得面紅耳赤。

姜眠蹲下身去瞧他那張佈滿紅暈的臉，「夫君，以後生灶火的功夫就交給你了，不能總吃白飯，懂？」

「我知道的。」沈執低頭應聲，根本不敢看她。

約莫是事情過於棘手，幾日過去都沒再見到陸清林來消息。

姜眠顯得有些急切，「能查得出來嗎？陸清林不會被他們盯梢吧？」

沈執在離她不遠處烤火，炭火燒得正旺，偶爾迸發出火花，爐子邊上劃出了一隅空地，那裡烤著兩顆番薯。

聽見姜眠的話，他的動作明顯一滯，但還是給出了回答，「清林有自己的判斷。他雖人脈有限，但若順著幾個疑點去尋，不會查不出來，再耐心等等吧……倒是妳嗓子怎麼了？」

這是在外間，屬於姜眠的空間，尋常時候都用屏風相隔，而現在沈執正在這面屏風相隔的範圍內。

儘管榻上的東西收拾得很齊整，沒什麼不可見人的東西，但女兒家這樣私密的場所，沈執一眼也不敢多看。

「今日起來有些感冒。」她抱著一杯熱茶喝，鼻尖泛紅，說出的話還帶了一絲鼻音。

姜眠平時很注意保暖，因此極少生病，不料到了這裡卻中招了，此刻身體乏力得很，只得懶聲揮揮手，「記得多翻幾次面，別烤焦了。」

沈執低低的應了聲，用長鉗給番薯挨個翻了面。

這時，院門口突然傳來一陣拉扯聲——

「進來啊沈思玥，妳不是說要陪我來的嗎？」

姜眠心中警鈴大作，下意識和沈執對視了一眼。

「沈思玥是誰？」姜眠邊說話邊跳下了床，手上的茶杯一晃蕩，茶水便灑在手邊和衣裙上。

沈執眉眼一冷，「沈敬德和徐氏的女兒。」

哦，沈汶的妹妹，可是她跑來這裡做什麼？

姜眠一頭霧水，但她很快冷靜下來，將茶杯放好，「你先進去，我去攔住她們。」

沈執沒動，姜眠皺著眉，「去呀，別讓她們看見你。」

他還坐著輪椅呢，要是讓人知道他能離開那張床活動了，事兒肯定要壞，要知道沈汶能這般肆無忌憚，敢放心將人丟在這兒還不派人守著，不就是因為沈執無法行動，她也翻不出什麼花樣嗎？

沈執擰眉和她對視了會兒，最後沒說什麼，轉動車輪回到了內室。

姜眠鬆了口氣，沒注意到他最後微微變冷的表情。

院門外，兩個不過十一二歲的少女還在僵持，粉衣的咬著唇不願踏入院門，織金紅底的站在門簷之下，白淨的臉上秀眉蹙著。

「沈思玥，是妳說妳那個殘廢哥哥又髒又瘦像個死鬼一樣，我好奇才答應來你們府上看看的，妳說清楚，到底陪不陪我去看？」

沈思玥臉色慘白，她虛著聲道：「嬌嬌，咱們不進去了好嗎？萬一瞧見什麼……」

「妳住嘴，嬌嬌是妳能叫的嗎！」柳嬌嬌杏眼圓瞪。

沈思玥渾身一哆嗦，「是，柳、柳小姐。」

柳嬌嬌不悅的哼了聲。

沈思玥攥緊了手裡的帕子，心裡生出一絲屈辱。

她是定北侯府最受寵愛的嫡女，但也僅僅是府內，外頭許多年紀相當的貴女並不與她深交，而這位脾氣嬌縱的柳國公府三小姐卻不一樣，她可以輕輕鬆鬆成為小圈子之首，原以為和她交好便能在那群貴女們出人一頭，未曾想柳嬌嬌這般難相處。

前兩日她為了讓這位國公府三小姐來家中做客，將沈執那個廢物兄長形容得人不人鬼不鬼，才勾得她興趣。

現在人是來了，她本以為帶柳嬌嬌來院外走走便能息了好奇心，沒想到柳嬌嬌一個姑娘家膽大妄為，在外面走兩圈可不行，非要進去看看裡面的是人是鬼。

自她出生起，她就沒見沈執受過府裡人待見，自己也瞧不起他，可內心裡她對他十分畏懼，甚至害怕這個人，因為……她見過沈執殺人。

他殺的是一個侯府的刺客，距今兩年過去了，她始終忘不掉沈執一劍挑斷刺客脖子時噴湧而出的血和他面上冷冰冰的神色。

沈思玥有時會恨他，恨他為什麼要當著自己的面殺掉那個刺客，雖然他現在成了殘廢，但依舊讓她安不下心來，依舊會令她害怕。

「思玥，妳就陪我走一遭嘛，妳陪我這一趟，以後我們就是好姊妹，我把我認識的朋友都介紹給妳怎麼樣？」柳嬌嬌雖同她這般講，臉上卻還是矜驕的表情。

可沈思玥動搖了，腦中嗡嗡的只剩和柳嬌嬌同樣身分的貴女笑盈盈交好的場面。

柳嬌嬌知道她的心思，彎唇一笑，沒費什麼勁便將人拉進去了，「走吧。」

兩人走進來的時候，姜眠也現了身，站在兩人面前，表情近乎冷酷，「不許進去。」

沈思玥和柳嬌嬌說的話她全聽見了，她沒想到這兩個出身不低的高門小姐能有這種惡俗又歹毒的想法，就因為有趣和一己私慾。

姜眠一股子惱怒油然而生，她們當沈執是什麼？沈執作為將軍時，在戰場上為大梁的安危拚死而戰，如今這顆將軍之星隕落了，便成了任人羞辱的落水狗了嗎？

觸及姜眠的目光時，沈思玥心頭沒來由的一顫，後退了一步。

她只在姜眠嫁來侯府的第一天遠遠見了一面，對方軟弱又醜陋，那張令人作嘔的臉多看一眼都能讓她作噩夢。

可如今再見到，恐怖的卻不再是疤痕……她怎麼覺得姜眠看過來的眼神和沈執的一樣鋒利呢？

柳嬌嬌也被嚇得有一瞬間的呆滯，但瞅見姜眠的臉後便又強行鎮靜下來，嘻嘻笑道：「我當是誰，思玥，這便是妳說的那位嫁給妳哥哥的姜府醜女？還真是挺醜的。」

姜眠皺著眉，她沒想到一個小姑娘小小年紀，卻能毫不避諱地說出羞辱人的話。

「我非要進去！」柳嬌嬌儘管身量不足，但氣勢卻一點不輸姜眠，她趁隙鑽了空子，笑著往屋內跑。

姜眠皺眉去追，主屋那道門卻啪的一聲，被柳嬌嬌反鎖了。

柳嬌嬌得意地笑了起來，左右望了望，漫步往內室走去，很好奇自己待會看到的景象。是會看到床上那個人一副苟延殘喘的模樣？還是髒兮兮渾身臭味的模樣？總不可能已經死了吧？

然而每一種結果她都沒預料對，而且每一種都沒有眼前的來得真實。

沈執披散著頭髮，半身掩在被褥下，那張面無表情的臉一點也不醜，甚至算得上少有的俊美，但這些都不是柳嬌嬌身體僵住的理由。

只見沈執頭微微歪著，半瞇著眼睛，修長有力的手掌舉過耳，掌心裡握著一把尖利的匕首，正泛著幽幽的寒光。

他臂上施了力，匕首飛掠而出，從柳嬌嬌耳畔險險擦過，斬斷了她的一縷髮絲，然後「鏘」的一聲，直直插入她身後的舊門框。

柳嬌嬌木然回頭，她聽見自己脖頸扭動時發出了咯咯的詭異聲，然後目光落在了那把匕首上，鋒利的刀刃映出了她自己的影子。

「啊啊啊啊——」柳嬌嬌嚇得面部猙獰，連滾帶爬往回跑，途中她摔了兩次，「救命！我的耳朵好疼！救命啊！」

她想要開門，可不知是年久失修還是怎麼，門卻打不開了，她拚命地拍門，語不成調地尖叫痛哭，「殺人啦——救命、救救我！放我出去！我是柳國公府三小姐，放我出去嗚嗚嗚嗚嗚！」

「嬌嬌妳怎麼了？妳別急啊！」門外的沈思玥心情如凝上了一層冰霜，墜到了谷底。

柳嬌嬌到底在裡面發生了什麼，為何嚷嚷著有人要殺她？沈執都成那副鬼模樣了，還有能耐殺人不成？

在這一刻，恐懼感鋪天蓋地席上了沈思玥，要是柳嬌嬌出了事，她也完了……

姜眠見門打不開，順著後院的窗子跳了進來，見沈執安然無恙，稍稍安了心。

她走到門口，冷眼看著那個半跪著拍門哭泣的紅衣女孩，等她哭累了才施捨般上前，費點巧勁兒將門鎖打開。

陽光順著打開的木門一點一點露出來，柳嬌嬌如蒙大赦，正想往外爬，被姜眠拎小雞崽似的抓起衣領，拖到了外頭一丟。

柳嬌嬌摔落在地，卻絲毫感覺不到膝蓋傳來的疼痛，她回頭看了眼姜眠，目光驚恐萬分，忙不迭起身跑出這座院子。

「嬌嬌，等等我！」沈思玥也面如土色，只悄悄地掃過姜眠一眼便追隨著跑出，不敢多加停留。

姜眠望著那兩個離開的背影，又氣又惱，心情格外的不爽利，她用腳碾了會地上的石子兒，吹了會兒冷風，好不容易才平復情緒。

「宿主——」系統的聲音傳來，參雜著斷斷續續的電流音，「宿主，情況有變！」

姜眠一愣，「什麼有變？」

「您獲得的情緒值下降了三點，只剩下百分之二十。」

「什麼？」姜眠試圖對系統怒目而視，「為什麼還有下降一說？」

這些都是她辛辛苦苦掙得的啊！

系統哆哆嗦嗦，「原因未知，系統只檢測出剛才此世界出現了微微的動盪，緊接著情緒值就下降了，此情況頭回出現，暫無應對措施……」

呵，意思是要她自己解決了？

既然剛才發生的事……對了，她差點忘了剛才那什麼嬌嬌哭著嚷著喊救命，難道沈執對她做了什麼？

姜眠回屋，一眼就見到斜插在門架上的匕首，刀刃鋒利得觸目驚心，「哪來的匕首？」

她太陽穴突突地跳，心也驚疑不定，握住手柄將其拔了下來。

床上的人不見動作，語氣低沉低沉的，「為何回來得這般晚？」

見他出聲，姜眠淺笑著望去，「你還擔心我出什麼……沈執？」

話音戛然而止，她遲疑了一下，這話怎麼聽著像是質問呢？

房間很暗，沈執半身隱沒在陰影中，看不清晰，姜眠也是走近時才發現，他的眼裡無波無瀾，漆黑得像一灘死水。

她突然有種錯覺，系統剛才所說的世界的動盪……是不是和沈執有關？

柳嬌嬌拚著不想死的勁兒跑出來，穿過假山和開滿紅梅的園子，沈思玥跑在她後邊，一直沒能追上。

等她速度稍減，沈思玥終於搆得著她衣角的時候，卻見對面一群女眷簇擁而來。

領頭的女人正是徐氏，她姿態溫婉，對身旁的人笑道：「張夫人見笑了，那處園子也是栽下去三載才有如今的長勢……」

徐氏今日邀了各府的夫人小姐來賞梅，原本一切都好好的，方將人領至這處，便見前方兩個人影跑來，嘩啦啦衝撞了一行人。

本以為是下人，徐氏暗暗掐了下帕子，想著等人過來責罰一下，可待那兩人走近，她的臉色幾息間變了又變。

柳嬌嬌止了步，被這麼多人撞見自己丟臉的樣子，一張俏臉又冷又黑，卻依舊如孔雀般高傲。

沈思玥見到徐氏身後的那些夫人，臉一下子變得僵硬，暗道柳嬌嬌真是個禍害，害她闖了大禍，柳嬌嬌可以無禮，自己卻不行，她只得硬著頭皮先給眾人行了禮，又怯怯地喊了聲「母親」，試圖挽救幾分在眾人心中的形象。

後邊的人噤聲，徐氏則是眼珠子都要掉出來了。

玥兒和這個柳國公府的小姐不是在碧笙院好好待著嗎，為何會出現在這兒，還一副狼狽相？

玥兒向來聽話，而這個柳嬌嬌的驕縱秉性她也知道，必然是她逼著玥兒陪她胡鬧。

徐氏勉強鎮定下來，擠出個笑，朝眾人和柳嬌嬌解釋，「玥兒整日悶在屋中讀書練字，多虧嬌嬌才活潑些。」

她沒想到她這話說出來卻是火上澆油了。

幾個夫人都是身居內宅頗有能耐的，怎麼能聽不出徐氏話雖說得好聽，卻全然是在維護自己的女兒，世人皆知娶妻當娶賢德端莊的，有誰樂意娶個教養不行還跳脫的姑娘？

柳嬌嬌也聽出自己被當槍使了，又有剛才沈執那事兒在，一時怒上心頭，「好啊！你們定北侯府淨會欺負人，我要回去告訴我爹爹！」

一句話將在場不少人說得慌了，她們這些人加起來也不夠一個柳國公府厲害，柳嬌嬌在家這般受寵，她回去告狀難保國公爺不會發怒。

當然，也有些人幸災樂禍的等著看徐氏母女出洋相。

徐氏的臉肉眼可見的難看起來，她一時忘了柳嬌嬌不好得罪，可說出去的話覆水難收，又有旁人在，她只能咬牙放任她和丫鬟離開。

沈思玥跟在柳嬌嬌身邊陪笑，她理也不理，直接坐上了回柳國公府的馬車。

幾位家世相當的侯爺夫人看足了笑話，便作鳥獸散般紛紛告辭，攔都攔不住，徐氏一時只覺得心涼了個透。

面對徐氏冰冷的目光，沈思玥身體忍不住發抖，哭出了聲，「母親，都怪那個殘廢！」

回到院裡，她和徐氏說了剛才在小院發生的事。

徐氏水蔥似的指甲掐上了掌心，淡聲道：「想不到他竟還剩些能耐，若是這般就不能放心了。」

沈思玥哭聲一止，她沒聽懂，「母親？」

這時沈汶正巧過來問徐氏安，一來便見她們神色不對勁，皺眉問：「母親、玥兒，妳們在說什麼？」

姜眠此時正苦惱著，她愣是沒能從沈執嘴裡問出個所以然來。

問他跟人發生了什麼衝突吧，他不答；問他是不是心情不好，他也沒個聲兒。

相處了這麼長的時間，姜眠對沈執的固有印象便是純情還愛臉紅，卻沒見過如今一身陰沉的模樣，只能翻出沈執的手掌捏了捏。

沈執低下頭，盯著被她握著的那隻手，聲音輕得不像話，「方才，我是想朝她臉上劃去的。」

姜眠的呼吸幾乎要停了，「……你說什麼？」

他沒回答，只溫溫和和的笑道：「姜眠，待一切好轉之後，我將他們殺盡可好？總歸要讓那些人都付出代價。」

那句話剛落音，系統的警報聲響起——「警報！警報！情緒值下降一點，當前總情緒值為百分之十九！情緒值有繼續下降的跡象，宿主請及時做出應對措施！」

姜眠瞬間懵了，她怎麼覺得沈執一瞬間黑化了？

「不行啊，你的手怎麼能沾上那些人的血，媽媽不允許！」她一著急起來就口不擇言。

沈執唇邊的笑意突然一止，「媽媽是何意？」

聽見他的話，姜眠才意識到自己說了什麼，一下子解釋不出來，憋了個面部猙獰，「就是……呃，夫人的意思！」

姜眠突然覺得自己很機智，眸光閃閃地看著他，「你不會讓我失望的，對吧？」

沈執深邃漂亮的眼中閃過些東西，他像是認真思考了一下，然後乖乖的點了頭。

姜眠見他的反應，心中鬆了一口氣。

不料下一瞬，沈執面上又浮現出了詭異的笑容，「對，不能髒了手，那我便先將他們都抓起來，叫人關起來一刀一刀剮，看他們血流不止哀嚎不休……對了，剛才那名女子要劃上數百刀將她的容貌毀了，這般就不會——」

沈執的眼神移至她的臉上，目光沉沉。

姜眠並未注意到，她聽得毛骨悚然，整個背後都冒出了冷汗，原來即使有她的干涉，沈執的內心還是處於一片黑暗嗎？

她抓住他的手臂，試圖勸解，「沈執，你聽我說……」

沈執緩緩地眨眼，他的目光飄至她水潤的唇上，驀然想再看那兩瓣紅唇一張一合，他道：「好，我聽，妳說。」

他答應得太乾脆，就連目光都滿是自己的身影，反倒讓姜眠不知如何出聲了，她努力想了想，認真道：「沈執，你要記著，錯的是他們，不是你，無論如何你都不該為他們的錯擔責，我們要做的是讓大梁律法懲罰那些犯錯的人，堂堂正正活著，好嗎？」

她說不出什麼大道理，她只希望還得清白後，沈執能夠不被過往的仇恨束縛，不被殺障迷眼。

沈執像是聽進去了，又像沒有，他看著姜眠的眼睛，眼神有些迷離，半天才道：「可是我——」

姜眠耐心地問：「可是什麼？」

沈執湊近她的臉，「可是我……」

姜眠以為他要悄聲說，凝神去聽，感受到了沈執略高的體溫，他輕顫的羽睫逼得越來越近，她慢慢瞪大了眼，杏眼裡似融了一抹水氣。

那兩瓣微涼柔軟的唇輕輕擦過她右臉上的疤痕，像蜻蜓點水，然後腦袋一歪，枕在她的肩上不動了。

「沈執，喂？」姜眠從臉頰溫度飆高的狀態回過神來，輕輕拍他，「你還好吧？」

沈執還是沒動靜，他挺拔的上身倒在姜眠肩頭，像一隻巨大卻十分乖巧的狗，安靜得不像話。

系統怯怯說：「宿主啊，他睡著了。」

睡著了？姜眠側著腦袋去看，確實看得出那雙眼合上了。

她忍住滿腹的質疑，小心翼翼的將人從肩頭弄下來，讓他腦袋輕柔地挨在枕上，又將被褥給他蓋好，看著他的睡顏露出幾分安靜和柔軟，她的疑惑放到了最大，開始質問起系統。

「你給我解釋清楚，沈執怎麼會突然變成這樣？」

系統一身汗毛飆起，「剛剛得知，反派原先是要走上黑化道路，但由於宿主的干預，導致反派由內而外的變化，現在出現了某種介質的擾亂，迫使這些黑暗的情緒和反派的神經發生了共融，所以他突然……呃，變態了。不過宿主您不用擔心，在我們系統局拚命地維護下，反派已恢復正常，您的情緒值回來了，還額外增長了五個百分點，當前總情緒值百分之二十八！」

最終系統求勝慾極強地下了結論，「宿主！今天的妳又漂亮了！」

姜眠果然被轉移了注意，若有所思地伸手拍了拍臉。

正在此時，院內傳來一聲怒吼——「沈執！」

衝進來的沈汶怒氣衝衝，一個眼神也沒留給姜眠，徑直朝著床榻上的人咬牙切齒，「你對柳國公府的小姐做了什麼？我奉勸你老實點，安安分分待到死，不要給我惹不該惹的——」

「閉嘴！」姜眠的第一反應是這個神經病吼這麼大聲，把沈執吵醒怎麼辦，神色變得十分不耐。

她坐起身，上下打量他兩眼，見他隻身一人，提著剛才那把匕首朝他走去。

沈汶被她的話氣得目眥欲裂，「妳說什麼？」

不過是安平侯府一個小小的棄女，竟敢這樣對他說話？

姜眠離他越發近，氣場卻毫不輸他，匕首隨手一轉，劃出漂亮的弧線，「該老實的是你吧？提醒你那個妹妹少來招惹，若是再來找事，我也指不定會發生些什麼。」

沈汶冷笑，「好大的口氣，妳就不怕我先對妳的好夫君做些什麼？」

姜眠對他的威脅全無畏懼，「你儘管來，只要能同聖上交代。」

姜眠算是看透了，沈汶除了能吩咐下人讓沈執處境艱難些，根本不敢對他下狠手，畢竟沈執有軍功在身，且皇上還未降罪，難保哪一天想起他的勞苦功高就原諒他。

沈汶顯然被她的話激怒，順勢而言，「他不行，不是還有妳嗎？」

姜眠沒想到他還把算盤打到自己頭上來了，揮著手上的刀子，眼神警戒，「你試試看，看誰先死！」

沈汶微不可察的後退一步，盯著那雪白的刀刃，咬牙道：「姜眠，我已知曉妳聯絡外人送食蔬之事，我且告訴妳，人已經被我趕走了，這等機會休想再有！」

瞧見姜眠神色流露出一絲緊張，他的目光變得陰狠，「想吃好東西？這輩子別想！」

他不知道的是，姜眠緊張的只是輪椅，但聽沈汶的語氣，看來是只知其一不知其二，暗暗鬆了口氣。

不過她面上還是裝出一副事情敗露的害怕，「你不得好死！羅剎早晚將你這惡人收了去！」

沈汶才不畏懼這種話，冷冷一笑，正想再警告一番，外頭突然來了人。

「二少爺！您在哪？不好了！」

沈執擰眉看了姜眠一眼，甩袖走出了屋子。

那家丁氣喘吁吁地跑來，見到沈汶也顧不得抹汗，急急道：「大事不好了二少爺，二少夫人摔倒……流產了！」

第六章　裘洛楚求幫忙

沈汶一瞬間臉色變得難看，抬步便走出去，「給我說清楚，到底怎麼摔的？」

他知道妻子近日一直心神不寧，聽丫鬟回報夜裡有時還會哀傷慟哭，婦人多作愁思，他只覺得煩躁，但江映月懷的畢竟是他的第一個孩兒，前幾日二皇子那派來的太醫還診斷出是個男嬰，他自當在乎。

何況江映月乃江家獨女，能生下兒子，兩府之間自然也會高興，現在……都成什麼事了！

家丁疾步跟在他身後，屈著腰支支吾吾道：「二少夫人飯後和丫鬟去院外消食，晨間方落過雪，出去時正是雪水相融之時，地上濕滑便……」

「府醫呢，摔倒便保不住了？」沈汶眼裡滿是戾氣。

「這是府醫親口所言，已經叫人備藥了。」

後頭的姜眠很驚訝，當日意外見到江映月和姦夫會面的場景還歷歷在目，她沒想到如此珍重腹中孩兒的江映月居然流產了。

「宿主，請您跟上去看看情況！」系統出聲引導。

姜眠皺眉，不是很想去，她低聲道：「不行，沈執還沒醒呢，萬一他醒了看不見我怎麼辦？」

系統很快回答，「他不會這麼快醒的，您放心。何況這是刺探敵情、摸清沈府結構的大好時機，宿主您怎能錯過？」

姜眠想了想，覺得可行，江映月小產足以讓大半個侯府兵荒馬亂，沒人會注意她，「那行吧，依你所言，去看看。」

說到底，原文中沈執黑化後所報復的人當中她還只見了其一呢。

沈汶匆匆離去，她遠遠地跟在後面，路上發現定北侯府內不少地方掛上了紅燈籠，張燈結綵，連地面也清掃得很乾淨，處處洋溢著喜氣，這才想起來年關將至，沈府人已經在做過年的準備，想來只有她和沈執的住處是冷清的。

哼！都是些仗勢欺人的狗東西。

沈汶到達院子時裡面已經亂作一鍋粥了，數名丫鬟進進出出，端出了帶有血水的盆帕，湯藥一碗一碗送到了裡面。

斷斷續續的哭聲和講話聲傳至沈汶耳中，一靠近，濃重的血腥氣傳來。

江映月在層層疊疊的床幔之中一面忍著痛，一面哭得厲害，「孩兒，我的孩兒……大夫！大夫我求求您救救他……」

在江映月身邊救治的女醫大抵是個脾性大的，見她鬧得有血崩的症狀，呵斥道：「鬧什麼！再動莫說能不能有下一個，大的都保不住，妳不要命了？」

江映月哭喊，「我只要這一個，只要這個啊！」

沈汶黑著一張臉，隔著床幔輕飄飄的掃了一眼便離開，沾了血的屋子穢氣重，他不忌諱著點，要是壞了他的氣運才是真正的大事。

江映月也實在上不了檯面，性格忸怩也就罷了，連一個胎兒都保不住。

沈汶沉沉的合上了眼……若非江家的萬貫家產，他又怎麼會娶來這麼一個人。如今以他的地位，什麼樣的找不著，倒不如此前便選個貼心懂事的。

沈汶往堂屋走去，徐氏坐於首座，臉色並不好看，一身寶藍如意繡的馬面裙襖遮住了些頭上的珠光寶氣，腳下不遠跪著一個穿緋色衣裳的丫鬟，流著淚卻不敢出聲，臉上有指印，腫得已經不太能看了。

她是江映月的貼身丫鬟青兒，事發之時是她陪在江映月身邊，卻沒能扶住江映月。

「沒用的東西！」沈汶眼神陰鷙，冷得似毒蛇，走過去問也不問，纏金絲的黑色靴履踹在青兒身上，人立即飛出去老遠。

青兒倒在地上，痛得渾身痙攣，呻吟不已，她掙扎著想爬起來卻沒辦法，最後吐出了一口血，艱難道：「求、求二少爺給奴婢一個機會，少夫人身體不好，還需要奴婢照顧……」

沈汶並不理會她，朝徐氏示意，「母親，您看著處置。」

徐氏揉著額，今日發生的事情太多了，弄得她頭疼，「行了，真是一波未平一波又起，年節近了，這等不吉利之事草草揭過就是，江府那兒先瞞著，莫要衝撞兩方的喜氣。」

沈汶應下了。

姜眠只聽了一點兒他們的談話就要受不了了，這兩人一個是江映月的婆婆，一個是江映月的丈夫，可剛剛整個說話的內容竟無一人提及到她的安危，不僅如此，還要對真正會擔心她的親人隱瞞。

若沈汶知道孩子不是自己的，姜眠可以預測到江映月的結局大概只有死路一條，不知不覺間對江映月多了幾分同情。

女醫終於從江映月的屋中出來，她人很高䠷，遠遠看著有些瘦骨嶙峋，她手邊提著藥箱，神色冷淡的吩咐侍女，「藥按著方子去抓，服半個月，一日三次，少一次都不行，還有小產後不能吹風，也莫叫她哭，整日哭哭啼啼的，那破身子還要不要？」

雖然口氣凶，但女醫說的是實在話，姜眠看見這樣的同行忍不住生出些親切的意味，可惜她在現代就是個兒科大夫，現在這環境實在很難派上什麼用場。

反正也沒事可做，姜眠便趁機溜了出去，也不知自己朝哪個方向走，路至中途遇見了幾個人走來，為首的是個中年男子，他一身深色官服，體型微微發胖，眼下浮腫，面部中支的顴骨略高，姜眠能從他臉上看出「刻薄」兩個字。

她退至路邊站著，可他們走過時，中年男人身旁的侍從大聲呵斥，「大膽！妳是哪個院的，在妳面前的可是侯爺，還不快行禮？」

侯爺？竟叫她遇見了沈敬德那個人渣！

沈敬德抬眼掃過姜眠，見她臉上的疤痕，步子瞬間一停，「姜氏？」

姜眠眼觀鼻鼻觀心，從內而外擺出來一副不想理他的架勢，並不應聲。

沈敬德看她衣著並非侯府婢女，心裡已經確定猜測無誤，冷笑連連，「果然，這等不知禮數之人，除了妳這般的惡媳也不會有誰了。」

姜眠依然不理會，只想往那張臉上來一拳，好不容易才按下衝動。

見她還是不為所動，沈敬德臉上隱隱含了些怒氣，「看來妳這婦人是真未學過尊卑禮數，也罷，我今日便讓人好好教教妳規矩！」

姜眠這才有了動作，她將身子站直些，然後虛虛的給他做了個禮，「原來是侯爺，怪我眼神不好，沒看出您身上逼人的貴氣，不過侯爺您或許對我有什麼誤會。」

「我嫁來侯府多日未能見到您，今日和您第一次見面，您卻上趕著來訓斥我，還要罰我。」姜氏做作地撫了撫額髮，臉色出現幾分憂傷，「傳出去指不定會被人說您別有用心，侯爺不能亂說話來壞我名聲啊。」

姜氏說的話算不得硬氣，但配上她那陰陽怪氣的調子，殺傷力勾得沈敬德怒火四起，想壓都沒法壓。

什麼別有用心，這女人的意思是他在對她圖謀不軌？這姜氏竟敢說這種胡話，她不要命了嗎！

沈敬德圓目瞪得像要跳出來，「姜氏！妳長舌多話，因阿汶良善，還敢脅迫從他那裡討要錢財，我便是罰妳也是理所應當！」

好傢伙，原來沈汶是這麼跟他爹說的呀，不過也未見有珠寶送來啊，這年頭造謠都不需要成本了嗎？

姜氏換上一副柔弱的表情，「是我不對，二弟當日問我和夫君要何禮，我怕拒絕會令他難受，這才提了些要求，誰知他說的是客氣話……我真傻，真的，竟不知這些只不過嘴上說說便罷，做不得真。」

沈敬德被她說得頭都昏了，「姜氏，妳胡說八道什麼！」

姜氏頓了下，隨即又泫然欲泣，「您不信嗎？也罷，為了闔府和氣，這事兒還得揭過去，不能一直計較著讓府中上下皆知。但是還有一事要讓您為我做主，二弟三番兩次往我們屋中闖，若只有夫君和他倒也好說，可屋中還有我一個女眷在呢，這實在……」

聽到姜眠拐著彎說沈汶不知禮義廉恥，沈敬德氣得七竅生煙，「一派胡言，阿汶平日最講禮數，怎麼可能如妳說的那般？且記得妳的身分是我定北侯府兒媳，若是妳把這話傳出去壞他名聲，我定要……」

「誰是你兒媳了？」姜眠覺得面對這個事事偏到西北的人沒什麼可說的，由上至下打量過去，「我說，你上趕著來認我當兒媳，我還不認呢！」

「簡直是蠻橫無禮！安平侯府就是這般教養女兒的？」沈敬德回到屋中時怒氣衝衝，完全嚥不下這口氣，「不愧是夫妻，她和我那大兒子一樣，讓人生不出半分喜愛來！」

他氣上心頭，把丫鬟遞上來的茶盞順手往地上砸了個稀巴爛，嚇得那丫鬟跪倒在地，一聲也不敢吭。

李管家走來，揮手將那婢子退下去，歎了聲氣，安撫道：「侯爺不必動怒，大少夫人不過安平侯養女，劣性只怕是承了不知哪處犄角旮旯的爹娘，何苦為一個無關緊要之人傷了身子，二少爺看到會憂心的。」

「倒是如此。」沈敬德聽到沈汶的名字，神色微緩。

阿汶是他從小看著長大的，什麼品性他最為清楚，怎能任那姜眠誣告。

沒過一會兒，下邊的人來報，說了江映月今日之事，沈敬德轉移了注意力，轉瞬對江映月怒上心頭。

這江映月如此不頂用，那可是阿汶的第一個孩兒，說沒就沒了！

冬日的夜來得早，姜眠乘著晚霞而歸，一路上聽見系統滴滴提示情緒值增長的資訊，心情由陰轉晴。

系統撒嬌打滾，「當前情緒值總數已達到百分之三十，宿主您好棒棒呀！」

那句棒棒呀說得一板一眼，還摻雜著電流的雜音，但姜眠聽得格外悅耳，大手一揮，表示它可以退下了。

姜眠走回院中，看見從窗子裡隱隱透出的燭光，才想起自己忽略了什麼。

完蛋，沈執醒了！

姜眠的心怦怦直跳，她想起今日沈執的那些異狀，和那句為何回來得晚的質問，腳下有些虛浮，幸好系統給她下過定心丸，說那些侵入的黑化意識已經被剝離開了，也就是說沈執多半不記得那些事了。

一入屋，便見沈執安安靜靜的坐在輪椅上，姜眠並不意外，自打把輪椅推回來，他便極少待在床上，就好像厭倦了一般。

昏黃的燭光之下，他身上披著玄色的大氅，背對著她，從姜眠的角度望去，只能見著沈執寬闊挺直的肩背和後腦。

姜眠放鬆了身子，突然生出幾分盎然的閒情意致，於是她悄然走到沈執身旁，彎下腰去，「做什麼呢！」

姜眠並非故意嚇唬他，這廝耳力好得很，像背後長了眼睛，以往她還未近身，他便知道她要過來，誰知今日沈執竟然真的未發覺，久久才作出反應，扭過頭，和姜眠殷殷期盼的目光對上。

慢動作慢到一定程度，讓姜眠產生了一絲神經上的緊張，她望著沈執深邃的眼睛，嚥了下口水，「怎麼啦？」

不是吧，難道還未恢復？

正在她躊躇糾結之時，姜眠看見一張宣紙從他的腿上緩緩飄落至地上。「咦，陸清林回信了？上面寫的什麼？」

沈執的目光有些呆，半晌才反應過來她在說什麼。

姜眠的注意力被紙張轉移了，她認得這種紙，正是前幾次陸清林遞信的那種，前幾次沈執並不忌諱她，因而這回她自然而然抓起信便看。

陸清林信中的信息量極其大，最關鍵的一點是他查清了潼關一戰的真相。

當日梁、荔兩國交戰，雙方皆傷亡慘重，然而荔國的援兵卻如及時雨般趕至，可那所謂的援軍其實根本不是荔國的兵馬，而是狄族人的兵馬！

二皇子蕭逸一向野心勃勃，為了奪到沈執手中的兵權，和狄族勾結，讓狄族出兵助荔國一臂之力，荔國自然喜聞樂見，而沈執自是那隻替罪羊。

沈汶正是靠著這條路子和蕭逸搭上線，他離沈執最近，奸細也最好安插，只要時機一到，安排的人便可伺機而動，將人除去。

如今沈執雖未真正除去，卻也如了他們大半的意，畢竟一個廢人，便是想翻天也不成。信的末尾還寫了個什麼人，姜眠已然無法細看，縱使之前早有預料，當真相擺於眼前，她還是覺得十分難以置信，對這位二皇子她只覺得可怕。

難道說只因為權勢，便可勾結敵國，殘害自己國土的子民嗎？近五萬的將士，竟如此冤死，他憑何決定他人性命！

姜眠一時只覺得頭暈目眩，她看著沈執的眼，隱隱有些看不真切，她不知他在想什麼，但連她一個局外人尚且憤怒至極，沈執作為那個被算計之人只怕會是最痛苦的。

姜眠的眼中哀傷了片刻，轉瞬又堅毅起來，「沈執，既然已經查清，我知道你一定有那個能力一一讓他們付出代價，是不是？」

沈執是誰，她的大寶貝！

忽聞她這般說，沈執目光停留在她小巧的下巴處，突地一笑，「我確實有。」

姜眠總覺得他笑得有些詭異，但聽見他說的話又很高興，「我就說嘛，你是個厲害角色。」說著蹲下身來，她一高興，手上的動作明顯變多，還開開心心的抓住了他的手臂，隨手捏了捏。

沈執臉色變得些許古怪，他看向她烏黑漂亮的髮髻，問：「今日去了哪？回來得這般晚。」

姜眠渾身一顫，猛地抬頭，為什麼又是這個問題？

沈執幾不可見的皺了下眉，聲音疑惑，「怎麼了？」

「沒、沒事。」姜眠打了個哈哈，臉色卻越發難看起來，艱難問出聲，「你還記得今日發生的事？」

沈執手指一頓，「不過是有人來鬧，妳出去將人驅走……我那時在屋中睡覺，可是妳在外發生了什麼？」

「沒什麼。」姜眠搖搖頭，暗歎了一口氣，是她太草木皆兵了，眼前人分明還是那個規規矩矩的男子。

「那妳為何如此反應？」沈執顯然不信，見姜眠不說，面色微冷。

完了，見他這副清清冷冷的臉色，她又想做點壞事好不辜負這氣氛了。

「咳。」姜眠裝模作樣的清了清嗓子，「有倒是真有，不過……你確定要聽？」

沈執淡淡掃了她一眼，「妳說便是。」

「那你得湊近些。」

沈執聞聲湊近她，姜眠飛快在他耳邊大喊，「今日你夢遊，趁我不備偷親了我！」隨後雙手凶狠地捧住他清雋的臉，擠得微微變形。

沈執避無可避，腦子飛快運轉，才反應過來她說的是何事，他想掙脫卻不敢用力推開，只覺得熱氣都往上湧，隨後就著這個姿勢，在她的目光之下整張臉一寸寸地紅了，還逐漸泛紫，嚇得姜眠以為他要不行了，趕緊鬆開手。

得到解放的沈執粗魯的摸了一把自己的臉，原是想緩和那滑溜溜的觸感，卻發現自己臉上熱度驚人，趕緊又放下手。

許久，沈執才冷靜下來，將頭扭至別處，咬牙道：「……這不可能，妳少騙人。」

一說出口沈執便後悔了，他的聲音沙啞低沉，用那種連自己都不能確定的口吻說出，別說姜眠，連他自己也不信，倒更像是狡辯。

果然，姜眠笑咪咪的揪了下他一縷垂落的青絲，「都說了是夢遊，你又怎知自己真的沒做過？」

沈執面色瞬間蒼白如紙，所以他真的趁著夢遊做了那等占她便宜之事……

沈執表情空白了一下，心忍不住怦怦直跳，手也不知往何處擺去，這事實非君子所為，他不知該如何面對姜眠，「我……」

「嗯？」姜眠托著下巴洗耳恭聽。

沈執張了張嘴，可見她灼灼的目光，卻不知作何解答。

「你什麼？」姜眠繼續給他下猛藥，「這事兒你欠了我，知道不？」

她估摸著沈執對她並無什麼男女之情，而且在她所瞭解的故事之中，黑化後的沈執也未對哪個女子動過情，那麼日後等他事成，他們說不定會和離。

姜眠嘴角微勾，算盤打得劈啪響，覺得還是患難之友的名號實在些，只盼沈執能多記得些她的好，以後多多照拂幾分。

沈執並未和她想到一處去，他想著這個「欠」作何解釋？莫不是說日後讓她也親回來？思及此，他臉上的熱度又高了起來，這當然可以，可是她是女子，這樣的事情總歸是女子吃虧些的，不過姜眠說他們是夫妻……夫妻之間，親吻當屬正常之事吧？

沈執手指抵在唇邊咳了一聲，俊臉微紅，「我會償還的，到妳滿意。」

償還到滿意！多麼豪氣沖天的說法！

姜眠瞬間感動得要飄起，每根頭髮絲都竄滿喜氣，「沈執，你人真好！」

然而沈執思路全然和她不在一條線上，他心裡頭更癢了些，沒想到答應這樣的事她竟然這般高興……他垂下的臉微微露出些羞赧。

幾日過去，沈執對外的信件漸漸變多，卻未出現什麼轉機。

沈執並未多說，姜眠也不好開口問，何況她也有件發愁的事，家裡快沒私糧了，這讓執著吃肉和給沈執補身子的她蔫蔫的。

沈執雖處在忙碌中，卻也敏銳的感知到了她低落的情緒，「有什麼事？」

姜眠訕訕搖頭。

等沈執忙到夜間終於得以停歇，他轉動輪椅出去，路經姜眠的小榻時，偶聞她嘴中吐出的兩聲呢喃。

沈執轉頭，清冷的月光似雪一般，透過窗隙照在那扇薄薄的屏風上，其實並不能透過去看見床上的人影，他卻躲閃著將目光從屏風上收回，才道：「妳說什麼，我吵著妳了？」

他以為姜眠被他弄出的響動吵醒了。

姜眠又發出兩聲囈語，沈執仍未聽清，難以估摸她講了何事，硬著頭皮應她，「天晚了，妳快些睡吧，我動作小些便是。」

話音剛落，小榻間傳來的嘟囔竟大了些，似對他所言的反駁，沈執皺起眉，卻在下一瞬聽清了她的話音，「肉……」

什麼肉？沈執被她的言語弄得糊裡糊塗。

「沈執不能沒肉吃……」

她在說什麼？沈執突然想起，近來幾頓飯確實與前段時間的相較起來差了不少，她是在為這個憂心嗎？

而姜眠不知自己昨夜說了什麼尷尬的夢話被沈執聽見了，一早便召喚系統出來忙活。

「這種達官顯貴的家裡應該有不少觀賞池子吧？」

沈汶既將她的食物來源斷了，她便要掏他的家底，有池子便有魚，那種他們養著顯富的錦鯉，她非得見一隻抓一隻，見兩隻抓一雙！

系統頓了下，「是有不錯，不過魚可不會平白上鉤，而且現在水面結冰，難上加難。」

「就沒有淺些的那種？」

系統為難，「有的，檢測到沈敬德院子外的池子，魚兒個個膘肥體壯。」

「……那算了。」姜眠可還記得自己把沈敬德氣成什麼樣子，上次她僥倖逃脫，這回再遇上被剝皮抽筋怎麼辦？

「宿主還是對廚房下手吧。」

「廚房人太多了……」姜眠也想啊，但這個難度指數也不小，「只能趁夜黑風高之際試上一試。」

唉，真是巧婦難為無米之炊……呸呸呸！

姜眠剛感歎完便把那聲「巧婦」踢出腦袋，做什麼巧婦，她想做的分明是超級無敵美少女！

說至這個，姜眠便湊至一處冰面照了照自己，倒影並不真切，雖然她這段時日又漲了百分之五的情緒值，總的已達到了百分之三十五，但臉上的變化卻難以用肉眼察覺了。

她問過系統，系統理直氣壯地道：「攻山越往上越難宿主不知道嗎？之前變化大是因為那個過程易於修復，現在才有多少？情緒值還沒過半呢，變化當然小！」

姜眠眼神放空的看著冰面，這張臉上的五官和她原本的樣貌有七八分相似，雖說多了這難看的疤怎麼也看不過眼，不過她認真想了想，好像確實從未在沈執眼中見到嫌惡之意。

那還好，若是他嫌棄，非得打斷他的腿不可！

姜眠吐出了一口氣，白色的霧氣消散開來，她打道回府，院內卻不只沈執一人。

青衣男子側對著姜眠，正好容她窺見容貌。

那男人分明是高大健碩的身姿，卻長了張偏清秀的臉，可這兩種特色放在他身上竟叫人說不出半分違和。

沈執此刻皺著的眉頭彷彿能夾死蒼蠅，對面那人卻渾然不覺，那副嬉皮笑臉的樣子讓姜眠懷疑沈執下一瞬會不會控制不住自己的拳頭。

青衣男子坐在木墩上，姜眠認得出，那是廚房裡平時她燒柴坐的那個。

男子嘻嘻笑道：「阿執，院子裡這麼冷，真不請我進屋一坐？」

沈執表情冷淡，「不方便。」

「那阿執你好歹也倒杯熱茶過來，盡盡這待客之道。」

沈執冷聲拒絕，「沒有。」

青衣男子做出受傷的模樣，「阿執，你這般合作恐怕不好談……」

沈執毫不猶豫拆穿他，「我們本就各取所需。」

青衣男子大失所望，「阿執……」

沈執終於崩不住表情，臉黑得似能滴墨，「你再喊一聲試試？」

青衣男子眼中沾染了幾分寂寥，轉而又輕笑了聲，「你看你，多日未見，連脾氣也未曾改——」

「鏘」的一聲，刀劍破空的聲音格外清晰，一把劍尖橫亙在青衣男子脖頸上，劍刃離他的肌膚只有一點距離，彷彿下一瞬便能在他身上劃出一道血線。

姜眠這才發現，今日沈執竟佩劍而出，劍鞘平平穩穩配在身側。

「嘴巴用不上正途，可贈予別人。」沈執單手執劍，臉上乾脆得沒有一絲表情，「裘洛楚。」

裘洛楚霎時不敢再說，他覷著那銀白的刀刃，身子僵直了，喉嚨不停滾動，「我錯了，你別亂來……」

他抖著手抽出腰間別著的扇子，小心翼翼地攔開了那把劍，然後迅速地將自己的腦袋移開，「別激動、別激動。」

沈執面無表情，他手腕一動，劍光凜凜，刀刃瞬間穿過扇骨斜削而下，如削泥一般，裘洛楚只來得及張大嘴，瞪眼看著上段的扇身出現一道齊整的斷口，緊接著啪地落地。

最上面那根抵著扇的中指也好像感受到了劍氣，指頭一涼，再是一陣刺痛，隨即有什麼溫熱的液體汩汩流出來，裘洛楚手抖得不像樣，虛抓的半截扇子從掌心滑落。

「啊啊啊啊！手指要斷了！」裘洛楚哇哇亂叫起來，轉身往外跑去，直接躲到姜眠身後緊緊攥著她的衣服，激動指著沈執道：「沈夫人救我！妳夫婿要殺人啊啊！」

他說著又從她身後伸出腦袋來，啐了沈執一口，「沈執，你這個畜牲！」

觀他那副做派，顯然是早知姜眠在那處站著，故意往她那處跑，裝模作樣起來稱得上是得心應手。

看到裘洛楚的動作，沈執心中突地就不好了，抬眼朝姜眠看去，「妳過來。」

姜眠未應聲，她低下頭，今日她穿了身梨花圖樣的淺色裙襖，然而此刻那染血的指頭抓上她的衣裳，糊出了幾個血印，難看至極。

她壓抑著脾氣，勉強忍耐，「放手！」

裘洛楚始終不放手，高大的身軀躲在她背後，發瘋般閉眼大叫，「不！我死也不放！」

姜眠冷著臉拽了兩下，眼見拽不動，轉頭突然露出盈盈淺笑，裘洛楚眼中的茫然一閃而過，還未來得及反應，她笑意一止，猛地抬腳，發狠似的一腳踩在他靴面上，還碾了碾。

「啊！疼疼疼！」裘洛楚清俊的臉變得猙獰，臉色蒼白地捂住了自己的腳。

姜眠面不改色的走回沈執身後，一個眼神也不屑分給他。

「這人是誰？你看我的衣服！」姜眠憤懣地拉起衣服給沈執看，上面血跡斑駁，真是讓她忍無可忍。

沈執見她離開裘洛楚身邊，若有似無地鬆了神，把目光放在她的衣料上，不由得又皺了眉，別的男人的血汙落在她身上，果真是十分刺眼噁心，這骯髒的顏色也讓他難受得很。

「待會扔了吧。」

「又害我得洗！」

話音一落，他和姜眠都頓住了。

姜眠一臉詫異，「還好好的扔掉幹麼，扔了穿什麼？」

他們二人的處境沈執又不是不清楚，哪能這麼糟蹋？

沈執抿了抿唇，不應聲，確實，他現在處境維艱，她是自己的妻，而他卻連件像樣的衣服也不能給她置換。

沈執目光沉沉盯著那件髒衣，生出幾分緊迫感，看來得抓緊將事情解決了。

「妳先去將衣服換了。」

「哦……那那個男人？」姜眠望向還在跳腳的裘洛楚，怎麼看腦筋都不正常。

「我和他有事相商。」沈執低聲說。

姜眠並非不識大體之人，聞言先回了屋子。

沈執轉動著輪椅來到裘洛楚面前，「還要繼續鬧騰嗎？」

裘洛楚終於停下動作，一骨碌坐在地面，不嫌髒也不嫌凍，眼神放在姜眠那道掀簾而入的倩影上，凝眸想起她臉上駭人的疤，笑容有點邪，「你那娘子哪娶的？是挺特別，還真惹人疼……」

沈執把劍扔了，劍鞘卻還在，他抄起來直接打在裘洛楚身上，他腿是不行了，手上的力道卻還在，這般重手能疼到骨子裡。

裘洛楚疼得悶哼，見沈執還欲再打，他連連叫停，笑意消退，「好好好，我閉嘴。」

沈執將劍鞘擲於地面，懶得廢話，「你幫陸清林查證，不會就是為了要見我一面吧？」

裘洛楚眉眼一彎，「見你一面還不夠嗎？阿執，在我心中你占的比重可比你自己所想的要多。」

沈執冷硬著一張臉，「依事實所言，三皇子蕭則是你親外甥。」

裘洛楚挑眉，「阿執，委婉些說話才是禮數。」

沈執不為所動，「再者，昔日之事我都還記得，你我二人間只有陳年舊仇。」若好壞有定義之分，無論如何裘洛楚都算不上什麼好人。

他比沈執大上許多，沈執初露鋒芒時，裘洛楚已是京城中臭名昭著的人物，手段陰險無理，惹惱過不少權貴，也曾將算盤打至沈執身上。

裘洛楚那時逢人玩笑，一干人等無所事事討教如何將官途正好的新臣一舉拉下馬，十多個紈褲中唯有他將笑話付諸行動，先是千方百計用藥迷暈沈執，得手後將人送入小倌館中，還大肆宣揚沈執好龍陽。

梁律有令，京中為官者禁流連男風，違者罷除官職，雖說權貴當中養禁臠之人不在少數，但即使有也是偷偷摸摸，這般鬧到面上來，可知沈執的名譽會有多傷，想到這法子毀人官途，裘洛楚這手段不可謂不惡毒。

沈執也不是好欺負的，隔日便將裘洛楚拎去那小倌館將人打得頭破血流，又得了那群軟腳蝦紈褲的供詞，這才讓京中的謠言散了大半。

幾年前裘家還是顯貴之家，尚能由著他作惡，後來裘洛楚的嫡姊，三皇子的生母裘妃犯了龍顏大忌，事後裘父接連遭貶，驚懼之下一病不起，沒多久便去了。

此後裘府便沒落了，接手裘父位置的是裘洛楚的兄長，卻也未能將落魄如枯枝敗葉的裘府拯救回來，直至他兄長去世，裘洛楚才一改惡相，咬牙將家族的責任擔於肩上，讓裘家勉強撐了下去。

如今二皇子和大皇子奪嫡之爭鬧得百官皆知，而作為年歲相當、幾乎被邊緣化的三皇子，即使無意皇位，也必定會受到牽連。

元嘉帝對兩個兒子的針鋒相對感到疲憊，前些時日偶然見得這個內斂沉默的三兒子嶄露些頭角，便頗為舒心的誇了一句，結果第二日蕭則出府時，馬車後壁突然破開，他從馬車中翻身掉下，傷了左臂。

事情還未完，那日晚上不知哪裡竄出一隻蛇，雖說是無毒的，但這麼多人裡偏生盯上了養傷的蕭則，在他腿上咬了一口。

一句誇獎便可使那兩位做到這般，裘洛楚心如明鏡，未來無論是哪一方登上那位置，蕭則和裘府皆不會有什麼好下場。

姊姊的這個兒子是個機敏的，有才幹有才智卻要藏拙，唯一可以依賴的舅舅卻偏偏保不住他，倘若再無動作，早晚是個死。

這也是他找上沈孰的初衷，而且潼關一戰……沈孰更應懂得其中仇恨，若是沈孰願意和他聯手，必然事半功倍。

「你要說之事我答應。」沈孰突然道。

裘洛楚愣然，他自知同沈孰有一筆舊債，但依舊厚著臉皮找上門來，沒想到自己還未說什麼，對方便輕易應下了。

「過往的事我不再追究，只不過如今我多有不便，很多事情需靠你接應。」

裘洛楚更為驚訝，他懷疑沈孰這般爽快必然有更嚴苛的索求，於是他冷下心去聽，若是沈孰提出的條件他做不到……大不了另尋他法便是。

沈孰拇指摩挲在光滑的扶手上，緩緩地說出了要求。

姜眠出來之時，正看到裘洛楚一腳蹬起來，「就這？哈哈哈哈哈！想不到昔日將我打得頭破血流的沈大將軍，竟也和普通黎民百姓一樣，有柴米油鹽的煩惱。」

沈執微微偏過頭，俊臉冷漠。

姜眠一臉莫名其妙，這人又在發哪門子瘋？柴米油鹽又是什麼？

她走過去遞給沈執一杯熱茶，讓他暖暖嗓子。

裘洛楚凝著眼看沈執杯中氤氳而出的熱氣，一時覺得口中乾冷，又未見其餘杯子，吊兒郎當地笑道：「沈夫人，我那份何在？」

「你啊？」姜眠也笑咪咪回應，「想想便有了，不若一試。」

裘洛楚嘴角的笑一滯，抬手尷尬的在唇邊輕咳了聲，「茶水沒有，清潔的水總該有的，勞煩沈夫人指條路，好讓我淨淨手。」

他無辜的攤開手，沈執劃傷的指頭受傷並不深，但此刻還在淌血，寬大的掌心沾滿了血跡和灰塵，大概是滿地打滾時沾上的。

姜眠對他沒好臉色，並不想出聲。

沈執臉色很淡，用下巴指了指廚房的方向，「廚房有，你自己過去。」

裘洛楚忍了勁兒沒再笑得沒臉沒皮，規規矩矩拱手作揖，他轉過身慢步往那間小屋走去，那沒人看見的笑意裡摻了些耐人尋味。

患難鴛鴦，貌毀殘廢，真是淒慘啊……

第七章　特殊的罪證

院子裡太冷，姜眠正要推沈執回屋，又見裘洛楚慢悠悠踱步而來，像個清閒貴公子，簡直讓她氣不打一處來。

「你怎麼還沒走？」

裘洛楚眼神澄澈，又伸出了那根指頭，「血還未止，若這般回家，家中人會擔憂的，勞煩沈夫人為裘某看看，裘某求個藥再走。」

姜眠還未出聲，沈執先皺起眉頭，「無藥可給，你走吧。」

「阿執，我問的是你的夫人。」裘洛楚失望地歎了聲氣，手指送到嘴中含了幾下，末了舌尖還意猶未盡的一舔，再看，「咦，血止了。」

沈執對他的一驚一乍並不感興趣，也並不想理會，「大皇子那方我自有應對，眼下從沈汶眼皮子底下取出證據有些困難，急不了一時。」

裘洛楚這才哈哈一笑，「阿執同我說這些話做什麼，那好吧，既然已無事相托，裘某便先行一步離去。」

沈執冷笑，他這般裝腔作勢，不就是想得一句保障嗎？

裘洛楚已然跳到了牆上，扭回的臉上一副得意張揚的神態，「阿執放心，你交代的事我定不會辜負——」

聲音遠去，姜眠未錯過他的最後一句，揪著他頭髮問道：「交代的什麼？阿執阿執，叫得可真親切，不知情的以為你們關係有多好。」

沈執的頭皮似被螞蟻咬了一口，微微發疼，張口卻忽略她第一個問題，「極不好，妳見到了的，是他死皮賴臉。」

姜眠沒有注意到他迴避問題，想到確實是那姓裘的死不要臉硬纏著沈執，聳了聳肩，「那便好，下次再見到他可別讓他這麼叫了，聽了怪煩的。」

「嗯。」沈執聽她這般講，耳根忍不住紅起來，面上倒還算冷淡，「本就令我反感，日後再叫人打斷他的腿。」

姜眠心滿意足地撫平他那縷凸起的頭髮，走了幾步回頭想想，關注點瞬間歪了，要是腿打斷了，他和沈執不就有共同話題了？

不行，絕對不行！

姜眠耐著性子，語重心長，「不能打腿。」

沈執的臉肉眼可見的黑了，嘴上嫌棄至極，他一說到要打斷裘洛楚的腿，她竟開始維護起他了？

「你到床上去。」姜眠衝他下了指令，還作勢要扶他上床。

沈執抬眼和她對視一會兒，這才悶聲應她，一副怏怏不樂的姿態，弄得姜眠一臉莫名其妙。

他坐在床上，主動將外衣脫掉，還未來得及坐好蓋被，姜眠便去摸他的腳，還將他的褲腿向上挽，一系列動作熟練連貫得很。

姜眠一摸上他的腳就覺得生氣，冷冰冰的，凍成什麼樣了，偏偏沈執自己感受不到，還不能指責於他。

此刻沈執和姜眠的想法又生了岔子，他看著姜眠比她小太多的雙手覆在他的腳上，對他的眼球有著極大的衝擊感，鼻子也熱得可怕。

沈執努力仰頭，他真怕這具身體會無所適從地出現一些丟人的反應，一時間情緒陷入了矛盾，一方面慶幸於自己感受不到那雙手上的溫暖，否則可能會當場失態，一方面又痛恨自己膝蓋以下一點感覺也無。

腦中進行了場稱得上激烈的風暴，沈執呼吸凝滯，他腳上該不會有什麼不好的味兒被她聞見吧？

沈執不想還好，這會兒滿腦子都是這個問題，想得腦袋越來越昏，乾脆手臂撐著身子假裝緩解臀部的麻意，實則悄悄往後挪了些，想掙脫她雙手的掌控。

姜眠一把將他按回去，「別亂動！」

沈執被這一喝當真一動也不敢動，沉重地閉上了雙眼，他放棄了，任殺任打便是。

「我再給你按一下腿，好歹讓血液能正常流通些……你先等等。」姜眠飛快地跑到了外間，從床頭內側的小匣子裡取出一盒香膏。

回來後，她當著沈執的面打開了瓷花蓋子，用小木勺挖出了小塊白色膏體，抹在沈執裸露在外的腿部。

沈執攥著被褥，眼角跳了跳，他雖感知不到，卻聞得見香膏的味道，是梔子花的香味。

「這是做什麼？」

姜眠沒同他解釋，冬日裡乾燥，沈執的腿太乾了，冷硬得像塊鐵，這裡沒有乳液之類的東西，她只好拿女子護手所用的香膏給沈執揉上，能起到潤膚的作用，否則正常人被她這麼一按，定然會疼的。

沈執自幼糙養到大，從未用過這種女兒家的東西，受她這一塗一抹，只覺得自己身上充滿了梔子花的香氣，鼻尖淨是香噴噴的。

男子普遍毛髮繁茂，姜眠想起有人因為腿毛太濃密而被人當作穿毛褲出門的段子，心想沈執雖然只能稱得上正常，但摸起來的手感確實不太美妙，挑著眉看他，「沈執，改日我幫你將腿毛脫去如何？」

沈執正想著他一個男子滿身花香不像樣子，又聽見姜眠的話，臉上浮出一抹紅，詫異又羞惱，「不行！」

他一個大男人，將腿毛去了像什麼話，簡直胡鬧！

「那好吧。」姜眠遺憾的歎了口氣，她原本便是隨口一問，並未放在心上，當下只挽起袖子，視線專注在沈執的兩條腿上。

反倒是沈執，得她答覆之後卻憋屈得緊，視線從她低垂著的眼睛掃至她挽袖後露出的皓腕，最後把目光落在自己的腿上。

他突然記起軍中偶然有將士談及男子和女子的差別，說是女子的肌膚大多光滑如玉，尤其是纖細漂亮的一雙玉腿，和他們這些糙漢是極為不同的。

沈執臉色有些陰沉，姜眠莫不是覺得他的腿太難看了？

姜眠按摩的範圍只在膝蓋以下，然而她的手勁不小，他那結實有力的腿肌很快生熱。

沈執放空心神，猝然感受到一陣鑽心的刺痛，只有短短一瞬間，他來不及將痛呼壓下去，仰著頭，滿是痛楚的悶哼聲從喉間逸出來。

「怎麼了？」姜眠猛地抬頭，眼中劃過一絲驚嚇，「你哪裡不舒服嗎？」

「是……」沈執壓抑著喘著粗氣，說到一半卻突然止了聲，一種異樣的情緒在胸腔蓬勃發展，害他心跳得厲害。

沈執張了張嘴，竟不知由何說起，他還想感受一下方才的刺痛，可那種感受卻一下子沒了蹤影，但若說是假的，他繃緊的雙臂還未完全鬆懈，額上一瞬間生出的冷汗也還未消散。

究竟是不是他的錯覺？

沈執一下子失了神，「……我的腿。」

「腿怎麼了？」

「疼……」

姜眠不明所以，皺起了眉，她未多想，左右手毫不猶豫地摸索到他膝蓋以上的位置，著急起來，「怎麼會疼呢？哪裡疼？」

沈執只有膝蓋以上是有知覺的，因而他說疼時姜眠根本不曾考慮他膝蓋以下的位置。

未曾想她接觸到膝蓋以上後他的臉色突然變得精彩，那雙溫軟的手只隔著一層薄薄的料子摸在他大腿上，又癢又熱的感覺集結在那塊地方，被她無限制地放大了數倍，而這股熱還有慢慢往上延伸的趨勢。

他瞬間就繃直了身子，身子躬向前，無措的抓起了她的手腕阻止，「不是這兒！」

姜眠茫然抬眼，只見沈執胸膛起伏得厲害，連眼尾也紅得過分，不像是腿筋抽痛，反而更像被蹂躪後做出了反抗，可她什麼也沒做呀……

沈執喘息半晌，稍微冷靜了下來，意識到自己的劇烈反應將人嚇到了，臉龐微紅，「發疼的是小腿。」

這下被驚起驚濤駭浪的換作姜眠了，她臉上出現了難以置信的喜悅，「沈執！你有反應了？」

說完她在嘴邊咀嚼了下自己的用詞，感覺不太對，又換個說法，「我是說，你的小腿恢復知覺了？」

沈執未答話，他沉默了一下，緊接著努力感知著能不能令小腿動一動，可惜沒有感覺，哪怕是剛才那種突發的疼痛也沒有。

他吐出了一口濁氣，聲音沙啞，「沒有恢復。」

姜眠笑意僵住了，怎麼會呢？難道這點變化是逗人開心的不成？

「剛剛是左腿疼還是右腿疼？」

「左腿。」沈執雖還應她，卻已經半躺了下來，眼睛閉著歇神了。

他雖然不止一次告訴自己這雙腿能恢復，心中卻又有個更大的聲音告訴他，好不了的，他一輩子再也走不了路。

姜眠不信邪，對著左腿又是捏又是摸索，甚至靠回憶重複了一遍她之前的動作，「還感覺疼嗎？」

沈執仍閉著眼，隨意搖了搖頭。

姜眠咬著牙將他的左腿屈放，大肆折騰了一番，依舊沒見沈執有任何反應，最後她有些氣餒，堵著一口氣，手握成拳煩躁的捶在他膝蓋上，然後便見沈執無力的左小腿輕輕一蹬。

這一日，絮狀的白雪飄飄揚揚下了整個白日。

酉時剛過，夜風寒冷，霜雪好似得了某個指令，悄然無息地停了，然則定北侯府中火光通明，各處亮如白晝，或者說京中許多地方此刻都是這樣的景象。

祈福燈於空中高懸，耀眼漂亮，權貴人家鋪燈映彩，紅綢滿門楣，奢華無端；尋常百姓亦有窗花剪影、舊符作新，京中爆竹聲聲不息，香火氣息汲滿鼻盈。

今日是歲除之日，正月朔前，除夕。

姜眠趁天色擦黑之時出了門，一身輕便的深碧色衣裳，懷中還握著一顆夜明珠。

離主家越近的位置越是燈火輝煌，炮竹聲夾雜著孩童玩鬧的聲音，不少人得了恩賜，忙完便可停下歇歇，做些自己的事兒；至於那些忙得一刻也停不下來的，幾乎都是主人家身邊的貼身侍從或丫鬟，領差辦事兒在各院之間周轉，而後還要陪在主人身邊守歲，捧熱場，說吉祥話。

而這樣的日子卻不會有人考慮到沈執和姜眠，今年的團圓宴又是徐氏相辦，待當家的那兩位回來，才真正是他們一家人的團聚之時。

定北侯府自打老侯爺那輩後便分了家，繼承爵位的是沈敬德，除此之外，老侯爺膝下幾個庶出兒子皆攜著妻兒回來，正在後廳候著。

沈敬德未回，徐氏也未接見他們，此刻她一身海棠色織金描花的裳裙，雲鬟珠釵滿頭相繞，正同面前兩位攜禮而來的夫人陪笑，姿態放得甚低。

這兩位夫人的丈夫一位官至正四品，一位從三品，品級皆高於自己的丈夫，徐氏有些忱，勉強談笑了好一會兒，而後才安安穩穩派人將她們安全送回。

自然，禮是沒少回送的。

好不容易將人送走，下人又回報沈家旁系那幾位已經等得焦急了，正催著。

「叫他們再等等，時間就這麼些，哪夠應對他們！」徐氏暗罵了聲麻煩，左右望了一圈，「玥兒上哪兒去了？叫她少去接觸那些姊妹，省得又將她帶壞。」

下人應道：「是，夫人。」

姜眠避過熱鬧至極的廳堂，往一處稍微冷清的地兒走去，正碰上兩個下人橫亙在路中間，趕緊躲閃到一處門牆後。

訓人的約莫是個嬤嬤，姜眠瞄見她的手往身旁的小丫鬟身上擰了一把，「二少夫人小月子還未過，又哭又鬧的，這種時候怎還能出席？還給她排位置做什麼？侯爺和二少爺去了宮宴，遲些才回，每樣菜得時時保證是熱的！」

姜眠聽見她說的話，心裡稍微定了定，看來她聽到的消息沒錯，沈敬德和沈汶果然不在府中。

自那日裘洛楚出現之後，沈執已同意聯手，之後陸陸續續將二皇子蕭逸同狄族勾結的證據查個通透，可問題是還有個大皇子蕭冊。

這兩年他們明爭暗鬥，鬧得愈加厲害，元嘉帝沒有說什麼，倒是氣病過多回，但既能爭鬥至這般程度，證明這其中誰也不清白，這兩位手上所沾之事只會一個比一個髒，甚至單將一小部分捅於皇上面前，便足以讓元嘉帝氣血翻湧。

他們要做好一擊即敗的準備，便是不能也要將天捅出個婁子來，背著天下之人的壓力，總能逼元嘉帝將這罪降下。

但蕭冊卻是他們無可預料的一個變數，若只將蕭逸打壓而下，蕭冊反而沒了壓制，他一人獨大於天下、於元嘉帝絕非是什麼好事。

好在沈執手中恰有一份蕭冊的罪證，當日陸清林交由他手上時並未真正派上用途，直至今日這份罪證被沈汶所知。

這份東西對蕭逸實在有利，當時沈汶為能入蕭逸的眼，多次打過它的主意，只不過都未能得手，三個多月前沈汶向沈敬德提議讓沈執去僻靜處靜養，便是為了方便自己能大肆往沈執院中搜東西。

不料翻遍了房中每一處角落也未能發現想要的東西，即使這樣，沈汶也未完全掉以輕心，長期派人守在院門前，並不讓人進去。

今晚，姜眠便是為了這個東西而來。

那丫鬟被擰得吃痛，「呀」的叫出聲兒來，眼中不可避免有淚花逸出。

嬤嬤咬牙，又往她後腦一拍，「叫叫叫，小賤蹄子叫什麼叫，吩咐妳做的事兒都做好了不成？」

丫鬟強忍著淚，哽咽道：「做好了，飯菜剛剛已經給看守著大少爺院子的那兩人送去了，嬤嬤，都至歲除了，又是大冬日的，為何還要守著那處地方，他們都在抱怨呢！」

嬤嬤又是一巴掌拍在她腦上，「主人家的事情，容得著妳來過問？做好妳的本分！」接著啐了一口，罵罵咧咧道：「拿銀子辦事兒不樂意了是吧？那別幹便是，待我回稟二少爺，將這兩個人換下去，都給我滾出侯府！」

「知道了，嬤嬤。」小丫鬟一手捂著腦袋，一手捲著衣角，吶吶不敢再言。

兩人慢慢走遠，融入了昏暗之中。

姜眠又等了一會兒，終於從那堵牆後面出來，拍了拍身上，挨著牆太久，她的衣裳都有些潮濕了。

藏在袖中的夜明珠焐得發熱，姜眠還不敢拿出來，不過腦中又多了些想法。

依她們的話，守著院門處的只有兩個人，姜眠摸了摸另一邊袖口的東西，原先還起伏不定的心跳隨之平定了下來。

沈汶想要的東西確實就在沈執屋中，甚至稱得上遠在天邊近在眼前，姜眠此番出來，為的便是儘早拿回這份頗為重要的東西。

沈執行動不便，她是絕不許他隨便出來，由她來做自然是最好的。

沈執說不出同意的話語，她便大言不慚地說自己把侯府的路都識清了，這才成功逼迫他同意，實則她這一路過來都是靠系統的導航。

沈執的推測沒錯，還在除夕這天晚上做這件事最好不過，原先守著沈執院子的有四人，在今日這樣的日子減至了兩個，沈汶還不在，確實是個大好時機。

若叫她光天化日之時去對付兩個成年男人，姜眠可能會發怵，但現下天黑得只能勉強看清路，應對的是吹了半日寒風，腿都忍不住發抖還滿嘴怨懟的鬆懈守衛，卻是完全沒有問題的。

她想到了沈執的腿，唇邊不由得漾出了抹笑。

這幾日沈執的腿斷斷續續會有一些反應，偶爾會抽搐一下，偶爾腳底板會扭動幾下，姜眠依舊記得看到自己的腳像跳舞一般扭動時，沈執臉上那高深莫測卻無法將其制服的詭異表情，至今能讓她捧腹大笑。

她質問系統，想知道沈執的腿是不是會恢復行走的能力，沒想到它對這個問題不予解答，不過依照系統的個性倒是讓她更有自信了，他的腿絕對能在一段時間後恢復！

姜眠興致勃勃地和沈執分享了這個想法，沒想到這廝一點也不信，當著她的面直接躺下去裝睡。

姜眠直接揪起沈執的耳朵，逼到他耳邊問他，「你到底還聽不聽我的話？」

沈執先是臉憋得通紅，接而轉成為滿面的幽怨，「妳這是開始嫌棄我是個殘廢了？若如妳所言，過了那段時間卻沒有好，妳是不是就此離開了？姜眠，妳真是心狠！」

姜眠剛開始以為他真是這樣的想法，焦急得厲害，仔細解釋自己的意思，接著才後知後覺地發現，沈執竟是在逗她。

一想到此處她就忍不住心痛，她眼中的乖孩子沈執怎麼就變成了這樣？

姜眠暫時收住了滿腹亂竄的困惑，目光望向前方。

沈執這處院子名喚桐院，此刻門前掛著兩串燈籠，門簷下是亮堂的，一個裹著大襖子的侍衛在燈下吸著鼻涕，另一個半挨在門板下打盹，偶然刮過一陣風，睡夢之中還哆嗦幾下，攏了攏衣服。

姜眠將東西捏在手中，這才慢慢走了過去，停留在站在燈下的侍衛面前。

「什麼人？跑來這裡做什麼？」侍衛第一眼便看到她了，但因沈汶吩咐了不讓人進入，他二人以為自己守在此處只是出於防賊的目的，並未心存警惕。

姜眠揚起一個人畜無害的笑容，「大哥，你這裡沾了些髒東西……」她伸手指了指，轉瞬就灑出了一把白色粉末。

侍衛還未反應過來，突然覺得腦子一昏，身上一絲力氣也無，然後翻了個白眼，軟綿綿的倒在了地上。

姜眠繞開他的身體走進去，另一個侍衛還在睡，省了她不少動作，她直接將藥粉灑在他臉上，防止他醒來。

姜眠順利的進入了這座院子，把夜明珠從懷中掏了出來，綠色的光華瞬間瀉出，能夠照清面前的路，供姜眠行走。

迷藥和夜明珠都是裘洛楚帶來的，除此之外還帶了供應他們生活的食蔬和一些其他的用品，她沒想到那日沈執和他達成的是這麼個交易。

當時姜眠忍不住憤怒地叫了出來，這麼些東西就換到和沈執合力扳倒二皇子和大皇子，舉力助三皇子上位，不值當啊！敗家小沈！

但她一面這般想，一面又忍不住心暖得一塌糊塗。

姜眠手中握著夜明珠，走在空無一人的院子裡，腳下生涼，又有些虛浮。

這明明是沈執從小住到大的地方，本該是哪哪都充滿了他的記憶才是，不料這裡將燈熄去，不留一人打掃整理荒蕪了三月有餘之後，竟然會如此陰森嚇人。

姜眠一面安慰自己這是沈執的住所，腳下每一寸路、每一階石階都被沈執踏過，連房門也是他摸索了無數次，開闔張合都有他的手經過，這才下定決心走進了主屋。

屋內更加陰沉，夜明珠只能勉強讓她視物而已。

沈汶之所以搜遍了沈執屋內所有的書冊都搜不出來，並不是因為沈執藏得有多深，而是因為那份證據根本就不是紙質的。

其實說到字證，幾乎所有人都會認為是收錄在書冊上，就連姜眠聽到也這麼以為，沈汶也理所當然以那些紙張字畫為目標尋找。

事實上，那份所謂的證據是書寫在一方薄薄的漆木薄片上，與沈執的床腳拼接融為一體，那上面並沒有字，只有用藥水將上面的紅漆洗去之後，那些字才會顯現。

越加深入，姜眠的心跳得越發厲害，她強忍著心慌，依據沈執告訴她屋子的佈局，找到了他的床。

姜眠彎腰去看，可她翻遍了那張床所有的床腿，竟然只看到了床腿的缺口，薄木板……不見了！

與此同時，一匹馬兒裹挾著寒風飛速跑來，停在了定北侯府的大門面前，隨著馬被喝停，一個高大的人影自馬背上跳下來，在地面站穩。

守門的侍衛從打盹中醒來，定睛一瞧，才發現是自家二少爺，「二少爺，您怎麼……」不是去參加宮宴，怎會回來得這般早？

沈汶沒應聲，徑直將馬鞭丟給奴僕，「幫我收拾好。」接著轉身往府裡飛快走去。

他在宮宴上恰巧聽說有人提及木板刻字之事，突然想起自己前幾日在沈執床腿拔下的，那塊非常奇怪的紅漆木。

當時只覺得有那麼一塊木板極其怪異，但他著急尋找大皇子的罪證，並未多留意，隨手丟棄在地，現在想來，那片紅漆木說不定就是他想要的東西。

沈汶越想越按捺不住，即刻起身上稟身體不適後，匆匆駕馬出了皇宮。

眼下，他斂了心神，疾步朝桐院走去。

桐院內，遠邊可見星子高懸，內裡靜寂無聲，姜眠無神地坐於冰冷的地面，交雜的煙花與人聲自遠處傳來，在空寂的院中入耳可察，卻一概進不去她腦中。

怎麼會不見了呢？莫不是早已被沈汶發現拿走了？

不，不大可能，若是他發現了，就不該還派人守在這兒。

再者，這些時日她不是沒和沈汶打過交道，沈汶表現出的多是恨不得他們二人原地死絕的模樣，若是真的得逞了，他絕不會是這副神態。

那麼最有可能的是沈汶雖發現了薄木，卻未發現其中關竅，他可能產生了些許疑惑，但心中不一定會計較這點事，也就是說他不會有獨獨拿一塊薄板子回去研究的道理。

這說明它極有可能還在這屋中！

姜眠飛快爬起身，就著夜明珠的瑩輝循著房中地面一寸一寸摸尋起來，她定要翻找出來，否則等沈汶醒悟過來就來不及了。

姜眠心急地將四周角落逐一看過，連帶床面被褥都翻過，這麼一塊東西說大不大說小不小，卻連影兒也未見著，難道真被沈汶拿走了不成？

她目光投至窗戶，隱約有月光透過薄薄的窗紙，在地上映出淺淡的影子，除此之外只有死一般的沉寂。

姜眠惴惴不安的心被一股強大的定力強壓而下，這裡只有她一個人，找不到慢慢找便是，怕什麼？

姜眠說服自己，最後看了眼這間屋子，走了出去。

這裡翻遍了，她確信不在這間屋，但不代表其他地方找不到。

前廳內人影綽綽，幾個女眷隔著珠簾吃著茶果點心，神情卻不太好。

「大哥何時回來？真叫人好等。大嫂也是，面都不樂意露一下！」

「皇家辦的宴會到底不一樣。」

「不一樣又如何，又不是我同皇上同席，好處都是他們占著，這兒又不是皇宮，憑什要我們等著！」

那聲「要我們等著」聲調忽高，嚇得坐在榻上的小孩子哇一聲哭了出來，眾人紛紛圍過去安慰，又是一陣兵荒馬亂。

外間寶藍長袍的男人聽著裡邊的哭鬧聲，終於耐不住了，起身跑到外邊。

守在外間的小廝即刻叫住他，作勢要攔，「二老爺，您上哪去？」

來人和沈敬德有幾分相像，正是前些年分家出去的二老爺沈敬全。

沈敬全長袖一甩，撇開了小廝繞到他身後去，「你也知道我是二老爺，怎麼分了家，我連回來轉轉的權利都沒了？都是父親生的，大哥就這麼對我們，不怕九泉之下父親他老人家得知會氣活過來？」

「這……」小廝哽住了。

沈敬德這輩分出去的幾個庶出兄弟，如今官階最高不過八品，手中握著最末的那點權，沈敬德確實瞧不上他們，待幾人也敷衍嫌棄，但這不是一個下人能夠管的事兒，倒也不敢再出聲，放任他走了。

「哼！」沈敬全乜了他一眼，背著手走出前廳。

他回來受到這般冷待，心下自是十分不服，如今他只是個末流小官，大哥則是天子近臣，他那二兒子也一樣，連宮宴都能父子共赴，怎麼可以一口羹也不分予他們這些兄弟？

正鬧著心呢，眼前風風火火走來一人，黑色的大氅，袍角灌風翻飛，威風凜凜，待他走近沈敬全才看清，正是剛才自己一直嘀咕的二侄子沈汶。

他剛想叫出聲，沈汶一個眼神也未偏過來，徑直從他身旁走了過去。

沈敬全差點要嘔出一口老血，這算什麼待長輩的禮數！

但眼下不是嘔氣的時候，他憋著一口氣，連忙叫住人，「阿汶！」

沈汶這才止住腳步，回頭一看，掃了幾眼那眉開眼笑的人，「二叔過來了？」

「是啊！不是去宮宴，怎麼回來得這般早？」沈敬全趕緊跟了上去，口氣盡是長輩對小輩的關懷，「你父親呢？也回來了嗎？」

沈汶心中記掛著事，眼中毫無波瀾，「父親還在宮中，二叔先和幾位叔伯聊著，侄兒有事先走。」說完作勢要走。

沈敬全忙不迭拉住他，他沒忘記自己過來的目的。

此前大侄子沈執前途本是一片大好，他沾著些和沈執的名氣倒還能過得不錯，沒想到沈執一朝觸怒龍顏竟成了個廢人。

如今沈汶跟著二皇子，在朝堂上的地位水漲船高，若得些幫襯，他的官途也能順暢些。

沈汶垂眼掃過被拽住的衣袍，臉上一貫假面的溫和與耐心幾乎要消失殆盡，「二叔不妨聽侄兒一句勸——人在這世上活著，還是要有些分寸的好。」

沈敬全聽了這話哈哈笑出聲，他向來臉皮厚，區區一聲分寸倒還鎮不住他，「你我是叔侄，要二叔我說，一家人便不該說兩家話……哎！」

沈汶著急要去驗證那薄木，表面功夫也懶得做了，眼裡流露出嫌惡來，甩開拽住他的手便離開，沒等沈敬全跟上，轉眼消失在拐角處。

他本就有一副健碩的身子，步伐走得極快，走至桐院不過一下子的時間。

沈汶唇角彎起了一個笑容，等他拿到罪證助二皇子一臂之力，恐怕沒多久整個沈家都要聽命於他，甚至凌駕在更多人之上。

沈汶走至桐院門前，他面上本是帶著快意的，猝不及防看見兩個倒在地上的人影，臉上的笑意一點一點凍成了冰。

「怎麼都倒著？給我起來！」他快步上去，怒得踢了踢那兩人，侍衛們卻沒有反應。

他撚了些兩人臉上的粉末輕嗅了下，意識到是迷藥，轉眼握緊拳頭起身，銳利的鷹眼緊盯著那扇打開的門，目光陰暗。

沈執走不出那院子，他毫不懷疑來的人是敢反抗他的那個女人。

瞇著眼確定人還沒走，他跳起將一盞燈籠摘下，提在手中，暖暖的光映出他那張微微扭曲的臉。

既然還未走，那就永遠別離開了。

他邁入門檻，步子落在地上，在寂夜中發出了沙沙聲。

姜眠終於找到那段紅漆木，被壓在一只碎得四分五裂的花瓶底下，與她隔了一小段距離，但她還來不及激動，耳邊敏銳地捕捉到了一絲輕微的、鞋履碾過石子兒的聲音，心瞬間沉入谷底。

她木然轉動脖頸，朝外望去，那條入院的長道內有一束火光，忽明忽亮，越發靠近。

有人來了！

意識到這點，姜眠的手心沾滿冷汗，她回過頭，想抓緊時間先將東西藏起，不料腳下被什麼東西一絆，整個人飛撲而倒，右手重重在碎瓷片上一刮，頓時鮮血淋漓。

姜眠忍著疼痛感，將東西收入懷中，咬著牙努力爬起來。

幾乎是同時，門開了。

第八章　沈執英雄救美

沈汶聽到屋內傳來的響動，嘴角微不可察地一揚，他好整以暇地捋了捋翻上來一角的襟領，抬頭望了眼被火光照得濛濛亮的堂屋，慢悠悠地步入屋中。

「嫂嫂。」他這聲呢喃帶有魅惑般的輕柔感，在空寂的屋裡傳蕩。

姜眠捏緊了拳頭，死死的倚貼於壁，手心的傷疼得她頭昏眼花，黏稠的鮮血順著指縫間隙流了下來，她咬牙閉緊了眼，忍住沒發出一絲聲響。

沈汶為什麼會提前回來？

「妳在哪？」沈汶不緊不慢地轉了個身，眉頭輕挑，望向四周，未見到有任何動靜。

他舔了舔微微乾裂的唇，低低的笑在悄無聲息的夜裡格外清晰，像頭嗜血的狼。

藏起來了啊……沒關係，時間還有很多，他可以慢慢找，貓抓老鼠的遊戲才剛剛開始。

沈汶慢悠悠轉入主臥，在床底、屏風後一一翻找，都未見蹤跡，他歎息一般，聲量恰好能讓藏身某處的姜眠聽見，「嫂嫂……妳竟沒躲在裡邊。」

他繼續尋著，能躲人的地方一處接著一處仔細看，像姜眠找那塊薄木一樣。

時間無聲無息的流逝，姜眠只覺得恍若經年。

沈汶腳下一停，將目光落在了白瓷上那刺眼的紅，碎瓷堆不遠處，一個尋常可見的木製高櫃靠著牆靜靜安放。

他嘴角勾起的弧度逐漸放大，一字一頓，「找、到、了。」

這三個字砸在姜眠心口，她呼吸有一瞬間的滯停。

腳步聲漸漸逼近，她一手按住了櫃壁，竭力不使自己僵硬發麻的腿滑下去。

門隙間落下了一條陰影，靴履聲戛然而止。

「嫂嫂可有撿到一塊薄板，上了紅漆的。」沈汶明知她看不見，卻還是在空氣中比劃了幾下，「長寬約莫有這般大小……」

他知道了，他竟然知道了！

聲音突然停了下來，沈汶笑了笑，換上一種幾近溫和的腔調，「嫂嫂是準備自己出來，還是讓我把妳請出來？」

姜眠的拳鬆開又捏緊，始終未出聲，手中那玩意兒卻捏得死緊。

「不說？」他反問的同時「噗」的一聲，一道尖刀插入了門縫，凜冽的寒光微閃，伴著一聲冷笑。

姜眠一顆心壓抑不住的怦怦直跳，雙眼卻逐漸清明，她默默打算著，迷藥早在外頭那兩人身上撒了個乾淨，那就……

刀身藉著強而有勁的力道，咚一下抵開了半邊的櫃門，幾乎是在沈汶看清姜眠的同時，一顆拳頭大小的夜明珠飛速襲來，讓他根本來不及躲——

「看我不砸死你！」

「啊——」夜明珠狠狠砸中沈汶的眉心，強大的痛楚使他痛哼著踉蹌後退，眉心瞬間噴出了一道血花。

姜眠趁著他暫無反抗之力，猛地衝出，一把將他推倒在地，不要命似的飛身跑出去，她早就預算好門口的方位和擺設的佈局，一路跑出去空曠無阻。

「賤人！」沈汶失聲喊出，目光似能殺人。「給我站住！」

他死咬著牙，額間痛得幾乎讓他昏厥，他使勁晃了幾下腦袋，眼睛才勉強能視物，捂著傷處拔腿追了上去，未能顧及身後摔出去的燈籠裡火舌噴出，舔著了一處垂簾。

姜眠焦慮又震驚，沒想到沈汶受了這麼大襲擊依舊能不依不撓跟上來，她捏著袖裡的東西，滿腦子都是要抓緊時間回到沈執身邊。

今夜被發覺沈執和她的心思，她若是真落入沈汶手中，恐怕難逃一死。

她衝出了桐院的院門，迫切地想要離開這裡，結果衝勢過急，未料到前頭有人擋著路，直直撞了上去。

沈汶緊隨其後，「攔下她！」

那人聞聲還真的手忙腳亂地攔阻，姜眠心中暗罵，一拳就往那人臉上打去，誰料挨了打對方也不鬆手，兩人齊齊往地面摔去，袖口的東西啪一聲摔出。

儘管隔著厚厚的冬衫，生硬的石板路依舊讓姜眠的膝蓋摔得生疼，手腕都擦傷了，原本流血不止的手心更是傷上加傷。

但她還是下意識先將漆木護在懷裡。

這段時間，沈汶追了上來，見到眼前這一幕，如蛇般陰冷的眸子多了幾分快意，嘶啞大笑，「跑？妳倒是繼續跑！」

「阿汶，這是怎麼一回事……」來人慌亂的爬起，正是不久前拉住沈汶的沈敬全。

他雖說離開了幾年，府裡的佈局倒還是清晰如初的，見沈汶離開的方向便知道是往這處桐院來。

沈敬全既撞見了沈汶，便沒打算放過這口肥肉，可一過來還未弄清楚情況，便見地上這個女人衝出來，接著就是沈汶滿臉是血地從裡邊出來，這算怎麼回事？

沈汶眼中殺意未退，疾步走來，洩憤似的將姜眠懷裡的東西扯出，又一腳踢在她背上，「再跑？」

姜眠被他一腳踹得幾欲吐血，說不出話來，痛苦之時還忍不住分神想了一句：娘呀，她現在好像刀俎上的魚肉，任人宰割。

沈汶淡淡撩起眼皮看了眼沈敬全，目光微寒，這些人的心思太好猜，他想都不用想便知道，什麼叔不叔的，他沒一腳踩回去便是仁慈了，不過現在……沈汶將隨身的短刀丟至沈敬全跟前。

沈敬全眼神微凝，怔愣道：「阿汶，你這是做什麼？」

沈汶笑容淺淡，「二叔同我關係匪淺，不是一直想為侄兒做些什麼嗎？您看，如今機會來了，就看二叔您怎麼選了。」

沈敬全一時忘了呼吸，沈汶的意思他聽得懂，是要他將地上的女人殺了，可他這輩子何嘗沾過人命！

姜眠則在聽見沈汶的話時渾身冰冷得徹底，沈汶自己不動手，竟叫別人代殺她了事？她艱難的爬起來想逃開，腦中還忍不住想將系統呼喚出來，她可不想死在這裡。

見她動作，沈汶也不急，目光不疾不徐地朝他的好二叔看去，像是早就知道他的選擇。

沈敬全果然陷入了利益的漩渦，在沈汶似笑非笑的目光中哆嗦著手，撿起了那把短刀，轉向已經站不起來的姜眠。

他抖著手舉著短刀，走至姜眠身旁，盯上了她雪白的後頸，心跳猛然加速，只要扎下去，後頭無盡的富貴都等著他……

嚥了嚥口水，他閉上眼，一鼓作氣往下刺——

「鏘！」一枚飛石撞在了刀面上，沈敬全虎口一麻，刀從手中脫落而出。

沈汶猛然朝石頭擲來的方向望去，臉色瞬間變得蒼白。

短刀落地，時間彷彿陷入靜止，無人再出聲，遠處的燈火喧譁如潮水般褪去，唯剩耳邊嗚嗚作響的刺骨寒風。

不知從何處傳來了木頭燒灼的氣息，伴隨著縷縷黑煙，不過無人在意。

沈執就在距離他們不遠的地方，他坐在輪椅上，一身清冷的白袍，半邊臉連同眼睛淹沒在黑暗中，看不清情緒。

沈汶死死地盯著沈執身下的東西，若是往他臉上湊近些，能看出他面部微微的扭曲和緊繃。

站在沈汶前邊的沈敬全望見了來人，一臉驚恐，他本就對要做之事害怕，被發現阻止了手腳更是抖如篩糠。

特別來的人是沈執，他知道大哥雖自小苛待這個大侄子，但他摸混了這麼多年，對沈家任何人都能沒臉沒皮，唯獨沈執，不知為何，他從不敢在這個侄子面前放肆，便是知道對方殘廢了，也半分不減見到人時內心的敬畏。

姜眠怕是最後一個知道沈執來了的人，沈敬全沒有成功動手，短刀落地的瞬間，她忍著疼痛飛速拿過那刀，抓在手中做武器，等周遭安靜下來，她才猛然發覺不對，隨著他們的目光向前望去，看見穿著白衣坐於輪椅上的男人，眼睛不自覺有些濕潤。

沈執，他來了啊。

沈執緩緩轉動輪椅而來，他臉上面無表情，嘴唇緊抿著，可這樣看不出情緒的表情才最為致命。

隨著沈執的逼近，沈敬全兩股顫顫，在他停在自己面前時終於腿上一軟，屁股著了地。

「二叔怎麼摔了？」沈執的語氣像是在關心，實則聲音冷至谷底，雖在對他說話，眼睛卻未看他一眼。「二叔剛剛想對我夫人做些什麼？」

沈敬全屏著呼吸往後挪，下意識朝姜眠看去，這才看清她臉上的疤，居然是姜家塞來嫁給沈執的那個女人！

他害怕至極，說話都不利索了，「阿、阿執，我不知道……」

沈汶看得明白，沈執明明是在對沈敬全說話，目光卻是繞過他，對著他身後的自己——這是在警告自己。

但是該震驚的是他吧，沈執身下坐的那物不知從何而來，也不知離開那床多久了，瞞得如此緊實，倒是他掉以輕心了。

他往地上的姜眠身上分了些目光，不得了，當真不得了！

沈汶冷笑一聲，捏緊了拳。

沈執未理，他垂下眸，將手送到姜眠面前。

姜眠遲疑了一下，伸出未受傷的手，就著他的手將自己拽起來。

沈執盯著她另一隻垂落的手，刺目的紅色在手，連衣裳也染得斑駁一片，目光陰沉，瞬間將她拉至身後。

姜眠輕捏他的小指，低聲告狀，「東西被他拿走了。」

桐院內火勢漸漸大起來，雖說是在冬日，屋內可燃的東西實在太多，濃煙和火光騰騰燃起。

「走水了！走水了！」

「在哪？」

「是大少爺之前那院子，快來人救火啊！」

呼喊聲引來了家僕的注意，原本好好待在屋中的一干人等一溜煙跑了出來，數十個家僕急急忙忙提著水桶趕了過來，連徐氏也過來了，不只是她，身後還有部分沈府的親戚，烏壓壓全都湧了過來。

徐氏已經是急得不像樣了，這大過年的，房屋著火是萬分不吉利的事情，她雖不太信這些，但外人指不定會如何看待沈府，得趕緊將火撲滅才行。

可徐氏一夥人趕來，看見院門前的場景，不由得都怔住。

「敬全？」

「這是什麼情況？」

「阿汶也在？他臉怎麼了，怎麼會有血？」

「沈……」執。

沈執慢慢地轉過身，目光毫無波瀾地對上他們，七嘴八舌的人群瞬間止住了話音，腳也被釘在原地，所有人在見到他坐著輪椅現身的那一刻，不約而同地陷入了沉默。

沈執不是離不了床嗎，怎會出現在此？那長了輪兒的椅子又是什麼東西？

尤其是徐氏，她臉上是肉眼可見的僵硬，眼中一瞬間劃過很多複雜的情緒，卻又很快冷靜下來，她將詢問的目光向沈汶投去，她知道自己兒子的雄心壯志，也向來支持，然而沈汶卻未有所回應。

徐氏幾乎要咬碎牙，兒子也不給個指示，這叫她如何處置？

沈執淡淡地笑出聲，開口道：「不是來救火的，怎麼都愣住了？」

徐氏勉強笑了笑，顫聲回他，「是、是來救火的……」

她強行讓自己鎮定下來，蒼白著臉轉身，抖著手指揮人提著裝了水的木桶去撲火，「愣著做什麼，還不快去！」

下人連連抬水撲火，幸而是冬日，火勢並不是很大，一陣兵荒馬亂之下，火終於被撲滅，唯剩餘煙徐徐。

「也不知這火是如何燒起來的……」徐氏乾巴巴出聲，又陪著笑，「天色晚了，阿執，不若你先回去歇息？」

明眼人皆知這裡是鬧了些什麼事兒，但即便是如此，其中齷齪也不能說出，若是私下還好，今日這麼多人在場，她要想盯住他二人免不了被人詬病，只想秉持著息事寧人的態度，先糊弄而過。

「回自然是要回的。」沈執撩起眼皮，語氣頗為慵懶，「但還請弟弟先將我的東西還回來，免得夜裡我不能安睡，出來衝撞了人。」

那聲「衝撞了人」說得不輕不重，偏偏清晰得能讓在場的所有人都聽見。

沈執自幼喪母，沈敬德也從未對他有過好臉色，在那種環境下長成，他對沈家所有人自然冷血薄情，可他偏偏入了元嘉帝的眼，一時官銜加身，連沈敬德的侯爺身分也抵不過。

那可是大將軍，自他們父輩就被收回的兵權，落在了這個和定北侯府離了心的毛頭小子手中，這些年無人敢輕視他，如今他落魄了，有人快意不止，但不免還是心有畏懼，開始七嘴八舌起來。

「阿汶，你拿了你大哥什麼，快還給他呀！」

「阿汶，你怎能占著兄長的東西？兄弟間鬧了笑話可不好看。」

「阿汶，你也大了，總不好還讓兄長謙讓。」

沈汶想不到竟會有這麼多聲討他的聲音，臉黑得如同凝墨，沈執一個帶罪殘身，如何能與他如今的位置相比？

沈執目光淡然，他微側著臉，朝身後的沈敬全微微笑道：「我瞧弟弟是懶得動了，二叔，你離得最近，麻煩幫他一把，我也好早些回去睡覺。」

「啊？」沈敬全本想趁亂離開，不料卻被沈執叫住，還要他向沈汶拿東西，這豈不是讓他當那個靶子？

沈敬全不想去，臉上滿是為難，奈何受到了多方的夾擊和催促，不得不挺著微胖的身軀，顫顫巍巍的從沈汶手上奪過那塊木片，遞到沈執面前。

沈執的手在夜色下骨節分明，有些發白，他接過那塊漆木，不疾不徐，動作優雅。

沈汶看著那隻手，額上青筋爆出，連氣息也重了不少，卻迫於壓力不能動作。

將漆木收入手中，沈執虛握了一下姜眠的手，溫聲看她，「我們走。」

「好，我們走。」姜眠點點頭，這場鬧劇早該終結了。

她頂著疲憊又犯疼的身軀，動作緩慢地將沈執推出這些人的視野，後面的世界如何，再與他們無關。

不知走出去多遠，直到周遭靜悄悄的，只剩兩人一長一短的影子落在地上，一直沉默的沈執張了口，聲音低沉，「姜眠，先停下。」

「嗯？」姜眠不明所以。

「妳到我面前來。」

「我們還是先回去吧。」姜眠艱難地笑了一聲。

她其實不太想讓沈執看見自己的臉，大抵是這具身體對痛覺太敏感，又或者剛才血流得有點多，總之她現在臉色蒼白得不像話。

然而沈執卻拽住了她的手，那隻微涼的手修長有力，迫使她不得不走到他眼前，而後那隻手又勾住了她的腰身。

一陣天旋地轉過後，姜眠意識到自己身處何處——她竟然、竟然被沈執半抱著，放在了他的腿上！

姜眠在這瞬間腦袋一懵，等他溫熱的體溫傳來，她才猛然清醒，支著手想要下去，掌心卻傳來某種緊實堅硬的觸感，嚇得她趕緊鬆開。

姜眠頭回坐在男性腿上，臉沒出息地紅了個徹底，說不出話來，幸好天色夠黑，也幸好她和沈執不是面對面的姿勢，他看不見她的表情。

沈執一把將她撈了回來，嗓音在寂夜裡格外的沉悶，「妳坐著回去。」

「這怎麼成！」姜眠想也不想便掙扎著要下去，語氣中帶著一絲連自己都未察覺的慌張，「我可以自己走的，坐你腿上還怎麼回去？」

沈執不為所動，垂眸望著她，在她頭上落下一片陰影。「可是……妳累了。」

姜眠沉默了一瞬，她確實有些體力不支。

「抓緊了。」沈執說完伸手轉動著輪椅，想要就這樣帶她回去。

「哎！」姜眠驚呼出聲，一個慣性倒在他懷裡，「不行啊，我這麼重壓你身上還怎麼轉輪椅，多危險！」

話畢，這小小一輛輪椅便滾出老遠，沈執斜瞥她一眼，「弱雞才轉不動，我便這麼不值得妳信任？」

「不是……」姜眠被他堵得說不出反駁的話，這小子怎麼還學會咄咄逼人了？

沈執不欲再多談，沒費多少力氣便回到了小院。

姜眠一路擔驚受怕，全身上下都充滿了不自在，屁股安定不下來，一路上磕磕絆絆，差點沒從他身上跳下來。

沈執無奈地提醒她，「別動了，身上不疼了嗎？」

姜眠圓澄澄的杏眼半晌才一眨，然後僵直著不動了。

兩人回到屋中的榻上，沈執一言不發，拽住她的手用濕帕子給她清洗，盥洗的盆中染紅一片。

汙血被洗去，露出她原本白淨的、纖細的手，手心上算不得淺的傷口展露無遺，像條猙獰的血蜈蚣，緩慢在沈執胸中爬行，留下揮之不去的腐灼感。

他想起在軍營的時候，自己和身邊的人在戰場上受的傷哪個不比這嚴重，可看到她手上的傷，眼睛便被刺激得發澀難忍，只覺得呼吸都要不暢了。

「怎麼弄的？」沈執捏著她的手，臉色有些難看。

「躲沈汶時摔倒，手在碎瓷上傷的。」姜眠淚眼汪汪地看著沈執按住自己的手，齜牙咧嘴，「商量個事唄，你能輕點嗎，捏得我好疼！」

沈執一頓，對上她扭曲的表情，好一會兒低聲罵出，「笨。」但手上卻卸了力。

沒等姜眠從他手上掙脫，沈執又拿出了一瓶藥粉。

白色粉末狀的傷藥灑在姜眠的手心，傷口受到刺激，她疼得眼淚飆了出來，手也往回抽，「等等等等！你先別！」

可惜力氣不夠，手抽不回來，姜眠脫掉鞋襪、垂在床邊的腳丫控制不住地往前方一踢，正中沈執結實的腿部。

「疼疼疼——」她踢到的是沈執的腿骨，還是腳尖踢上去的，這種痛疼起來最要命，她眼前一黑，另一隻沒受傷的手捂住那隻慘兮兮的腳趾，嘴邊忍不住嗷嗷叫，「我怎麼這麼命苦啊嗚嗚嗚！」

沈執有些著急，清俊的臉龐上滲出些許汗珠，連自己也未意識到小腿被踢得有些疼，「妳別鬧，先忍忍……」

「我哪鬧了！我今天差點被你弟弟殺了，小命不保！」

沈執不出聲了，抿著嘴，小心翼翼給她纏上紗布，等處理好手上的傷，他終於鬆開了她的右手，但隨即又握上了另一隻，將她的手拿開，露出藏在手底下的那隻腳指頭，小小的，圓潤光滑，上面有些紅腫。

姜眠驚疑不定，皺著眉頭道：「幹麼？」

他未應聲，從藥箱中挑挑揀揀，又拿出一瓶藥油倒了些，指間抵上去揉開——

「啊啊！」姜眠又一聲哀嚎，「捏斷了捏斷了！」

沈執停下手，歎了聲氣，「沒斷。」

姜眠立馬將腳抽回來，把腿盤在床上。

「你手勁怎麼這麼大，吃什麼長的……」姜眠皺著眉嘀嘀咕咕。

沈執忽而抬起了頭，看向她的臉。

往常她這般說沈執就要紅臉了，這回卻沒有，姜眠嚥了下口水，緊張兮兮的道：「咳，其實你按的也不是很……」

「對不起。」

姜眠一懵，「啊？」

沈執黑密的睫毛垂下，掩住了情緒，說出的話卻帶著沙啞，「我明知算不得安全，卻放任妳獨自一人去桐院，置妳於危險當中，是我的錯……」

「你哪錯了，打我的人是你嗎？要殺我的人是你嗎？」姜眠鼓了一下頰，微微將下巴揚起，「是沈汶！他踢我了，你要是不快點幫我報這一腳之仇，才是真的對不起我！」

沈執臉色突變，臉上揚起一絲難忍的怒氣，「他還踢妳？他踢妳哪了？」

他說得又快又急，聽得姜眠一愣一愣的，這才發覺是手上的疼痛太明顯，叫她忽略了背部的痛意，等反應過來，她逐漸覺得後背痛得狠了，哭唧唧地彎下腰往後背探去，「哎喲，我的背……」

「妳別哭啊！」沈執有些慌亂，她手上的傷倒還好，但用上了踢這個字眼倒是讓他害怕起來。

若是踢腹部，重些都能使人肝脾破裂而亡，即便不是腹部，像他尚還正常之時，一腳下去也能叫人肋骨斷裂，十分嚴重，因而一見她說疼，沈執當即兩手無措地向她的背伸去，想看情況。

結果「滋啦」一聲，傳來了衣帛撕裂的聲音。

姜眠猛然抬頭，一臉驚恐，「你撕我衣服做什麼？」

雖說她今日圖方便，穿的這身衣服輕便，且布料確實不比其他的好，但也沒這般脆弱吧？何況這是冬衣啊冬衣，怎麼說撕破就撕破了？

姜眠一時間忘記了疼痛，第一次對沈執純良的形象產生了懷疑。

沈執也呆愣住了，他一著急就沒控制好力氣，輕而易舉就能看見那件純白的裡衣，忙不迭移開眼，臉上出現了姜眠熟悉的薄紅，並且一路蔓延到脖頸。

「我是想……」沈執如鯁在喉，說不出一句完整的話來。

姜眠就坐在床邊，沈執同她面對面，他身子本就前傾，著急起來兩個輪子受到推力，直接向後滑，他整個半身猛地往姜眠身上撲去，兩人同時傳來一聲悶哼。

姜眠被他撲倒在床上，臉上的表情比剛才還懵，有一半是疼的，身體交疊，沈執的額頭磕在她的下巴，男人溫熱的身軀緊緊與她相貼，鋪天蓋地的熱氣在兩人之間流竄。

沈執的髮掃在姜眠的唇峰和鼻尖，癢癢的，她鼻間噴出的氣息又重又濕熱，淡淡的清香襲得沈執滿鼻子都是，這是獨屬於姜眠的氣息。

然而手下的這副身體雖然嬌弱，卻無比的溫軟，尤其是她胸口的位置柔軟得一塌糊塗，沈執腦子嗡嗡作響，一瞬間陷入了僵硬當中。

心跳不由自主的加快、劇烈起伏，他生怕隔著衣服也能被身下的人所察覺，無數的熱浪將他席捲，他在感受到上方傳來不穩的吐息後，才知曉自己犯了怎樣荒唐的罪過，燙著一般支著手臂想從她身上側身而下。

不料他上身下來了，雙腿卻還歪歪斜斜差了半截搭在她腿上，看著兩段無力的小腿，沈執陷入了一種難以言喻的尷尬之中，只覺得自己要因為喘不上氣而窒息。

難道當著她的面爬開？

這想法過於難堪，但一旦產生，內心就忍不住催促沈執照做，然而身子卻不由心般動彈不得，一雙迷了霧氣的眼睛掃過姜眠，帶著點茫然。

姜眠看在眼中，竟然還看出了一點可憐，最後還是她坐了起來，將他的一雙腿放下來，擺正、放直。

她的臉色還是蒼白的，卻比之前多了幾分調笑的意味，「今天怎麼了，還主動對我投懷送抱。」

沈執耳根子紅得能滴血，扭過頭去不搭理她。

姜眠雙手托著下巴，眉眼輕挑，她還以為自己一句話能將他嚇得落荒而逃呢。

過沒多久他又將頭扭回來，耳根的紅還未消散，但臉色卻多了幾分肅穆，「我看看妳的傷。」他害怕姜眠會出什麼事，可又擔心她以為自己輕浮，所以格外地難以啟齒。

「好啊。」相較他的彆扭，姜眠倒沒什麼特別的情緒，「骨頭沒傷到，就是疼得厲害，你幫我上藥油吧。」

沈汶那腳雖然重，卻未傷及根本，否則她不至於現在還能條理清晰地和沈執開玩笑，但她的肩背肯定瘀青了，想到這個姜眠就咬牙切齒，好在自己那一珠子砸他腦門上砸得夠狠，否則受他一腳的事情絕對現在還能氣得她腦門生煙。

姜眠將外衣脫去，看見沈執在衣服背部撕破的口子時頭皮一麻，嫌棄又難為情的丟在一旁，接著又脫去一件，只剩下一身雪白的肚兜……

她眼尾挑起，伸腳踢了他兩下，下巴衝他擺了擺，「你，眼睛閉上！」

沈執見她不忌諱，心下安了幾分，又見她的舉動，臉上的睫毛顫了顫，轉過身去，還閉上了眼。

衣料摩挲的聲音無孔不入，好一會兒他聽見姜眠道：「好了。」

沈執轉過身，姜眠趴在床上，肚兜帶子解了，朝後拉了下來，露出了半邊白如膩雪的背部，而胸前遮掩得很好，只有精緻深陷的鎖骨露出，在微涼的空氣中微顫。

她側著腦袋趴在枕上，模樣有些可愛，鴉青色的長髮攏在脖間，冷得微微發抖，「你快點，是不是都紫了？沈汶那畜生，我非得將這腳還回去不可！想殺我斬草除根？下回在他腦門戳個洞！」

「……嗯。」沈執只聽見了叫他快點那句，他看見女人線條緊致漂亮的背部，視線很快便躲開了，手忙腳亂地去翻剛才的藥油。

她右側蝴蝶骨下來的位置確實有傷，許多還是密集的紅點，有些已經轉為青紫斑駁的瘀傷，在雪肌中尤為突兀。

沈執的目光變得肅冷，垂下的眼眸變得鋒利，連周身的氣息也變得陰沉，他將藥油塗在傷處揉開，揉到掌下的肌膚微微發熱，又加了些力氣，想將瘀青揉散些。

姜眠幾乎是同一時刻淒淒慘慘發出痛呼聲，他只好無奈地又將力道放輕。

「是不是很難看？」姜眠一邊犯疼一邊又有些擔憂，手半抱在頭上歎息道：「瘀傷最難消了，待會你再去外頭取點冰回來給我冰敷。」

「凍，不好。」

「好得快！」

姜眠最後敷了一刻鐘的冰塊，冰是沈執到外邊簷間敲下來的冰柱子，裡三層外三層裹著棉布，然後才給她用上。

「你去拿點糕點蜜餞過來，那姓裘的不是偷偷送了不少進來嗎？」姜眠說道。

「是。」沈執低低地應了聲，卻沒有立即出去，仍在原地不動，好像少和她待上一刻她人就會消失似的。

「怎麼了，快去呀。」姜眠詫異地看著他，她兩腳從床上挪下，坐在床邊晃蕩，「我的話也叫不動了？你是不是偷懶？」

沈執摳了摳輪椅邊緣磨出的一處小缺口，臉上的表情雖淡，卻透露著一股不情願，他抬眸和姜眠對視了一眼。

「別這麼看著我。」姜眠走過去，將輪椅轉了個方位，「我又沒事，你跟那位裘公子做了這麼大筆生意，我們不吃空他對得起自己嗎？」

然後她撚了撚他軟得要命的耳垂，「我還要換衣服呢，你走不走？」

沈執聽見最後一句時終於變了神色，眼神微閃，「……我去就是。」

沒多久，他拿了一堆吃食裝在食盒中，放在自己腿上，轉動著輪椅進來。

「咳。」她應該換好衣裳了吧？

等了一會兒，姜眠款款走出來，她換了件海棠紅的短襖，下身是鵝黃色的裙子，在燈光映襯下格外明麗動人，沈執被微微晃了眼。

「你回來了，過來啊！」姜眠見他回來，衝他招手，等沈執過來，她接過他腿上的東西，眉眼間染上一絲笑意，「雖說今日發生了許多事情，但那都過去了，不是嗎？」

她轉過身，將吃食點心一道一道往榻上的小几擺。

剛才的一小段時間裡，她將小榻收拾了一下，暖爐架上了燒水的壺，現在那只壺正咕嚕咕嚕的往外冒著煙，熱水氤氳。

「但是現在還有更要緊的一件事情。」

「什麼事？」他緩緩問出聲。

不知是不是被姜眠的話語觸動到，沈執心中有塊冰封的地方好似微微的塌陷下去，融作一股熱流。

「守歲啊，大梁沒有這個傳統嗎？這麼好的日子我們當然得過啦！」

姜眠包著濕手帕將已經發滾的水壺從架上取了下來，倒了大半至茶壺中，裡面放了茶葉，未過多時便飄出一股茶香來。

「辭舊迎新，我們總要守過了今日，才會迎來嶄新的以後啊……你不想陪我嗎？」

沈執眼神呆呆看她，和她……一起守歲嗎？

他有些恍惚，這麼多些年來，每年的歲除他不是在軍營中，聽著外面的將士們唱著思念故鄉的歌度過，就是在桐院房中隻身度過，除卻幼時母親伴他守歲的回憶，再沒有人同他說過這個「陪」字。

「陪妳。」兩個字脫口而出，沈執緩了緩才反應過來自己說了何話，俊臉有些發熱。

他解釋不清這話是對姜眠說的，還是他對自己說的，或者說，這是獨屬於他們二人間的相伴。

姜眠過來拉了拉他的手，「你和我到榻上去唄？」

沈執愣愣的應她，等反應過來，他已經聽從姜眠的指揮坐上了榻，還將外袍脫下，蓋上了那床鴛鴦戲水的雙人被，姜眠也躲了進來，往他手中塞了杯熱茶。

「小心別潑床上了！」

鞭炮聲漸漸清晰起來，姜眠將靠牆的窗子打開，刺骨的風吹來，她毫無所覺，拉著沈執遠遠望著，能看見漂亮的煙花在遠處的高空中綻放，一朵接著一朵，聲音越來越密集，似乎能聽見許多地方的人熱熱鬧鬧的歡笑聲。

「沈執——新年快樂啊！」在綿密的煙花徹底淹沒耳朵時，姜眠湊到了他的耳畔，大聲又熱烈。

新年，即至。

第九章　送人荷包吃醋了

天光大亮，光線透過窗扉灑落，屋內的擺設漸漸清明，昨日點的燈燭和炭火已然燃盡，唯剩餘燼。

姜眠一覺睡至天明，醒來時腦子暈乎乎的，肩頸有些酸疼，陽光微微晃眼，她揉了會兒眼睛，從被窩裡坐起來，伸了個懶腰，腿也向前伸展，可還沒伸直便蹬上了第三隻腿。

姜眠彷彿被燙著一般將腳抽回來，低頭轉去，便看到床榻邊沿縮著一具身體，他微微皺著眉，睡得並不安穩，正是沈執。

昨日兩人都太累了，守歲守到最後，伴著滿耳爆竹煙花的聲響，他們竟就著榻子睡著了，姜眠不自覺拍了拍自己的臉蛋，感覺有些發熱。

說實話，姜眠活了二十多年，也單身了二十多年，從前世和來到這副身體後，這還是頭回和一個男人共處一榻。

好像也……沒什麼感覺嘛，大抵是因為沈執是一個極其讓人放心的人吧。

姜眠趕緊將腦中純情至極的想法劃掉，笑話，她一個現代人沒見過豬跑，豬肉吃得還少嗎？

「宿主！妳沒出什麼事吧？」昨夜消失已久的系統突然上線。

「嗯，是沒事，我就是死了你也管不著。」姜眠簡直被氣笑了，礙於沈執在旁，她只能在心中罵著。

昨天這麼危險的境況之下，任她怎麼呼喚系統也不出來，現在倒好，事後問一句輕飄飄的「妳沒事吧」就想揭過不成？

姜眠冷笑，「作為我的系統，我十分懷疑你和我根本不是一條心，你好好反思一下！」

系統委屈得不行，乾巴巴道：「昨日之事來得突然，程式又受到某種介質的干擾，導致系統與宿主您的聯繫中斷了。」

任務沒完成，它自然不可能眼睜睜看著姜眠死在沈敬全手下。

「什麼介質，又是上回那樣的？不是說修好了？」姜眠難以置信，差點沒破口大罵。

「額……」系統支支吾吾，「修好後又破防了……」

「你們系統局是真的廢。」姜眠無語得不行，叫它閉嘴不想再往下聽了，心道照它們這個作死頻率，遲早要生大禍。

床榻雖然稍擠，但容納兩人的寬度還是有的，然而沈執睡在那裡，整個人只占了小小一塊地方，連被褥也未蓋好，他右手邊被沿不著床，涼颼颼的風透過那裡灌進來，若是他轉個身估計就能滾下床去，就這樣的狀態他竟還能睡得著。

高大的身軀躺在那，略顯拘謹，竟叫姜眠看出了幾分和他本人極不相符的楚楚可憐的意味，像個被欺壓的小媳婦。

姜眠被自己的想法逗笑了，仰面樂呵了好一陣。

她那一腳跟撓癢癢似的，又或者是沈執睡得太沉，他並未醒過來，姜眠彎下腰，湊近去看他的臉。

沈執生了一副好骨相，額庭生得漂亮，鼻梁高挺，他的眉眼對上那些人時向來是鋒芒凌厲，此刻安安靜靜合上，卻像附上了一層柔光，長睫微翹，沾染了幾分流光溢彩的漂亮。

他的臉龐垂下一縷不長不短的髮絲，姜眠忍不住伸出了一根手指想將它拂開，指尖正要觸到那縷頭髮，沈執像是感應到了什麼一般，枕在枕頭上的腦袋微微一動，緊接那雙掩在長睫下的眼眸猛然睜開——

四目相對，空氣一滯，姜眠的心跳瞬間飆到一百八，那隻伸過去的手張開，「啪」的一下落到他俊美的臉上。

沈執的臉被她掌心壓著，他極緩、極茫然地眨了一下眼。

姜眠生怕他誤會，牙關輕顫著，艱難地和他解釋，「你的臉上……有一隻蚊子。」

她假意撚起來往地上一丟，還用衣袖幫他擦了擦臉，強顏歡笑道：「看來是今年冬天不夠冷，沒能凍死牠們，不過不要緊，已經被我拍死了。」

她起身給沈執搭了把手，將他扶起來坐，大概還覺得有幾分不好意思，她乖巧笑著，舉止收斂得很。

沈執卻比她還局促，眼神躲閃，安靜得不像話，許久才輕咳出聲，「妳的傷……還疼得厲害嗎？」

姜眠手掌握起又張開，認真的感受了一下，說不疼是不可能的，她現在多用左手，就是怕受傷的那隻稍微用力傷口便會再裂開。

但她嘴上仍說：「不怎麼疼了。」

沈執也不知信沒信，眼睛卻不看她，將外袍扯了過來，作勢要起身，「我先起來，待會幫妳換藥。」

節日裡的歡悅氣氛還未過去，然而定北侯府今日的氣壓卻格外低沉。

徐氏正鬧頭疼，砸了個青釉瓷瓶，發了通脾氣。

平日近不得徐氏身的幾個丫鬟躲了出來，倒是落得個清閒，小聲說起昨晚那件事。

「聽說了嗎？昨夜桐院著了火，夫人和幾個爺過去，府裡兩個少爺都在那！」

「兩個？大少爺不是……」

「是啊，聽說是坐了把長了輪子的椅子才起來的，救火的下人都看見了！」

「什麼輪什麼椅？聞所未聞！」

「我哪知道！還有啊，二少爺額上的傷就是在那受的，回來之後二老爺三老爺五老爺幾家沒待多久便回去了，誰知道發生了什麼！」

「難道是大少爺打的？夫人就是在為這個發火不成？」

「哪成啊？我聽紫萃姊姊說，侯爺昨夜不知出了什麼事，回來就生夫人的氣，歲除跑去柳小狐媚子那宿了整晚！」

柳小狐媚子是沈敬德的妾室，徐氏對她恨得牙癢癢，平日在沈敬德眼皮子底下以外都是這麼喊的，底下人依樣畫葫蘆，學了個精通。

府中換了幾撥人，早沒有多少人知道徐氏自己曾經也是她口中的狐媚子。

「妳們幾個，說些什麼！還敢議論主子？都下去領罰！」

幾個丫鬟抬頭，先是見到了沈敬德的貼身侍從，再看見沈敬德站在她們身後，臉色黑沉，不知已經聽出多少。

她們知道自己犯了大錯，臉色驟變，不敢再多說一字，嘩啦啦跪了一地。

「侯爺！」徐氏聞見了聲兒，顫抖著手從屋中出來，臉色憔悴至極，以為他終於消了氣。

不料沈敬德衝她怒目而視，指著一地的下人，「女兒教不好也就罷，看看教出的狗東西又是一副什麼樣子？都給我滾！」罵完甩袖而走。

昨日在宮宴上，柳國公彷彿盯上了他一般，當著皇上的面揪了他的錯處指責，害得他當眾出了醜，皇上聽了進去，惱得罰了他兩個月的俸祿。

後來他塞了銀錢問柳國公府的人，才知道是他府裡的女眷得罪了柳國公府備受寵愛的三小姐！

柳三小姐不過十一二歲，除了自己那個年紀相當的女兒，還能被誰得罪？

可恨徐氏竟還幫著遮攔，叫他遭了這罪，氣得昨日他回來痛罵徐氏，哪還記得分家出去的那幾個沒什麼臉面的兄弟。

「阿汶去哪了？」沈敬德怒氣衝衝走出去，沒忘記問自己的兒子。

昨夜府中竟也發生了事，還有，說到那個孽子又是怎麼一回事？

隨行的侍從支支吾吾，說不出個所以然來。

「查！都給我查清楚！」

沈汶坐著馬車去了一處酒樓，他額上包著厚重的紗布，周身滿是陰戾的氣息，昨夜的事情還在他腦中揮之不去，讓他恨得咬牙切齒。

被姜眠那個女人砸中的位置還痛得厲害，朝廷規定臉上有瑕者不能入朝為官，若非府醫稱他傷處無礙，否則他定當連夜去將她的腦袋割下！

他不明白，昨夜怎就變成了那樣一番境地？

更讓他驚訝的是，沈執腿雖未好，卻能出入而行了，當時真該要了他的命，搞得如今後患無窮。

沈汶匆匆往廂房趕去，到了門外才緩了下來，換上一副好臉色。

守在屋外的吳公公拂塵一揚，語氣頗為古怪，「沈大人終於來了，叫人好等。」

沈汶忍著脾氣，臉上陪著笑，「今日出些事耽擱了，還望公公同殿下通報一聲，我去給殿下好好陪罪。」

裡邊的人似乎聽見了動靜，一道低沉的聲音傳出來，「進來。」

吳公公面上露出了一個淡笑，迎他進去，「沈大人，進去吧。」

沈汶這才得以進入。

進入一道簾帳，他瞧見座上那人一身玄色衣裳，上面繡有金蟒圖案，他面前放著一副棋，手中百無聊賴的執著一顆白子，正靜靜把玩著，正是他倚仗的主子二皇子蕭逸。

沈汶低頭行禮，「殿下。」

「沈卿終於來了。」蕭逸隨意將棋子拋下，臉上露出了一抹笑，起身將沈汶扶起，看見他額上的傷，愕然，「沈卿這是如何了？」

沈汶勉強一笑，「晚間喝了酒，神志不清，不小心磕在了桌角，讓殿下操心了。」

他未說實話，一方面是不知如何開口，另一方面二皇子從來都不是個好相與的主子。

此刻沈汶有些慶幸自己未提前同他說大皇子罪證之事，否則邀功不成，未拿到那東西叫二皇子吃到利處，被怪罪的恐是自己。

蕭逸顯然只是隨口一問，也不管他解釋了什麼，笑道：「本皇子今日有一樁事，得勞沈卿幫忙——平樂郡主近日要回京，陛下有意替她選一位夫婿，沈卿年後家中歷來有宴相請，邀一邀這位郡主如何？」

沈汶聽了蕭逸的話，已經將他的意思理解了個通透，幾乎是在瞬間陷入了沉寂。

三個月前，平樂郡主陪太后去了宜山的護國寺參佛。

平樂郡主是朝中異姓王忠親王的獨女，忠親王本名梁昭元，戰功赫赫，女兒一出世便封為了郡主，自幼養在太后身邊，深受寵愛，二皇子之心昭然若揭，他想娶平樂郡主為妻，好將忠親王納入麾下。

見他久久不出聲，蕭逸臉上的笑意淡了不少，「沈卿以為何意？莫不是有什麼難處？」

沈汶如鯁在喉，覺得不只是額頭，現在竟連腦子也疼得厲害。

平樂郡主婚齡已近，皇上太后寵她，有意為她擇一門婚事，但前提是對象要平樂郡主本人滿意。

二皇子還未娶正妃，若能得平樂郡主為二皇子妃，那便等同得到整個忠親王府的助力，自然對二皇子大有裨益，只是以何種手段、又用何種法子達到……事發於定北侯府，事成與否恐怕都與定北侯府脫不開關係。

可若得手，莫說二皇子離皇位更進一步，連帶他的地位也水漲船高。

沈汶壓下了思緒，咬著牙強笑，「殿下誤會了，只是不知您如何打算？」

「沈卿的顧慮本皇子知道，不過沒有幾分把握，本皇子也不會動手。」蕭逸負手而立，那雙帶著笑意的眼落在他額上的傷處，「定北侯府只需配合，至於事後如何，本皇子保你榮華不倒，如何？」

沈汶心中猛跳，終於斂眉掩住那抹勉強，拱手恭順出聲，「得殿下的信任，沈汶自當鞍前馬後，供殿下驅策。」

小院內，沈執先將姜眠手上的傷藥和紗布齊齊換了，整個過程都未和她對視一眼。

姜眠還在為早間被沈執抓包的事兒有些尷尬，雖說她糊弄了過去，但卻沒糊弄過內心這一關，心中像有幾隻礙事的螞蟻任性爬弄，叫她心癢又彆扭，因而她也未說話，只在他倉皇要出屋時才遲鈍的感覺到有些不大對勁。

沈執一身衣服穿得凌亂，不讓她扶著，也忽視自己從榻上移至輪椅時姿勢詭異的窘境，藉著手上的力便移到了輪椅上。「我去尋些吃的來。」

姜眠在他身後愣愣的道：「哦……」

沈執離開了主屋，轉去了廚房，然後在狹小的廚房內，鬆了口氣般發起呆來，臉上的表情也鬆懈下來，他吐出了一口長氣，像是在平復心情。

剛才在姜眠面前鎮定的模樣，全然是他努力掩飾的結果。

小廚房的門窗四面通風，一點也無避寒的效果，皆往他裸露在外的肌膚吹去，沈執穿的少，卻一點也未感覺到寒冷，這刺骨的風並不能將他腦中的記憶吹去，那些回憶衝入腦中，那句新年快樂晃了他的心神，叫他幾欲陷下去。

除此之外，昨夜姜眠還同他說了好些話。

他不善言辭，自幼身處的環境又和旁人不一樣，和女子談笑這樣的事情在過去幾乎為零，但聽她在耳邊一句接著一句，竟叫他想永遠聽下去。

因發生了許多惡事，姜眠身子招架不住，最後她的語氣越發的不著調，腦袋斜著斜著便落在了自己肩頭。

沈執壓抑不住內心的狂跳，一邊忍著血液的上湧，一邊小心翼翼將肩部放得平緩，枕了好一會兒，耳邊遲遲未見那道好聽的聲音說出下一句話，才知原來是睡著了。

沈執呼吸一緩，將腦中某種不斷浮現的作祟情緒抑住，小心扶著她的腦袋，側身往枕頭上放去，他本想將她安置好便回床，不料太過高估了自己，未能將人放穩便罷，反倒連自己也倒了下去。

他手心幾乎是瞬間生出了冷汗，然而姜眠卻未醒，依舊沉沉睡著。

因為倒下去的姿勢緣故，沈執和姜眠側著身子面對面，腿卻疊在她腿上，沈執只覺得自己快瘋了，兩人身上還蓋著厚實的棉被，沒等他費勁地將自己的兩條腿搬下來，姜眠卻已經率先感受到不適，雙腳蹬著踢開了壓在自己身上的被子，反客為主一般壓在了自己腿下。

後半夜的事情已經全然不在沈執的預料當中，他是想離開的，可一想將腿抽出，姜眠便開始亂動，嘴邊也接連發出幾聲囈語。

沈執不好將她吵醒，反覆幾次，只能做到上半身一點點移向榻沿，而後躺平放棄，想等姜眠自己翻身將腿移開。

這一等，差點等到了天明。

此前還未有發覺，等到後來女子身上特有的清香彷彿無孔不入一般撲向他鼻間，就連耳邊也是姜眠緩而悠長的呼吸聲，令他心中的悸動一陣接著一陣。

更奇異的事情在那之後，他的小腿被姜眠壓得太久，雖然依舊動彈不得，但腿上竟有一陣一陣的麻意，沈執就在這種稍痛又發麻的感受當中也睡了過去。

他睡得格外沉，不然不至於姜眠何時將腿從他身上放下也毫無所覺。

思及此，他俊臉又開始有些發熱，不免慶幸照她醒來時的那番反應，應該是不知夜裡發生了什麼的。

沈執收了神，將視線置於眼前的灶臺上，開始生火，所需的東西大多觸手可及，姜眠受傷需靜養，他得弄些熱食，不能讓她餓著。

火是生起來了，可灶口裡的那口鍋卻偏裡面了些，等他貼近搆著，那身白衣和臉面卻也沾了些灶臺的髒灰。

裘洛楚來到時，見到的正是沈執這般灰頭土臉的模樣，倚著門嬉皮笑臉道：「將軍，你洗手做羹湯的樣子好生迷人！」

裘洛楚生了副桃花眼，即便身著一身玄青色的長袍，將跳脫的氣質壓下去幾分，但給人的感覺卻還是輕浮的形象，更別提他常常愛擠眉弄眼，若對上個姑娘家，早該被安上地痞流氓的名頭，罵他一句不要臉。

沈執斥過他，倒是讓他沒再敢亂喊稱呼，規規矩矩喊他一聲將軍，也是與旁人不同，如今眾人都當他將軍之名早被銚奪，不過是苟活於世，誰還喊他將軍？

倒是沈執，如今又見他不著調的模樣，倒也不覺得難忍，只淡淡覷他一眼，將手中剛抬起的鍋柄放下，「你過來。」

裘洛楚臉上肉眼可見的失望，還以為自己的無恥功力有失往日水準，筆直的長腿邁進去，小廚房立刻逼仄起來。

他眉頭一挑，笑道：「你猜我今日在京城的禦坊酒樓聽見些什麼？」

「你說便是。」沈執抬頭，示意他往下說。

「你弟弟和二皇子的關係可真親近。」裘洛楚揚眉，「就連引平樂郡主來府中以便他行些不齒之事的要求也樂意應下，這等傷宗害祖敗壞根基之事，便是我也不敢做啊……你說，此事一出，皇帝和忠親王會不會放過定北侯府？」

裘洛楚將話擺置面上，不是在問事情敗露後元嘉帝是否怪罪，而是問沈執是否要放過懲治這些人的大好時機。

怎能放過？真壓垮了才是正合他意。

沈執捏了捏自己的指節，像在思考，「何時？」

裘洛楚露出了然的笑，慢悠悠的坐在了凳子上，身子歪得沒個正形，「侯府年後的一場宴會，啊……你該比我清楚才是。」

沈執聽完沒什麼反應，拿起長鉗撥弄了一下火苗，以防那簇火熄滅了。

裘洛楚轉身而起，不解問道：「話都說至這分上，你沒有些表示？」

那他跑來此處，費了這麼多腿力和口水，豈非白費功夫？

他舌頭抵在牙齒處，想冷笑又忍住了，只是面上帶了些嘲意，「不是吧沈執，你腿殘了，心也跟著廢了不成？我還以為你有多在意你那位夫人呢，招惹也不給招惹……嘖，怎麼，膩了？」

沈執卻未理會他，抬眼掃了那口鍋，「將它清洗了。」

他出來太久，姜眠餓了如何是好。

什麼意思？叫他刷鍋？

沈執臉上閃過淡淡的不耐，「你既說我腿腳不便，便該知道我做不了這些。」

裘洛楚表情微微扭曲，有那麼一瞬間覺得他是故意的，就是在反擊自己方才那句「殘了」，但沈執確實腿腳不便，他還真拒絕不成。

等他反應過來，手中已經接過沈執遞來的鍋刷，舉著不知如何下手。

沈執又皺了眉，「這也不會？那你會些什麼，表演笑話？」

裘洛楚嘴角一抽，覺得此刻自己就是那個笑話，往日他一個侍郎家的少爺，便是現在沒落了，家底還在，他會這些才不正常好嗎！

然而現下……被沈執聲色凌厲的盯了半晌，裘洛楚顫抖了一下，硬著頭皮開始往鍋裡洗洗刷刷。

「弄乾淨些，刷鍋水倒了，再過一遍水。」沈執指揮他。

裘洛楚手忙腳亂，他不想沾上鍋灰，又不願用手直接碰觸，便格外小心翼翼，導致沈執看他的眼色更為冷峻。

「然後呢？」

裘洛楚說得有些艱難，他看著沈執的眼神，也開始懷疑自己連這點小事都做不好，也許真是廢物……

沈執的臉色這才好看了些，接下來的事情他看得多了，得心應手得很，昨日煮的飯還有剩，姜眠為了個年年有餘的好兆頭多煮了些，不過她得養傷，還是吃些流食好。

他向來動手能力強，就著些食材在鍋中煮出了濃稠的粥，擔心她覺得單調，還飛快地剁了些雞肉加在粥中，不消片刻還真做出了份色香味俱全的雞絲粥。

那香味讓裘洛楚臉上多了幾分凝重，越發覺得沈執遠比他認知中的高深莫測，是他小覷了。

不過今日晨間他沒胃口，一早便出了門，到現在還未進食，聞見這香味，才發覺肚中已是饑腸轆轆，「這粥真不錯，正好在你這吃了再回去。」

「沒有煮你的份。」沈執盛出了一份放在食盒裡，冷眼睥睨，「我和她如此艱難，你竟要在我們嘴邊奪食，羞不羞。」

「啊？」裘洛楚話音一滯，蹭碗粥是如此罪大惡極的事嗎？一碗粥能值多少錢？

不對，連這肉食米蔬也是他提供的好吧！

他腦子轉得飛快，不一會兒又有意試探道：「剛才問你你不答，怎麼未見你家那位夫人？今日年節，我上門是該備禮的，她想要什麼？衣服？首飾？」

沈執音色有點發冷，「不需要，不必費心思。」他出了廚房，不想過多理會。

裘洛楚後腳便跟了上來，「阿執，我是要問你夫人。」

似曾相識的一句話，但沈執見不得他這副樣子，聽完臉都黑了，「你又亂喊什麼！」

他還記得姜眠說過的話，此刻又在屋子外邊，裘洛楚聲可不小，若是被姜眠聽到，他真是恨不得打斷這人的腿！

裘洛楚摸了摸鼻頭，一副無辜相，「情不自禁。」

沈執冷淡道：「屆時侯府的宴會你也過來參加，注意二皇子的動向，事態不對即刻動手。」他不能再讓姜眠出手，受到他無法預判的傷害。

「我如何來？你們定北侯府和我可沒什麼交情，爬牆進來可以，難道還能請我走大門不成？」裘洛楚搔搔頭。

沈執冷笑，「誰能敵得過你的死皮賴臉，還需問我？」

「有道理。」裘洛楚思考了一下，臉色頗喜。

想想自己以前做紈褲的日子，確實沒有哪家的大門足以攔住他，屆時收不到請帖，直接走進來便是了。

沈執正欲叫他離開，抬頭便見不遠處姜眠掀了簾子出來，外頭罩著鵝黃色斗篷，在風中瑟縮了一下。

裘洛楚臉色更喜悅，走向前去，「喲，夫人！」

姜眠久未見沈執回來，有點擔心，因而出來瞧上一瞧，沒想到又看見裘洛楚，她神情一頓，但臉色總算比前兩次要好，畢竟這人便是這樣的個性，不能指望他會改。

況且他和沈執之間還有合作，這些時日對她也有幫助，鬧得太僵會顯得她是在斤斤計較故意針對。

於是姜眠揚起一個還算明媚的笑，「嗯，新年好。」

裘洛楚聞聲笑得比花還燦爛。

沈執在他身後，氣壓低沉，臉黑如墨，她明明不太喜歡裘洛楚，怎地今日突然變了副態度？

姜眠後來才看見他身後的沈執，走去他跟前，「你去哪了？」

沈執臉色稍緩，將懷中的食盒舉給她，低聲道：「粥，我做的。」

「你還會做這個？」姜眠既驚又喜，接過了手，卻沒有打開。

沈執得了句誇獎，耳根微紅，正欲再說些什麼，裘洛楚卻插了進來，「可不是？我還幫他——」

沈執卻將他的話打斷，「妳先去吃，免得粥涼了，我和他還有事相商。」

「哦……」雖然姜眠還疑惑裘洛楚那句未完的話，但聽到他的後一句，未過於糾結便先進了屋，「你們好好聊——對了！」

她想起什麼，掏出紅色的荷包遞到裘洛楚手邊，「一點心意，不值錢，算是給裘公子封個彩頭。」

裘洛楚含笑著接過，目送她進了屋。

沈執盯著裘洛楚將荷包塞入懷中的動作，剛剛轉好的臉色瞬間風雨欲來。

裘洛楚瞧了他一眼，笑容耐人尋味，「將軍還要對我說什麼來著？」

沈執的臉上面若結冰，但還是控制住了，他轉動輪椅進屋，冷聲道：「等著。」

裘洛楚想跟著進去，被他回頭時一個凌厲的眼神嚇得動作一止，識相地回到廚房門前等他。

沈執出來時，順手將紅漆木朝他拋去。

裘洛楚抬手接過，目光放在手中之物上，朝沈執挑起了眉，「這是何物？」

「你索求之物。」沈執偏著頭，輕描淡寫的解釋，「放我這裡不安全，拿走吧。」

「大方。」裘洛楚讚了一聲，面上卻無太大波動，在表面摸索一番，「此物做何解？」

「去找陸清林，叫他弄……別忘了幾日後的事。」

裘洛楚應下了，走前又多看他兩眼。

沈執皺眉，「做什麼？」

他放漆木時不小心將姜眠給的荷包掏了出來，握在手中掂了掂，笑開，「無事，覺得你家夫人貼心得緊罷了……」

沈執猛地抬頭，面含薄怒。

裘洛楚得逞，哈哈大笑著離開。

沈執憋著一股子火氣回去，見姜眠正在小口吃他做的雞絲粥，動作斯文，看到他時還衝他招招手。

沈執過去，薄而紅的嘴唇翕張，怎地覺得她臉上的傷疤又淡去不少？

姜眠要是知道他的心思，定得翻個大大的白眼，她的臉就跟沈執的心情映照機似的，沈執的情緒值一夜之間上漲了百分之十，加上沈汶昨天晚上發的一把火，她已經有了百分之四十五的情緒值，臉上變化自然大了。

可明明今日起來她從他臉上看不出什麼高興情緒，她覺得沈執那張臉太能欺世了，難道心底掩藏的是各種驚濤駭浪？

「你吃過了嗎？」

沈執搖搖頭，心中惦記著荷包之事，語氣竟有些低落，「尚未。」

姜眠舉著勺子到他嘴邊，笑道：「那你嘗嘗自己的手藝，看看如何？」

沈執這才掃過她的眼睛，隨即又垂下，兩邊的耳尖爬上了一抹紅。「好。」

張嘴吃下溫熱的粥，伴著雞肉的香甜，沈執只顧盯著勺子和那隻素淨的手，根本沒注意吃到嘴裡的是什麼東西。

「如何？」姜眠笑咪咪的，「我倒是不知道，你在廚藝上還有那麼一絲小天賦。」

沈執答不上話來，稜角分明的臉慢吞吞抬起，紅著耳根，連眼中帶了些霧氣，「味道有些淡了……我再試試？」

姜眠有些呆住，隨即杏眼笑開，又道：「好啊。」

又一勺餵進了沈執的口中，沈執矜持地吃著，細嚼慢嚥地嚥進了肚裡，薄唇被一點水漬染得濕亮，他很淺地笑了一下，臉不紅心不跳地道：「方才忙了許久，叫這兩口粥暖了胃才發覺有些餓了。」

姜眠心想確實，他一個男人體力消耗得快，身子所需的能量也多，「那你先吃著……」

「好。」沈執像之前兩次那樣張了嘴，等著姜眠的下一口餵來。

姜眠本想將那碗粥拿給他，見他這般模樣反倒有些愣，但手上還是下意識舀了一口給他餵去。

沈執低頭，薄唇再次貼向瓷勺，他吃東西時禮節極好，並不會發出聲兒來，連嘴唇動作的幅度都幾不可察，然而放在姜眠眼裡，喝粥時沈執嘴唇劃過瓷勺，明顯能感受到微微的力道，那股細小的力勁讓她握勺的手有些發癢，導致整隻手臂都有些發顫。

姜眠竭力控制自己的心緒，磨蹭著將手抽回，又餵他下一勺，來回幾次，一碗粥就見了底。

她一臉迷愣地給他遞去了帕子，總覺得有些不對，但是沈執面上一派坦然，又叫她說不出哪裡有問題，莫不是她多想了？

沈執接過她的帕子，慢條斯理的擦拭，掩住的唇角微微翹了一下，又很快斂了回去，「尚可，與妳的手藝相較還差許多。」

沈執將碗接到自己手中，目光和她的交接上，漆黑的瞳仁中帶了些歉意，「抱歉，本是給妳的，卻餓急將妳的這份吃了，我再給妳盛一份來，妳手傷著了，這些時日諸般瑣事都交給我吧。」

姜眠下意識反問：「交給你行嗎？」

「我可以學。」見她這樣說，沈執語氣有些急躁，叫她聽出了幾分委屈，「莫不是妳不樂意教我？」

姜眠笑了下，手往枕頭旁邊的一個小匣子伸去，「先不說這個，你把手伸出來。」

沈執將一隻手伸出去，掌心朝上，輕易便注意到自己的手心有被弄髒的痕跡，應該是在廚房弄的，他腦子一懵又要縮回去，卻被姜眠強行拉住了。

「這是給你的。」她將東西放在那隻比她大上許多，還有些粗糙的掌心。

沈執垂眸，看見了一只小巧精緻的荷包靜靜地躺在自己的手上，和裘洛楚那個粗糙得不像話的不同，他的用金線繡了一隻胖乎乎又圓滾滾的鳥兒，邊沿也繡著花紋，荷包內鼓鼓的，煞有分量，不知是放了什麼。

他心中一時間蹦出了某個念頭，又不敢深想，低聲問道：「荷包……我也有份嗎？」

「啊？」姜眠一愣，這才想起他說的是自己不久之前給裘洛楚的那個，也不知他怎在這項上糾結上了，她挑眉笑道：「有啊，別人有的我們家大可愛當然要有啦！」

沈執垂著眸眼睫一顫，他想駁回那聲「大可愛」，可愛不是形容嬰孩的嗎？他分明是一個大男人，難道她並未將他當男人？

姜眠繼續輕笑道：「本來就是要給你的，方才給出去那個是我練手所用，難看得緊，不送就得丟了，還有啊，這裡面的銀錢可比他那個多了去了，你給我好好收著，別敗家！」

她語氣惡狠狠，一副容不得他拒絕的架勢。

「好。」沈執將東西捏在手心，拚命壓住想瘋狂上揚的嘴角，心中的那點怨氣也即刻消散，荷包上的鳥兒像蹦到了他心中，雀躍暢跳。

原來是沾了他的光，倒是便宜那廝沒臉沒皮的了。

第十章　尋青宴有計畫

年節一晃而過，年後連著幾日來皆是個見晴的好日頭，京外抱佛山上和山腳下浣衣處栽的桃柳梢隱隱要勃發出新芽兒。

今日永寧巷定北侯家自天擦亮起便開始忙活得厲害。

京中凡是有些臉面的侯爵家族一年總會辦一兩場宴會，用以和朝中各個官員和宅府聯繫感情，稱為尋青宴。

這般做的人多了，為了日子不相撞，便約定俗成地將尋青宴的日期固定了。

今日正月初十，正是定北侯府辦尋青宴的日子。

這個習俗自沈敬德前兩代便有，那時的定北侯府在京中尚且稱得上官運亨通，自兵權被收後，到這一代再辦實屬沈敬德強行挽尊。

只不過帖子是送出去了沒錯，但地位高些的不意味著能將人請來，而往下家族相差較多的又不屑讓人來攀，因此定北侯府的尋青宴，連著幾年都未見有昔日門庭若市的景象。

今年卻有些不同，沈敬德在院內，吩咐下人將幾個方至且關係得近的官員領進了廳中奉茶，回來便見沈汶將一人接了進來，下人和其他官員皆跪了一地問安。

來人身著藍袍，上邊繡有金絲蟒紋，華貴無比，正是二皇子蕭逸，他一雙眼睛狹長鋒利，俯視人時有一種來自上位者的威嚴，嘴邊噙著笑，那抹笑卻不達眼底。

沈汶將蕭逸迎過去，笑道：「爹，二皇子來了。」

沈敬德眉梢盡是喜意，虛胖的腰身一彎，拱手作揖將人迎進去，「殿下來寒舍乃是下官與小兒之幸，快往裡請！」

蕭逸摩挲著手中的一塊芙蓉玉，笑意淺淺，「侯爺不必多禮，今日聽阿汶說起侯府要辦尋青宴，特來一觀，多做打擾，別讓眾位受驚才是。」

沈敬德笑臉相迎，一夥人浩浩蕩蕩朝內走，「殿下言重了，怎會有所驚擾，倒是阿汶歷事不足，未給您帶來困擾便好。」

「阿汶在我身邊助力頗大，是本皇子該誇侯爺教導出的孩兒品性俱佳。」

「殿下謬讚了。」沈敬德臉上笑出褶子來，「阿汶能夠有助與您，如此便好、如此便好！」

客套聲你來我往，一句接一句的冒出。

此時的定北侯府門前，一架馬車平穩而至，車壁由白玉砌成，圖案嵌有紅瑪瑙為飾，奢華無比，顯然是某位貴族女子所用的馬車。

車內傳來的聲音清澈如山泉，「可是到了？」

隨侍聲音平穩如鐘，「是！」

不消多時，馬車的簾子掀開，跳下一位粉衣杏腮的女子，緊接著出來了一位身著華服的女子，由著粉衣侍女扶下了馬車。

女子長了副好容顏，鵝蛋臉，細眉彎彎，拖地的裙襬映出幾分清貴昳麗，她還未啟唇，旁的侍女便擔憂地皺了眉。

「郡主，那人真在裡面不成？」

「春桃，不可無禮！」平樂郡主輕聲斥了一句，語氣卻是虛弱的，「他既遞了信來約我相見，定不會負我，我只願……能再同他說說話。」

望著門匾揮斥勁道的「定北侯府」四字，平樂郡主眼底生出了幾分傷潮，她伸手扶住春桃的手，露出一抹苦笑，「既然來了，我們進去吧。」

走至門前，定北侯府在門前迎賓客的管家見女子清姿昳貌、飄然若仙，相貌衣品皆為不凡，再一看那華貴不已的白玉車架，便知她家中較侯府高出幾個品階，一點也不敢怠慢，笑臉迎上去，「小姐可是來參與侯府這尋青宴的？還不知您作何稱呼？」

雖看得出身分貴重，但京中貴女皆與家中長輩同行，然而眼前這位不僅眼生得緊，還是單人而行，叫人看不出家從何父的同時，不免讓管家疑惑。

春桃臉色忿然，竟不知定北侯府的人如此沒眼力見，「大膽，可知你面前的……」

「春桃。」平樂郡主輕聲將她的話打斷，眉眼微微蹙起，「越發毛躁了，我不常出門，認不出實乃正常，不得無禮。」

她轉過身溫聲解釋道：「家父乃忠親王。」

管家眉眼一變，忙拱手連連行禮，「原來是平樂郡主！怪老奴眼拙，未能認出！」

「無妨。」平樂郡主輕聲道：「本該是我不好，未收到請帖便冒昧前來……不知能否入這宴？」

「當然、當然！您快往裡邊請！」管家連連抹汗，怎會敢攔。

他在沈府幹了多年，雖說二少爺今年也為侯府掙回幾分臉面，得元嘉帝幾分青睞，但今日這樣一個受寵的郡主能賞臉，在外人眼中只會更顯得侯府榮恩不減。

幸好這位平樂郡主脾氣溫吞得緊，未多怪罪，雖不知她因何而來，卻還是先迎了進去，一方面又趕緊通知了徐氏。

女眷這方基本是由徐氏照應，先找她定然出不了差錯。

徐氏聽聞消息時正在花廳與眾位女眷品茶談笑，沈思玥一副小女兒嬌憨姿態，正依偎在徐氏身邊，受得眾人連連打趣。

命婦們捧她捧得熱忱真切，連往日裡那些同歲的閨閣小姐今日也怯怯的，不似平日裡那副愛答不理的勁兒。

沈思玥有些飄忽，多了幾分漫不經心的得意。

她先前的禁足早解了，幸好那事傳得不廣，知道的人甚少，柳國公府也未曾在明面上將事兒說出，否則不知會有多少人疏遠她。

只是父親被罰，她這段時日也不太敢往父兄身邊靠，好在母親雖也生她的氣，但就那幾日而已，現下還是同往日一樣心疼她的。

小廝一進來便招了眾女眷的眼，頂著壓力報出聲兒，「夫人，平樂郡主來了。」

廳中的女眷俱怔了一下，還是徐氏最先反應過來，「喲」了一聲，驚喜道：「可是太后身邊的那位平樂郡主？」

小廝笑笑，「是的。」

「妹妹真叫我們豔羨，這位郡主多年伴在太后身邊，連家中的宴會都不一定回去參與，今日竟來了妹妹家中。」那夫人掩唇一笑，「莫不是……是太后的意思？」

這話取悅了徐氏，她臉上一度春風滿面，但仍掩唇笑著道：「宋夫人說笑了，太后終日禮佛為大梁祈願，又怎會惦記我們這點小事，大概是郡主自己興起便來玩兒了。我還得先將郡主迎進來，總不好失了禮數，讓眾位姊姊見諒了。」

她起了身歉意的對她們笑了笑，隨即提著衣裙讓小廝帶路。

「母親，我也去！」沈思玥起身和徐氏同去，臨走前還不忘乖巧地與眾位夫人福身作別。

剩下的人在母女倆走後表情倏而一垮，久久不見聲兒再傳來。

半晌，有人笑言，「二皇子今日也來了，看來定北侯府說不準會再起呢！」

眾人抬頭看去，見說話之人竟是今日女眷之首，太常寺少卿的夫人方氏，又是一陣沉默。

二皇子背靠丞相府，他來了，便是認定了定北侯府這門勢力，那……平樂郡主呢？

「那倒未必。」方氏身邊的一位高眉的女眷淺笑著。

她此前一直未參與到這些無趣的對話中，將檯面的果脯吃得七零八碎，此刻卻語氣曖昧起來，惹了眾人的注意。

話只起個頭便斷了，被勾住的幾人抓心撓肺起來，只想著知道怎麼個未必法兒，「常妹妹，妳倒是說呀！」

那常氏徐徐道：「徐妹妹說的雖客套，我倒有幾分信了，近日聖上和老祖宗有意為郡主選親——噯，姊姊們知道吧？老祖宗疼惜郡主，又是忠親王心尖尖上的人，不得選個郡主自己喜歡的？」

說到這裡，她聲音低了下去，「近日來我在坊間聽見些傳言，說的是二皇子和平樂郡主這兩位，雖說傳得有鼻子有眼，我卻是不怎麼信的，畢竟他二人自幼便在宮中長大，若說有情，總不會得瞞到今日才傳出。」

常氏停了話，啜了口茶潤喉。

其他人思考了下，漸漸恍然大悟，「是這個道理！」

常氏又道：「不過今日二皇子一來，平日幾乎不參宴的平樂郡主竟也跟來了，我因此有了幾分動搖，世上哪有這麼巧的事，妳們也說說，這是個什麼理兒？」

聽了她的話，有人神色微怔，努力思考。

也有人不以為意，駁道：「不盡然，郡主與二皇子既是宮中人，想說些什麼做些什麼在宮中都是易事，何苦跑到外頭來招人眼？」

「宮中啊……」常氏笑了下，「一個是太后身邊的人，一個正受聖上忌憚著，要想躲過雙方的眼線可不太容易呢，太后前些日子去敬佛可是去了三月有餘，許是兩人許久未見，這才按捺不住也說不定，眾位姊姊多放些心眼瞧瞧吧。」

徐氏見著了平樂郡主，看著她搖曳的華服，當真是一副國色天香的面容。

她雖是侯爺夫人，可就是在定北侯府風頭最盛的時候也從未去過什麼宮宴，此前有在因緣巧合之際同太后打了個照面，也遠遠瞧過平樂郡主一眼，窺得幾分真容，但現在早已沒了什麼印象。

不過她行禮之後，卻故作親熱地握上了平樂郡主的手，仔細地盯著她的眉眼看，笑道：

「郡主大駕光臨，有失遠迎。」

平樂郡主平日在太后身邊待久了，並不畏事，何處都能坦然處之，她溫聲道：「沈夫人言重了。」

徐氏也不知該對這位郡主說些什麼，又不好直白問是否是太后派她來的，只得套近乎道：「郡主出落得越發漂亮了，前幾年我還見過您的，當時您在太后娘娘身邊，幾年間竟長這般大了，我如今看在眼中，竟也覺得奇妙。」

平樂郡主勉強笑了笑。

徐氏這話委實算不上什麼漂亮話，她將自己的身分放得太高，用好似長輩的口吻說出來一點也不得當，甚至稱得上僭越。

平樂郡主與公主皇子雖不同，但與尋常官員也是相隔著一大段距離，出了皇室和家中人，誰敢稱她的長輩？

春桃都快將白眼翻上天了，偏偏郡主攔著她不讓生事，否則她早該將這些禮節搬出來，砸到徐氏臉面上去，教她講一聲規矩！

徐氏也是荒唐得過分，繼續撫著平樂郡主的手前行，「您往這邊走，咱們女眷皆在花廳裡頭說著話呢，那裡暖和，又栽了不少花，此刻都開著呢……」

平樂郡主面上有些尷尬，徐氏力氣太大，不好將她的手拂開，只得由著她握著，本不知向何處去的尋人步子也被迫跟向前。

春桃簡直不能忍，她家郡主雖說性子好，可平日多少也有禁忌，太后身邊又最講究禮數，怎能任由一個命婦動手動腳？

她將目光朝平樂郡主望去，後者只是回了個為難的神色，春桃只能憋著一口氣，由著主子被拉到花廳中，與眾位夫人打了照面。

平樂郡主來了之後，自然而然便成了主位上的人，與徐氏並坐。

平樂郡主在太后身邊見過的人和物皆多，小小一個花廳的人並不足以讓她失了分寸，無論何處她都能維持一副平穩溫和的模樣，心中更是極少會慌亂，可現下卻有些坐立難安，她心中記掛著一個無法攤之明面的人，叫她一刻也安歇不下。

那個人，現在或許便在此處，但她如今看不見、摸不著，連證實也不知從何開口。

徐氏多次掃過平樂郡主的臉，心中越想越覺得這樣的身世和容貌，若能當得阿汶的妻該多好，而下邊的幾個夫人大多也不著痕跡的產生了同一種想法。

在場的人至今未有人問平樂郡主因何而來，但到底還記得是定北侯府的尋青宴，既是女眷的地方，自然便繞不開兒女婚事。

沈思玥年後已然十三了，豆蔻年華，雖聽著歲數不大，但也是時候該開始慢慢選定一門親事了，眾位官家夫人將沈思玥打趣得面紅耳赤，不知是誰話音一轉，只當玩笑道——

「郡主呢，郡主喜歡什麼模樣的男兒？」

此時的蕭逸一路走來，臉色已變了個樣，他眉眼鋒利，處處透露著生疏和寒意，彷彿耐心即將耗盡，他穿過長廊和一段卵石小徑，至一道垂花門前停下。

沈汶就在他的後面跟隨，為他指路，除此之外並無第三人相伴。

沈汶並不敢同蕭逸多說什麼，直到他停下，才斟酌著問：「郡主便在裡頭，殿下可要進去？」

平樂郡主至定北侯府門前的第一時間，消息便早已透過探子遞了進來，遠遠早於徐氏知曉的時間，兩人不動聲色，只先將前廳中來往的眾多官員敷衍而過。

「進。」蕭逸只說了一個字，再轉入那道門之前，臉上又變了顏色。

花廳內，所有人的目光在問出那句「郡主喜歡什麼樣的男兒」之後，目光同時望向一身華服的平樂郡主，心思稱得上赤裸裸。

方才常氏所說的是真是假猶未可知，既然未知真假，那就只能算捕風捉影，一旦平樂郡主擇婿能看中家中的男子，那可就是家門極高的榮耀。

猝然受這麼多目光注視，矛頭皆指她而來，平樂郡主心中沒來由的生出煩躁，而這股煩躁像是無底的巨洞一樣，這些時日來受的苦楚，那些讓她傷了情的話一樣一樣的湧入她腦中，似要將她吞噬才甘休。

平樂郡主挺直了身子，完全不笑，如同一株孤傲的白梅屹立在風雪枝頭，連帶眉眼也沾染了幾分冷色，以此將那些不懷好意的目光盡數堵回去。

這些人有哪些是真關心她的幾分心意？

便是她的家人、太后，又有哪個會縱容她的想法？

「虛情假意」四個字一字一字落於她心頭，平樂郡主將眼閉上，無論如何她總是不能發作的，無論是為太后、抑或家族的臉面。

平樂郡主突地不說話，泛涼的臉色毫不遮掩，眾位夫人瞬間知道自己踩到了禁忌，紛紛心驚膽戰地噤了聲，方想著該如何挽救，便見門口走進個侍女行禮。

「夫人，二皇子和二少爺在正在外頭。」

聞言，一屋子的人烏壓壓起身去迎，總算將事情強行揭過。

眾人皆知二皇子來了定北侯府這尋青宴，卻未想他會過來，平樂郡主更是不知。

她和蕭逸不熟，平日他來給太后請安，互動也止於點頭之禮，便是私下碰見她也未有過差錯，行為舉止從不落人口實，在他人府宅之中相遇這等事還是頭一回。

平樂郡主想到自己今日來的目的，手心微握，唯恐洩露。

蕭逸進來時斂了鋒芒，表情稱得上溫潤如玉，溫聲讓她們不必多禮。

沈汶跟在他身後，朝徐氏喊了句母親，又給眾位夫人行了禮，舉手投足間一副君子端方的模樣。

蕭逸的眼神幾次三番從平樂郡主身上掠過，他眉眼一挑，帶了些笑意，「許久不見平樂妹妹，今次皇祖母回來未在她身旁見到妳，倒讓人有些不習慣。」

平樂郡主勉強一笑，「太后娘娘說我許久未歸家，正好此次先回一趟忠親王府，以免父親母親掛念。」

「平樂妹妹為侍奉皇祖母，未能常常與忠親王與王妃相伴，此番回去是為盡孝心，自然是極好的，只是叫我……」他輕咳一聲，繼續笑道：「叫我與兄長、幾位妹妹思念得緊。」

那聲「思念」客套間又夾著一絲親暱，平樂郡主眉頭微微一皺，但也轉瞬即逝。

原因無他，她與幾位皇子公主算不上熟絡，實在當不得這聲思念，但在不知情的人面前裝一下感情好也無傷大雅。

可後面幾個夫人不知想到些什麼，在二皇子停頓處多了些心思，相覷幾眼，神情若有所思。

還未再探得幾分蹊蹺，蕭逸卻未再和平樂郡主相談，轉而朝其他人道：「是本皇子打擾了幾位夫人的雅興，但想著既然到了府上，那便該來見一下沈夫人，這才託了阿汶同來，還望夫人不要為此事煩惱。」

他的禮節叫人挑不出差錯，讓徐氏心中欣喜，「怎會煩惱，殿下言重了，這話非得折煞妾身不可！」

沈汶安撫道：「殿下寬仁，母親莫急。」

女眷當中不乏也有人出聲，狀似摻了一絲酸氣，「是啊沈夫人，殿下給的福分怎會折煞呢？」

沈汶臉上一笑，「母親，我與殿下約著在府中一轉，打算先離開。對了，前些時日父親請了護國寺的僧人，這會兒人已經來齊了，法事還得靠父親母親去主持。」

「好，此事我會同你父親說的，你且陪二皇子去，這事哪用得著你一個孩子擔憂。」徐氏面上緩了緩，朝兩人笑言。

沈汶來不及答覆，便又聽見另一個聲音——

「法事……在何處辦？」

數道目光朝那個輕飄飄的聲音望去，才發現是平樂郡主說的，這是她到場這小段時間中，主動說的第一句話。

夫人們原本的興趣都被之前那回事涼了大半，這會兒冷不丁見她出了聲，又勉強打起了勁兒。

平樂郡主攥緊了半邊袖口，勉強笑笑，「前些時日和太后去的便是護國寺，那裡清淨，有個喚淨空的師父為太后引注開解，回來時太后的頭疾都緩了不少，若他正好在，我想去言謝一番，也算為太后積幾分功德。」

沈汶便笑著應她，「法事在侯府祠堂舉辦，郡主好機緣，父親請的人當中好像恰好有位師父叫這名兒。」

平樂郡主斂下了眉，「好，多謝沈二公子。」

兩人走後，花廳內重歸女人家的歡聲笑語，「沈夫人好福氣，孩兒生得一表人才，又入了二皇子的眼，前途無量啊！」

徐氏笑笑，用染紅的指甲掩著唇，「我何德何能，皆是阿汶自己的本事，只是看他有出息，我心中也高興得緊。」

「是啊，而且，定北侯府有出息的公子可不止沈二公子一個……」這話說至一半，像是意識到了什麼，便沒了蹤跡。

徐氏臉色微變，她在外維持著視繼子如親生的好名聲，這些夫人不清楚內情，反倒將她不愛聽的話說了出來。

「都過去小半年了，但聖上依舊未下刑罰，著實說明這位沈大公子只占了其中一部分罪責不是？可惜那會兒子腿出了問題，現在呢？也不知如何了？」

徐氏咬牙笑笑，「不過是老樣子，他一直在院子裡靜養，這事兒對阿執打擊極大，如今都不願出來見人了。」

曾經的這位沈將軍她們都是知道的，性子孤僻，甚少與人相處，腿廢後氣性變大了，倒也叫人挑不出什麼問題，這事兒而後便揭過了。

在這些人之中，平樂郡主手中一杯茶握至冷了也未動一口，知道那人是真的來了之後，她心中先是平靜了下去，接著又開始心神不寧。

那些世家夫人說了很多話，她一句也未聽至耳中，腦中只剩下一個念頭——她要赴這個約，她要再見到這個人。

哪怕是徹底一刀兩斷，或者將那拒絕人的話再過一遍耳，無論是哪種，事情總該有個了斷。

平樂郡主突地站起身來，讓周圍人皆是一驚。

她原還有些恍惚，好一會兒才回過神來，看清面前的人和物，輕聲道：「我有些乏了，想出去走動走動。」

徐氏還以為是將人得罪了，聞言才道：「郡主想出去？我伴您出去如何？」

「不必了，沈夫人是主家，怎好丟下客人，我一人即可。」

她這番話也將其他人相伴的念頭打消了，一干人等只能眼睜睜看著她離去。

日頭正到午時，陽光雖有些刺眼，氣溫卻還是冰寒一片，冷風凜凜吹在沈汶臉上。

「殿下。」他將遠眺的目光收回，朝背後那個長身而立的男人望去，「出來了。」

蕭逸轉過身，「好。」

不遠處的平樂郡主披著精緻的斗篷，腳步停在原地，身邊淺粉色衣裳的侍女正和迎面而來的一個小廝說話，多半在打探侯府路徑。

蕭逸唇邊露出一抹勢在必得的笑。

一名黑衣探子不知從何處翻身而來，落在兩人附近，「殿下。」

蕭逸皺了下眉，「何事來報？」

「裘侍郎前些時候進了定北侯府大門，屬下認為他的行為有些奇怪。」

「何處奇怪？」蕭逸目光一涼，迅速朝沈汶的方向轉去，「侯府的帖子可有發給他？」

「絕無！沈家從未與他有過哪方面的聯繫！」沈汶幾乎未作思考便否認。

裘洛楚在京中臭名遠揚，多的是不齒與他相交的人，定北侯府便是其中之一，唯一的聯繫就只有早年他差點害得沈執清譽不保那回事。

沈汶朝那探子道：「是不是多慮了？」

探子低聲道：「他是自行闖進侯府，此後行蹤詭異。」

「他要做什麼？」沈汶腦子一亂，想不出來。

「怕是知道了什麼。」蕭逸冷笑一聲，「裘洛楚真是我三弟的好舅舅啊……無論如何，今日之事不能有差錯，你去盯著他。」

姜眠昨夜睡得遲了些，導致今日近午時才起。

窗子有光照進來，空氣間可見有細碎的灰塵雜質飛舞不停，像小精靈在她跟前晃蕩不止。

從被窩鑽出來，姜眠一個抖了下，先披上保暖的衣服，隨後往內室走去，「沈執？你怎麼沒叫我起床？」

姜眠的自律性實在太差，又是在冬日，她很長一段時間都要靠著沈執這個人形小鬧鐘把她叫醒，最初她能夠很快醒來，可時間一長，那份對他的不好意思蕩然無存。

沈執剛開始是在屏風外面叫她，從未有過不耐煩，早晨每每聽見他溫和又低沉的聲音，簡直就是一首動聽的催眠曲，總想著再聽一遍。

這個再聽一遍讓她最長的一次足足拖了兩刻才起，最後是沈執以為她出了什麼事，咬牙進去，看到姜眠正呼呼大睡，臉色猶如寒霜，後來便回回站至她身前將她喚醒。

第一回她被嚇到，後來醒來時她就慣性用言語調戲他兩句，誰知這廝竟巍然不動，面無表情，唯有兩隻微微泛紅的耳垂昭示他的害羞。

雖說如此，這獨屬於姜眠的叫醒服務也未曾中斷，一時讓她疑惑不已，到底是古人普遍早睡早起，還是單純是沈執的意志力太強悍，回回都能在同一時間點來她榻前。

然而今日卻斷了，縱使姜眠的時間觀念不太好，但也知道她今日起來的時間點已然過晚。

姜眠往他床榻上看去，只有兩床被子，她將其翻開，下一瞬又蓋了回去。

好吧，真的沒人。

她抱持著內心的疑惑去洗漱一番，將衣服穿整齊才出了院子，然後就發現沈執在蕭瑟的小院中央，他在輪椅上坐著，看起來寂寥又堅韌。

姜眠才看兩眼便皺了眉，這人穿得這般單薄，生病了可怎麼辦？

她正準備開口好好說他一番，沈執便轉過身來看她，目光有些散，「怎麼起了？」

「再不起太陽可要落山了。」姜眠皺皺鼻子，「你當我是豬啊，睡這麼多！」

「我並非這個意思……」沈執擠出了幾個字便停了聲，俊臉撇向了一邊，有些發熱。

姜眠幾步走了過去站在他身旁，疑惑問：「你在這做什麼？這麼冷的天，不會已經待了許久吧？」

「只出來了一小會兒。」沈執的聲音很輕，但若是姜眠摸上他幾乎凍僵的手和發寒的衣袍，便知他是在說謊。

他自起身之後，已在院中待了一個多時辰。

「你可要出去？」姜眠以為沈執想出去，雙手往把手上搭，作勢要推他出去逛逛，反正外頭那些人也知道了些不該知的，再被看見也無所謂了。

誰料沈執拒絕了，「不去，我們回屋。」

姜眠不明所以，「那你還在這兒對著大門望個不停，不曉得的還以為是我拘著你不讓你出去呢！」

沈執面露薄紅，「我此刻只想回屋中待著，我記得妳有一副棋。」

姜眠奇怪地看著他，總覺得他有事隱瞞，「有是有，不過我不會玩。」

那是原主的東西，她確實不會玩。

沈執輕咳了一聲，「我可以教妳。」

姜眠其實對下棋沒什麼興趣，但沈執好不容易主動對什麼生出些興趣，那她就勉為其難陪他一下吧。

此時背對著沈執的姜眠沒有看見，他的臉色一點一點變得冷寂。

或許還是要出去的，只不過不是現在。

平樂郡主尋到了去侯府祠堂的路，春桃跟在她身後欲言又止，最後還是出了聲。

「郡主，和外男私下相見，傳出去對您一點也不好，您何苦為了個對您狠言相向的死和尚壞了自個兒的名聲呢！」

「春桃，莫要再亂說！止霖……他不是什麼死和尚。」平樂郡主聲音顫得幾度停頓，捏著袖口的指節更是發白得厲害。

春桃跺了跺腳，「郡主，就您還維護著他！」

平樂郡主垂下眼，她不想，可她忘不掉。

人人皆說太后疼愛她，是，太后確實疼她，但這樣的疼愛是有代價的，離開父母是一，言行舉止與他人相比要更嚴格是其二。

她是家中獨女，父親母親向來疼愛她，可這樣的疼愛也抵不過長久的分開，每每她回至家中，父王母妃都是極其高興的，可相處時卻像與她隔了層什麼東西，最終總會陷入尷尬當中。

相反，她那隔房的妹妹彷彿更像他們的親生孩兒，能夠親暱的撲向他們懷中，也能夠說俏皮話惹得他們連連發笑。

她自幼就羨慕能與父母親撒嬌的女孩兒，她也想恣意歡愉的活著，而她此生唯一叛逆的一次，是喜歡上了一個和尚。

和尚喚作止霖，是護國寺的僧人，明明穿著一身樸素的僧袍，態度刻板冷淡，不近人情，可就是這樣一個人，叫她無論如何也忘不掉。

初入護國寺時，平樂郡主曾和侍女失散，誤入了護國寺後面的山林，那時她腳扭傷了，又逢大雨，一人在林間無助無依，又餓又冷，連回去的路也找不著，與止霖那雙清冷淡漠的眼相對上時，怕是她這輩子最狼狽的時刻。

她方摔了一跤，衣裙上沾滿泥濘，髮髻散亂，渾身上下皆在滴水。

止霖顯然認得她是誰，只淡淡地瞥了她扭傷的腿，而後隻字未說，在天黑之前將她背到了護國寺後門，放下她便離去。

整個過程兩人一字未說，平樂郡主望著那道在雨幕中離去的身影，艱難的回到屋中，她的模樣讓伺候的春桃嚇得跪地不起。

那日的事情並未傳出去，春桃為了不受責罰，也不約而同將她一身泥濘而歸之事壓了下去，就連腳傷也謊稱是在院中不小心扭傷。

平樂郡主後來才知，那個將她背回的少年和尚名叫止霖。

三個月的時間很長，足夠她將那日止霖背上傳來的溫熱轉為某種情意，叫她深陷其中，無法自拔。

她一直將這份情意藏在心底，直到臨走之時，她忘了何為人倫常理，何為規矩典範，只顧著將滿腔的愛意訴諸止霖。

然而他冷然拒絕的話猶如一盆冷水，兜頭潑向她。

平樂郡主從回憶中脫身，目光落於定北侯府的一處花圃，眼底流露出一分憂傷。

既然當日將話說得這般決絕，又為何遞信相約？

平樂郡主苦笑一聲，怕不是要同她將那些見不得人的情愛說個透澈，叫她不要壞了他一介出家人的清譽吧？

她還未至沈府祠堂，便見兩個侍女自一處屋中出來。

「那位小師父長得真好，妳說好端端的來給我們府中做法，怎會身體不適呢？」

另一位嘻嘻笑，「誰知道呢，不過這個小師父不僅人長得好，名字也好聽，倒是不太像尋常的和尚。」

「他叫什麼？」

「我聽其他師父說的，他叫止霖。」

平樂郡主的雙腿突然僵在原地，許久她呆呆地朝那處屋子走去。

第十一章　破壞二皇子毒計

花廳不遠外的觀景湖人影蕭瑟，柳枝只剩光禿的抽條，湖面結著冰，透過冰面，偶見魚影滑動。

裘洛楚挺拔的身材在湖邊空蕩的石几前駐足，往日裡那雙多情的桃花眼眼尾微翹，竟少了幾分柔和，多了分尖銳。

「想不到今年咱們府中尋青這宴來了這般多的顯貴，竟連果酒都供應得有些緊湊。」

「是啊，酒水倒還好，就是冬日未過，新鮮的果子難尋，幸好府裡存了些。」

「那人是——」

兩個碧色衣衫侍女提著食盒走過，見到那道高大的身影立足於此，相互對視一眼，另一個附耳悄聲而談，本想行個禮便往花廳去，不料那男子突地轉過了身，一雙輕佻的桃花眼瞬間撞入眼中，將她們弄得臉紅心跳。

裘洛楚方才身上無法屏住的幾分肅殺氣息霎時煙消雲散，他也不嫌髒，半倚著沾了濕氣的石桌，手邊握著把半開的扇子輕搖，桃花眼微彎，「兩位姑娘看衣束是在侯府當差？」

侍女回答的聲音怯怯的，「是、是啊。」

裘洛楚輕飄飄地「哦」了聲，輕歎，「怎地侯府的姑娘皆生得這般好容貌？叫人看晃了眼。」

一句話將她們說得熱氣升騰。

這人好生奇怪，大冬日的手中卻搖著扇，明明是來赴宴的人，卻著了身沒這麼莊重的窄袖，叫人看不出身分來，更不知官銜職位。

思及此，兩人臉色微微一變，這才想起來此的都是貴人，連忙屈身行禮，「大人說笑了，給大人請安。」

裘洛楚眉一挑，將兩人叫起來，不禁感慨若是知道他身分，難保還有這番好臉色，他調笑道：「我剛來，不認得路，方才聽聞說侯府來了不少顯貴，不知都來了誰，我也好去拜見一番。」

見他語氣溫和，那位方才附耳悄言的侍女紅著臉道：「二皇子來了，先前去了前廳，就是那座堂屋——」她將手往前邊遠處指，「女眷這邊來了平樂郡主，不過不知去了哪。」

裘洛楚故作驚訝，「哦？我倒未見過平樂郡主是何樣子，聽說十分絕色，我倒不信，想來也不會有姑娘顏色好，也不知她在何處？」

侍女聽得心花怒放，又不敢表現出來，「大人說笑了，奴婢們怎可與郡主相比……大人前去一觀便知，不過方才在花廳之時，她曾說與來侯府祈福的僧人有幾分淵源，不知是否往祠堂去了。」

「竟是如此……」裘洛楚話未說完，猛然朝湖的前邊去。

侍女們呆了下，轉頭就見沈汶的身影來勢洶洶，他身後跟著幾個短打服飾的男人。

「二少爺！」兩個侍女不明所以，見著這副架勢，心中嚇得沒了底兒。

沈汶抬眼掃了兩眼兩個侍女，隨後目光死死盯住了裘洛楚，劍弩拔張，聲音中透露著一股寒意，卻是朝身後的侍女說的，「下去！」

兩人攥著手中的食盒，慌慌忙忙地退了下去。

沈汶目光不善，連同他身後的幾個打手也虎視眈眈，裘洛楚眉眼不見絲毫慌張，搖了兩下扇子，臉上還流出幾分無緣美色的失望，只惆悵道：「沈兄這般警惕是為何，叫裘某心慌得很。」

沈汶顧及他的身分，未直接動手，僵持許久才冷著臉道：「定北侯府的請帖未曾遞去裘侍郎家中，今日乃我定北侯府要緊之時，裘侍郎何故來搗亂？」

裘洛楚厚顏無恥也不是一日兩日了，他握著扇子的手有一下沒一下打在另一邊掌心，姿態十分閒適，「沈兄多慮了，我不過是恰好路過貴府，進來討杯佳釀，哪有你說的那般不堪，你看——」

他拍了拍自己的身子，面露無辜，「除了誇那兩個侍女貌美，別的我可什麼都未做，沈兄可不能冤枉了我。」

沈汶冷笑，什麼也未做？怕是來不及做些什麼罷了！

「既然裘侍郎說來我府裡討杯佳釀，那未讓你喝上倒顯得我招待不周了。臨安，帶裘侍郎回前廳！」

裘洛楚身後即刻出現了個面無表情的男子，裘洛楚察覺到，輕笑了一下，「沈兄這樣做不好吧？」

「寒天露重，好不好我與裘侍郎回屋中商議商議便知。」

裘洛楚面露難色，「回屋中？沈兄要對我做什麼……這樣不好吧，再如何我喜歡的也是女子，不能強迫的。」

「你胡說八道些什麼！」沈汶瞬間產生了怒色，身軀逼近過去，生出些許壓迫感。

裘洛楚故作驚慌，「你可別靠近……」

沈汶充耳不聞，他只想將這人的嘴臉給生扒下來，這裡是他的地盤，周遭都是他的人，他有何可怕的？

只是當他腳步再一次動作時，境況卻猛然反轉，裘洛楚的動作快得看不清晰，等他反應過來，他已被一股強勁的拉力拉扯著，頸間架著一把短刀。

沈汶青筋暴漲，「裘洛楚！」

「別動啊……」短刀貼在沈汶脖頸，裘洛楚站在他身後，一手拽著他背部的衣裳，目光一寸寸掃過其他人，還不忘低頭在他耳邊道：「都說了別靠近我，沈兄實在不聽話。」

沈汶壓著怒火，無奈受他擺佈，「你想如何？」

「我啊？」裘洛楚笑著將他正擺在幾個侍衛的跟前，貼著湖那面，一點一點後移，「你先叫他們別動，否則可就掉下去了。」

沈汶脖頸有刀，腦袋被迫仰著，只得眼神朝他們一掃，以臨安為首的幾人終於不再逼近，卻也未放鬆警惕。

在他們誰也沒反應過來的時候，裘洛楚側過身，逃走之際一把將沈汶推向湖中去，冰面太薄，沈汶一個猝不及防便墜了進去，幾人急忙去救，臨安對著湖面遲疑了一下，隨即往裘洛楚逃開的方向追去。

裘洛楚功夫比不得臨安，但遁地的功夫實在了得，兩人過了兩招，臨安便中了招。

他踩著輕功往沈府的祠堂而去——早前他找沈執的時候曾途經這處地方，還有些印象。

他急於脫身，出了險招，雖然成功了，但在謀劃的事情便也瞞不住了，之所以這般作為，是他方才突然反應過來，沈汶沒和二皇子在一處，反倒有時間過來攔他，恐怕是另一頭魚兒收網，正要下手了。

他趕至沈家祠堂，往內去卻只見一堆禿子跪於地面，個個垂眸喃聲，誦經聲整齊有度不絕於耳，然而對是何狀況一概不知的裘洛楚而言，只被這聲音吵得腦子嗡嗡響。

他隨手抓起一個和尚，「平樂郡主在哪？」

小和尚瑟瑟發抖，「貧僧、貧僧不知……未見有哪位主子來過。」

不在這……不在這還可以上哪去找？

他踉蹌起身，最後轉頭看了一眼這些禿子，有個和尚轉過身來，裘洛楚注意到他面容白淨出塵，不似尋常僧人，便連眼中那股冷然之感也奇異得很，但他並未多想，轉身而出。

「春桃，妳在外邊看著，見人來了機靈些。」

春桃面露難色，看著平樂郡主那兩彎秀眉，不情不願應了聲好。

平樂郡主安撫道：「只是說幾句話，不用擔心。」

她抬腳踏入那處屋中，這兒像是被臨時整理出來的房間，有些空蕩，也不知以前是誰的住處。

平樂郡主心情複雜，垂下的手掌輕握，極是不安，她不明白止霖到底要做些什麼？

屋內略有些發潮，垂下的幔帳有一股淡淡的霉味，不過平樂郡主並未聞出，因為這空氣中散發著另一個味道，是一種香氣，她輕嗅著，只覺得原本發寒的體溫慢慢轉暖。

「止霖？」平樂郡主眉頭輕蹙，未聽見有回覆。

她腦袋有些犯暈，但還是下意識往內室走去，不料一進去，那股香味更是撲面而來。

她不知自己是怎麼了，只得扶了扶腦袋令自己清醒一些，等她不知所措的望向床上，模糊之間卻未見一人。

為何他不在？還是說不在這間屋子？

熏香來得快也去得快，平樂郡主已然嗅不出什麼味道了，她扶著牆壁有些站不住，終於在不久後，混沌的眼前出現一道人影。

平樂郡主喃喃道：「止霖？」

那雙寬大的掌扶起她軟得一塌糊塗的身子，嘴唇湊至她的耳畔，「平樂妹妹……」

「阿汶！」徐氏邊喊邊匆匆往這邊跑。

沈汶落水的地方離花廳太近，動靜輕易被人所聞，湧出來一大幫女眷，將湖邊剛被拉出來，如同落湯雞般的沈汶看了個遍。

那些聲音實在太雜，直將沈汶的尊嚴打入谷底，他顧不得刺骨得要讓他僵硬的冰冷，眼睛直抽，手率先拽成了拳，但隨即又鬆開，心中有了成算。

他對趕來的眾人道：「方才來了個刺客，打鬥時害我中了奸計，恐怕他的目標不在我，他往祠堂那處去了，現在誰在那處？」

「郡主此前曾問過祠堂所在，現已經離開花廳有段時間，莫不是……」有位夫人驚訝地道。

「夫人的意思是……他是為了郡主？」沈汶面上一片訝然，唇卻哆嗦著咳出了兩口水，「絕不能讓他得逞！」

他作勢要離去，徐氏一把將他攔下，「不行！你快回去將衣服換了，這般過去非得凍死在路上不可！」

沈汶無奈道：「母親……」

「人手我帶著，定把郡主尋回。」另一位夫人出了聲。

聽到這樣的話，沈汶也只好照做，後來的一些人聽見平樂郡主要出事，屁股更是坐不住了，紛紛出去，不知是真的擔心平樂郡主，還是只想當這救命恩人。

一夥人急躁地往祠堂去，幾乎是袁洛楚前腳跳進去剛找著地方，後腳便有女眷的聲音自正門傳來，正和春桃理論。

「平樂郡主可是在裡面？妳攔著做什麼，再攔妳家郡主便要出事了！」

「郡主好端端的怎會出事，你們這些人少些心眼！」春桃硬著頭皮阻止。

「我們當然是說真的！有刺客要傷人，妳若執意要攔，我們便闖進去救人了！」

袁洛楚聽了兩嘴，暗道不好，抓緊時間自窗戶進去，見床上無人，他不禁鬆了口氣。出了內室，他目光一凜，眼前那一對身影分明便是蕭逸和平樂郡主！

不知蕭逸使了什麼手段，竟使得平樂郡主撲在他懷中，像是正對著自己的心上人般，臉上滿是甜蜜。

蕭逸臉色漸漸浮現出笑意，顯然是聽到了外面的爭吵聲。

裘洛楚冷笑，好心機的法子，若是到了床上，被人瞧見這兩人就成了姦夫淫婦，而此時的情景只能算是坐實了坊間言論，兩人是一對有情之人——若要元嘉帝賜婚，那便是有情人終成眷屬。

蕭逸時刻留意著懷中的平樂郡主與外面眾人，未對身後有所防備，等他人的氣息逼近已然來不及，手臂上被尖利的東西刺進肉裡的聲音清晰可聞，隨後他才感受到痛楚。

裘洛楚連刀子也未拔出，一拳將他打得鬆了手。

「裘洛楚！」蕭逸轉頭看清來人的面容，氣得低吼。

「我名字有這般好聽，都愛這般咬牙的叫？」裘洛楚一手接過綿軟無力的平樂郡主，扛上了肩。

外頭的春桃還是攔不住，眾人一股腦往裡湧，裘洛楚不再逗留，幾下來到窗邊，帶著人跳窗而出。

同時，進來的女眷未看到平樂郡主，卻先被眼前一幕嚇得魂都失了。

蕭逸右手捂著左臂的地方有汩汩的鮮血留下，他臉上陰狠的表情還未褪去，便率先聽見湧進來那些無知婦人的大呼小叫。

「殿下……可是遇上了歹人？」徐氏最是心慌，二皇子在他們侯府受傷，皇家血脈見了血可是件嚴重的大事。

她臉色慌亂，哪裡還顧得上什麼平樂郡主，忙拽了下旁邊的小廝，「快……快去將府醫叫來，再將此事告知侯爺！」

小廝應了聲，匆匆往外跑去。

被擠在後頭的春桃才破開幾人鑽進來，看見蕭逸的身影，臉色蒼白到了極致。她原本還害怕被人撞見郡主和那死和尚共處一室，按上個私相授受的罪名，誰知卻見到了二皇子，她四周望了一圈，未見自家主子的身影，更未見到那和尚。

春桃陪伴平樂郡主在宮中的時間不短，一些骯髒事即便未見過也聽了不少，結合那一股腦湧進來的夫人們，幾乎是在瞬間便想出幾個極壞的念頭。

府醫來得極快，甚至可以說是連滾帶爬，彷彿再延遲下去就要掉腦袋，畢竟他大半輩子也未服侍過身分如此貴重的人物。

蕭逸冷著臉坐到椅子上，府醫幾下止了血，又仔細包紮好，做完這幾個步驟，他已經汗如雨下，卻也不敢輕易拭額。

徐氏將在場的其他女眷驅散，春桃卻未離去，「殿下怎會在此？可有見到我家郡主？」未見到自家郡主，春桃根本無法鬆下心來，內心也懷疑是這個男人策劃了一切，口氣便有些咄咄逼人。

蕭逸眼神冷冷地覷向她，裘洛楚的臨門一腳將他圖謀之事壞了個乾淨，如今一個婢子都敢用這種語氣質問他了，當真是找死！

沈敬德匆匆而至，原本還喜色滿天的他此時臉色略帶惶恐，連連叩首，「下官該死，竟讓殿下在府中遭此大難，殿下可有見到那行凶之人的面目？下官定當將人抓拿，給殿下一個交代！」

蕭逸冷笑一聲，「真要給本皇子一個交代？」

「當然，這是下官應當做的！」

「那便好，本皇子瞧那賊人離去的方向是往北，不知那裡住著何人？」

「這……」沈敬德腦子一懵。

從此處過去是沈執現在住的地方，他雖厭惡這個大兒子，但也確實未想明白此事能同他有什麼關係。

「他定然還未脫身出府，說不準這府中有人幫著他藏匿起來了……定北侯以為呢？」蕭逸聲音居高臨下，一字一句都透著寒意。

沈敬德倉皇地抹了把汗，「那處所住的是我那個逆子，若他真有藏匿之罪，下官絕不會手軟，定交由殿下處置！」

「好一個不會手軟！」蕭逸站起了身，大袖順勢垂下，「那便請定北侯隨我一起捉拿那歹人。」

他走之前往失魂落魄的春桃身上看了一眼，睥睨道：「我尋著那人古怪的身影而來，未曾見到平樂的身影，春桃姑娘何不跟上，看看平樂是不是被那歹人擄走了。」

「殿下說的是。」春桃踉蹌幾步跟上，卻對他的話不是十分信服，她抱著一絲僥倖的想法，覺得郡主離開此處反而是平安的。

「你們都跟去搜人。」沈敬德使喚那幾個護院。

蕭逸走在最前面，神色陰冷，任誰也知他忍著怒氣，沈敬德小心翼翼的問：「殿下不如將此事交由下官來辦，您這傷……」

「不礙事。」蕭逸扯出一抹陰沉的笑，「既然有膽子傷我，這仇本皇子定要親自報回來不可。」

他冷笑了一聲，裘洛楚既然拖著個人，那便做不到輕易離開，至於他對平樂郡主下的藥，起的不過是致幻生情的作用，也就是說，平樂郡主只不過將他當作是那位心頭好。有這個她不敢對外而言的把柄，即便清醒過來，她也什麼都不敢說。

蕭逸所料不錯，裘洛楚確實來不及將人安全送出。

小院內，姜眠看著懷中半合著眼的女子，驚得下巴都要掉下來，「你從哪弄回來的小美人，若是被沈執看上了不要我可怎麼辦？」

說著，她伸手探上平樂郡主滾燙的額，「看起來還是個不太正常的小美人兒。」

一口茶水未飲盡的沈執差些將其吐出來，他何曾成了這樣的人？

裘洛楚臉色浮出幾抹輕佻的笑，「怎麼，此事他竟瞞著未曾告知妳？」

「瞞著什麼了？」姜眠蹙眉，摟著懷中人轉了個身，眼神略有憤慨地看著沈某人，「說吧，你背著我做了什麼不可告人的事兒？」

沈執眼神微閃，才想說些什麼，耳邊突地傳來些雜音——

「便是此處。」

另一個聲音十分冷硬，「那便搜吧。」

沈執的話在喉間啞了火，說了另外的話，「妳帶郡主先進屋。」

裘洛楚目光一斂，也開始催促姜眠，「妳先進去，看看能否將郡主弄醒。」

姜眠恰好聽見一個「搜」字，發覺十分不對勁，一邊扶著人進了屋，一邊沒忍住道了句，「你們做了什麼？」

未等得回覆，這兩人已經迅速朝院門出去。

裘洛楚率先招認，悄聲道：「大將軍，我暴露了。」

沈執眼皮一跳，「還發生了何事？」

「我劃了二皇子一刀。」

沈執涼颼颼地覷了他一眼，「那你最好自己擔著，休要牽扯至我與她頭上。」

裘洛楚眼神悲愴，「將軍覺得我會如何？」

「你尚有官職在身，又是三皇子親舅，他不敢太過分。」

裘洛楚表情還未來得及一鬆，便聽他又道——「捅一刀便差不多了。」

姜眠將人扶至她的小榻上躺下，平樂郡主素雅的臉上、額間皆滲出了細密的汗珠，她極度不安穩，掩蓋住的眼珠子亂滾著。

姜眠坐在床沿邊拍了拍她的臉，「姑娘，姑娘？妳聽得見我說話嗎？」

平樂郡主擰著眉，她唇瓣翕張，溢出些聲音來，「熱……止霖……」

姜眠不明所以，只聽懂了一個熱字，溫聲同她商議，「妳覺得熱？我幫妳將外衣褪下會不會舒服些？」

平樂郡主仍未應聲，姜眠只好先伸手去解她的衣襟，誰知手剛抓上她的衣帶，便被平樂郡主牢牢捏住手腕，彷彿要將她的舉止打斷。

姜眠出乎意料的盯上那隻手，沒想到這美人嬌嬌弱弱的，處於意識不清的階段，竟然還剩幾分警惕心。

「我不是壞人，妳放心。」姜眠也不管平樂郡主能不能聽懂，她將手收回，轉而用冷水洗了張帕子將她面上的汗珠擦拭乾淨，好讓她能儘快恢復清醒。

她這一番動作下來，平樂郡主竟真的緩緩張了眼。

與此同時，蕭逸為首的幾人將沈執和裘洛楚圈在了其中。

蕭逸還未發聲，沈敬德看了眼裘洛楚，又將目光移至了輪椅上的長子，臉色難看，哆嗦著手罵出了聲，「逆子啊逆子，竟勾結外人做出這等謀害殿下之事！我沈家門楣恥於有你這麼個不肖子！」

沈執淡漠地掃了這個名義上的父親一眼，自他們上一次見面已是四個多月前，如今再見，做派一如往常。

裘洛楚充傻裝愣，「定北侯在講些什麼？我只是見今日侯府喜慶，沈兄獨守這院中都快餓死也未見侯爺來送口飯，這才送來了溫暖，怎地在您嘴裡卻成了勾結外人？」

「胡說八道！我何曾少過這孽障吃的——」

「閉嘴！」蕭逸懶得聽他們鬥嘴，周身寒氣逼人，「裘洛楚，你傷了本皇子又綁架郡主還拒不承認，你以為能逃過本皇子手心不成？」

話音剛落，姜眠扶著平樂郡主出來了，平樂郡主眼角泛的紅甚至還未消去，顯然是強撐而出，她冷淡道：「我離了花廳便一直在此地，何來綁架一說，二皇子何出此言？」

她在聽到「平樂妹妹」的稱呼之後便知這一切不過是個騙局，護國寺的僧人是來了，止霖卻根本不可能約她見面，偏生她心中像被迷惑了一般，明明知道抱住她的人並非止霖，身子卻不由自主地也抱上了他。

她被下了藥，心中抗拒，卻無可奈何，方才從那張榻上清醒過來，才知自己已然得救。她也知道蕭逸這般有恃無恐，是因為何事也未造成，不會有外人相信，除此之外，他也抓住了自己的把柄。

裘洛楚心道來得好不如來得巧，笑著往下，「是啊，殿下實在冤枉我了，我何曾綁架平樂郡主？我也是來了此處才知，原來傳言中的平樂郡主正在此處同沈大少夫人聊著天呢。」

蕭逸冷笑一聲，「便是如此，你先前刺殺本皇子，難道便可賴掉這傷人的罪不成？你們幾個，將他綁了，送至本皇子的人手上！」

護衛聞聲而動，將裘洛楚綁了起來。

裘洛楚並未反抗，只是嘴上還在嘟囔，「殿下定是認錯了人，您是人中龍鳳，我作死才可能傷了您不是？」

蕭逸冷眼瞥過他，不予理會，他最後看了平樂郡主一眼，像是警告她別亂說話。

一行人離去，隨之離去的還有一個隱匿著的白衣男子，他注視著眼前發生的一切，眼中始終清淩淡漠，也未打算出聲，奇異的是他頭上落了髮，是個出家人。

月上中天，皇宮中的禧寧殿燈火通明，進出的宮人井然有序，未發出一絲聲響，影響主位上的人。

榻上坐著的老人合著眼，面容慈祥安寧，她靜靜打著坐，像能融入窗後一片夜色當中。她身上衣著與髮髻一絲不苟，規矩而嚴謹；手中轉動著一串紫檀佛珠，佛珠有六顆，顆顆圓潤光滑，似已經使用許久。

一女子掀簾進來，衣著素淨，纖弱如柳，她穿過兩道垂帳，來到老人身邊行禮，「太后。」

太后眼簾未掀，只是轉著佛珠的手微微一頓，隨即又徐徐轉動起來。

女子動作輕慢的起身，而後走向她跟前，「平樂給您斟茶。」

太后任由她提茶，也未應聲，耳邊傳來茶水沿杯壁徐徐而下的聲音。

平樂郡主退至一旁，欲言又止的看了太后一眼。

過了一小段時間，才見她張眼，緩緩開了口，「清兒怎麼回來得如此之快？」

清兒是平樂郡主的小名，太后慣常愛這般喚她。

平樂郡主咬著唇，許久才在她跟前跪了下來，深深的行了拜禮，「平樂今日……去了定北侯府，發生了些事，懇請太后出面，讓二皇子放過裘侍郎。」

裘洛楚被二皇子帶去，也不知會受到什麼傷害，她知道自己求太后出面要付出些什麼，但此事因她而起，這樣的恩情她不能不報答。

太后對她最後那句話避而不答，靜謐片刻問出了另一件事，「妳去定北侯府做什麼？」

平樂郡主臉色慘白，將頭重重地磕了下去，聲音顫抖，「恕平樂無法闡明……只能告訴太后，二皇子欲對平樂行不軌之事，平樂……平樂實在心中害怕，此後願將姻緣之事全權聽由太后做主。」

小院內，今日實在發生了太多的事情，雖然未聽見沈執親自講出此事緣由，但有平樂郡主在前，姜眠下午又跟隨她出去，一來一回也將這件事理解了個大概。

二皇子設計了平樂郡主，欲令眾人認為他二人之間有情，此番來定北侯府是為私會，雖傳出去於名聲不太好聽，但以平樂郡主如今正議親的情形，這樁人人求而不得的婚事多半要落在二皇子頭上，可惜被及時趕至的裘洛楚所打斷，還傷了二皇子，也難怪他後面會反咬一口。

姜眠剛剛沐浴結束，她將身上的水珠擦淨，裸露的肌膚在冷空氣中激起一小片的雞皮疙瘩，她縮著身子，換上了一身雪白的寢衣，將換下的衣服收拾好才從小小的耳房出來。

一出去，她便看見沈執的身影，在枯寂的燭影下有些寂寥。

「你在等我嗎？」姜眠輕笑了聲，衝他走去。

沈執有些呆愣的看著只著一身寢衣的姜眠，單薄的寢衣將她身體的曲線勾勒了出來，雪頸順著衣領交疊，往下可以看出微微鼓起的弧度，他眼神一閃，不著痕跡的挪開。

片刻後，帶著沐浴後淡香的身軀站在沈執跟前，兩人同時開口──

「二皇子會不會折磨裘洛楚啊？」

「天涼，妳先去多穿些……」沈執突地頓住了，嘴唇微張，口型還維持著要發出那個「衣」的音，許久才應聲，「二皇子將人帶走之事被不少人知道，裘洛楚又是三皇子親舅舅，朝廷定會先過問此事，在此之前或許會受些皮肉傷。」

姜眠聞言，稍稍鬆了口氣，又想起他剛才那句未完的話，「你剛才想說什麼來著？」

沈執閉上了眼睛，「沒什麼。」

「沈執。」姜眠不依不撓的扯了下他的頭髮，那股淡香瞬間環繞在沈執的鼻間，「說清楚，今天這件事為何要瞞著我？」

沈執偏頭不答話，脖頸卻紅得一塌糊塗，幸而遮掩在衣襟下，看不出分毫。

「哦……」姜眠發出的聲音百轉千迴，故意似的指控他，「我知道了！你就是為了那平樂郡主是不是？礙著一個我正妻的面不好透露出來，實則你就是好她容貌比我漂亮、性格溫柔是不是！」

沈執因她的話懵了一會兒，瞬間臉紅脖子粗，「妳別胡說！」

「那她究竟好在哪？」

這話說得有些胡攪蠻纏了，沈執粗吼著壓過她的聲音，「我並未覺得她比妳好看！」

姜眠一愣，隨即難以置信的笑意湧上了臉，捏了把他泛紅的耳垂，「真的嗎？我不信，除非你再說一遍給我聽。」

沈執卻不肯再言，他閉上了雙目，任由她動作，簡直像個任人輕薄的小媳婦。

姜眠認錯倒是認得很快，強憋著笑意，「好了好了，我不聽了，不為難你——」

「妳比她好看。」他還是說出了口，臉紅得像要爆炸。

「啊……咳。」姜眠輕咳了聲，未想到他真的又說了一回，但她又實實在在被這句話取悅到了，一向極厚的臉皮也浮出了緋紅，說話都不利索了，「是、是嗎？那你的眼光跟我還挺像的……」

她也是愛美之人，若是沒有臉上這疤的存在，她長相絕對不比平樂郡主差，但疤在她的假設就不成立了，而在不成立的條件之下沈執也覺得她好看，那麼他究竟是……不能再想了，她想得燥熱了。

「我睏了，不和你扯了，快回去睡。」她用腳丫子踢踢他的腳，還掩著唇裝模作樣打了個哈欠。

沈執卻忽地抓住她那隻作怪的腳，因為想制止她，手上用了兩分力。

「唔唔唔！」姜眠哈欠還沒打完，瞪著眼睛單腳狂跳，一隻腳她根本站不穩。

正當她想怒言之時，沈執卻鬆了手，古怪的低頭看著自己的雙腳。

姜眠蹲了下來，「怎麼了，又有感覺了？」她的手順著褲管摸了摸。

「是，別……」沈執臉色流露出幾分難忍，但他竭力地壓了下來，「沒事了，妳不是說睏了？」

「是啊，這回真去睡了。」

「……等一下。」

小兔崽子能不能一次將事情說完！姜眠氣呼呼把身子轉回來，眼神哀怨。

「妳去內室睡，我去外間。」

姜眠眨眨眼，像在問為什麼。

「外間貼著門，我怕有什麼動靜。」畢竟白日發生了那種事，沈執沒有把握他們會不會趁夜中襲來。

這話挺有道理，要真有人她也應付不過來，只好照做，「那好，有動靜你出聲。」

姜眠去了沈執的床上，掀開了被子，被子的氣息乾淨清爽，她接受得很快，沒多久便入睡了。

沈執在外頭頓了許久，才躺到她的榻上，身旁放置的短刀在黑暗中泛著冷光，心中久久靜不下心來。

他方才因為羞恥沒說，她觸碰他的腿時只有癢，無窮無盡的癢，讓他身上很難受。

他忍不住將手遮住自己的眼，在心中吶喊怎會這樣？

這般胡思亂想，加上這個姜眠睡了多日的榻上沾滿了她的馨香，若有似無飄至他鼻尖，沈執根本無法入睡。

但也因為這樣，到了後半夜，當一扇壞了的窗戶發出些異常的聲響時，沈執第一時間就發現了。

他看見有人輕輕的跳了進來，本想立即起身，但那人腳步虛浮，不似習武之人的輕快，且方向朝著他來，他覺得奇怪，乾脆躺在榻上一動不動，先觀察情況。

那人終於穿入屏風，臉上一堆的痲子，用氣音道：「小娘皮……」

這人竟是一個多月前被姜眠痛打過的痲子臉，他回去養了許久，花了許多積蓄才救活了身下這根寶貝，但受了這麼多苦，這口氣怎能輕易嚥下？

他今日渾水摸魚間望了幾眼，才知這臭婆娘竟獨自睡在這外間的榻上，那就好辦了，趁夜摸來堵上她一張嘴，想做什麼不行？

這臭婆娘臉雖不能看，身子看著倒是個不錯的，今夜非得弄死她不可，何況這種事情即便她後頭告訴那殘廢大少爺，對方還能找來算帳不成？

他摸到榻上去，隱約看到腦袋，手想著伸去將她的嘴捂住，未料榻上一雙眼睛猛然睜開，扭住了他的手腕，痛覺還未傳來，床榻上的人便坐起身，猛拽著將他拉近，寒光一閃，一把刀割破了他的喉嚨。

溫熱的血溢出，麻子臉綿軟的身軀摔在了地上，雙眼瞪大，死不瞑目。

沈執在榻上緩了許久，身體在爆發後陷入了空洞感，但隨即他腦袋一懵，像是收到了什麼不得了的信號，他顫抖著將身子挪到床邊，猛然站立起來——

第十二章　雙腿恢復離開侯府

姜眠在沈執的屋中，前半夜睡得還算安穩，後來就覺得有什麼沉重的東西壓在自己身上，她喘不過氣，閉著眼試圖跟壓著自己的東西打商量，「能下來嗎？壓得我胸悶。」

那東西不為所動，還發出了「呼呼」的聲音，像是拒絕她的請求。

姜眠皺起了眉，很不高興，又急躁，「哎，你怎麼回事，這麼不講理？」

照舊是兩聲呼呼，姜眠怒得睜眼，臉色已經臭得下一瞬就想要揮拳而上——然而她在模糊中看見了一雙圓滾滾的，紅得發黑的眼睛。

姜眠難以置信的揉了揉眼，壓在身上的龐然大物外形一點一點清晰了起來，那是個噁心的怪物，褐色皮膚裸露在外，上面佈滿各種奇形怪狀的疙瘩，每一個都有個小洞，一股一股往外吐出黏液。

更噁心的是那東西的頭正對自己，張著血盆大口，鮮紅的舌頭垂落下來，黏液一樣的哈喇子一串一串滴到她臉上。

啊啊啊啊啊她的臉啊！

極難忍受的噁心感充斥全身，姜眠掙扎許久終於脫身而出，忍著噁心唰一下將它掀下來，又猛然坐起身，表情惶恐的摸著自己的臉蛋，心中猛跳。

好噁心啊啊啊……啊？

姜眠呆呆地坐在床上，漸漸看清了眼前的景象，面前黑壓壓的，她沉默半晌，手遲疑地從臉上放下。

身上冷汗涔涔，她摸索了一下身下的床鋪，原來是夢魘了，壓得她胸悶的是被子，呼呼聲是破窗子被風吹時的聲音。

姜眠鬆了口氣，眼神空蕩的掃了床尾一眼，渾身雞皮疙瘩乍起，「沈執！」

天邊輪月猶在，清輝透進來，她看見有道模糊的人影靜悄悄地站在那裡，已不知道停留了多久。

姜眠頭皮發麻，她把身後的硬枕摸起來就砸上去，打到那個人胸前，嘴邊大叫沈執的名字，想把他從外面叫醒。

任誰醒來看到一個陌生人都會恐懼，尤其還在烏漆抹黑的環境，她全然是懵的，說不準是為了早上的事情滅口，滿腦子都期盼沈執能過來救她。

那人卻沒做什麼傷害她的舉動，不知是來不及反應還是什麼，被她突然砸去的枕頭打個正著，後跌了兩步，低低的發出一聲悶哼，手上卻順勢將枕頭抱在了懷中。

姜眠本來要蜷成一團了，聽見那個聲音忽地一愣，「沈執？」

沈執將枕頭放在了床尾，聲音在黑暗中低低的，「是我。」

「你……」姜眠不敢置信，慌忙地翻下身去桌上點燭，她心裡慌，手上也跟著慌，抖了許久火摺子才順利將蠟燭點著。

昏黃的燭光將室內小片的區域照亮，她眼中出現了男人高挺的身軀。

姜眠仔細打量起來，她見過這傢伙漠然的樣子，羞憤的樣子，狼狽的樣子，還未見過眼下這般，溫和站在她面前，長身玉立俊美無雙的樣子。

姜眠握著燭火，赤腳朝他走去，光線將沈執臉上的輪廓映得清晰，他比她高了大半個個頭，她竟得仰面才能看到他的臉。

姜眠有些恍惚，又不太敢相信，為了證實這件事的真實性，她抬手摸了摸沈執的臉，他竟還配合著微微低下了頭。

手摸到了一片溫熱，男人的側臉緊致光滑，姜眠抽回了手，嘴邊嘟囔了句什麼，沈執輕笑了一聲。

姜眠惱羞成怒，「笑什麼笑，不許笑！」

沈執還真就收了笑意，不再發出一絲聲響，眼神倒是專注的看著她的髮頂。

姜眠臉上的惱意還未消，得以窺見幾分難為情，纖纖五指握成了拳，不輕不重的打在他胳膊處，「你膽子肥了，怎地還敢半夜來嚇我，謀殺親妻不成？」

沈執被那句「謀殺親妻」說得臉頰發燙，他把頭抬起，將目光放置她身後的昏暗處，不知如何向她解釋，「……我不是故意的。」

他原先將踏入屋中那人一刀奪了命，而後發現自己的腿恢復了生機，像有一股力量依託他站起。

這明明是很渴盼的場面，直到那一刻到來，他卻十分淡定，連心中也無太大波動，只是內裡突然抑制不住一般，很想即刻把事情說與姜眠。

兩隻腿太久未走過路，他幾次差些要摔下去，費了許久的功夫才來到她床前，見姜眠還在睡，才恍然驚覺天還未明，滿腔的話盡數堵在喉間。

月色傾瀉，狹小的空間靜悄悄的，姜眠在床上安安靜靜睡著，被褥只蓋到胸前，沈執歎了聲氣，將被褥拉至她脖頸，動作幅度不大，剛蓋好便見她睡夢中不安分，又想把被子挪下，分明未醒，卻滿臉寫著不悅，倒像是他打擾了她的安眠。

他只呆了一小會兒的時間，未料到要走的時候，她反應如此之大。

姜眠想起自己剛才那一下。「我沒將你砸疼吧？我作噩夢醒來，見有人影在床邊，被嚇著了……」

她因睡覺將髮髻拆了，此刻烏髮散在腰間，眼尾還有因驚恐未散的潮紅，整個人纖瘦又無辜。

「無事。」沈執回想方才，硬枕砸在身上的痛感微乎其微。

「那你覺得如何，能走得動嗎？」姜眠略有擔憂地向下望去，他掩藏在褲管下的腿修長筆直，那雙腿四個多月未用過，她擔心難以恢復到以前的狀態，說不準還要花許久複健，「剛恢復也不好多站著，你先坐下？」

沈執無奈，在她面前緩慢的走了兩圈，又站回至她跟前，「尚可，剛能動之時有些艱難，現在好了許多。我待會再多練練，行動便可與常人無異。」

他頓了一下，「妳先將衣服穿上，再把妳重要的東西都撿出來。」

「這是要做什麼？」姜眠前一息還在為沈執雙腿恢復的速度驚詫，猝不及防聽見他下一句，不明所以。

「收拾收拾，我們離開。」沈執回答她，目光格外沉穩。

姜眠愣然，「去哪？」

「離開沈府。」

一個時辰後，京城煙霧濛濛的昌坊街像一塊落了灰的畫紙，周遭的茶樓酒館還未開張，街道上已陸續迎來了賣早點的小販，蒸籠一掀開，熱騰騰的蒸氣便爭先恐後冒出，裹挾著包子餅子等食物的香氣。

空氣冰冷冷的，來往的行人中有人打著哈欠，隨意呼出一口氣便能在空氣中迅速形成白霧。

一匹黑馬飛馳而來，馬蹄聲驚得幾人一瞬間從瞌睡中清醒，定睛一看，奇了，這一大早竟見著一個男人帶著一個女人同騎，也不知是要上哪去。

姜眠坐於馬上，死死拽著沈執的衣裳，不久前發生的事太多，她到現在還覺得恍惚。

從她去收拾東西，看到地上躺著個死人，再到之後沈執直接去馬廄拉來一匹馬，帶她在侍衛昏昏欲睡且驚疑不定的目光中殺出定北侯府的大門，至今都讓她產生一種不切實際的感覺。

除此之外，這個平日在她眼裡沒有任何威脅性的男人，竟提劍對前來阻撓他的人一路揮下，鮮血飛濺之間，他臉上面無表情，眉眼冷如凝霜，將晨時的侯府攪得天翻地覆，叫她窺見幾分此人黑化後的影子。

等沈汶得到消息而出，他們已經離開了沈府，駕著馬揚長而去。

此刻，姜眠生怕自己從馬背上摔下去，整個身子都貼在沈執身上，她是知道要離開，但沒想到是駕馬離開，沈執也不提醒她換身好上馬的衣裳，弄得她一路上悲憤欲死。

馬匹不知拐向了哪，沈執拉住了轠繩，迫使牠停下，她這才把埋下的腦袋抬起，愣愣看著眼前的府門。

府門已開，門匾上竟是裘字。

馬兒發出一絲嘶鳴，沈執平息了呼吸，朝裘府值班的府衛示意，「你們主子回來了？」

府衛見來人貌正神逸，氣度不凡，知是貴人，應道：「子時過半回了，您要找爺的話，小人給您傳話？」

沈執道了聲「好」，那人便跑了進去。

感受到兩人兩具身體之間密不可分，沈執繃緊的表情有些鬆動，「姜眠，妳先鬆手。」

姜眠聞言戰戰兢兢的鬆了手，未等她從茫然中醒過神，沈執便側過身，俐落地跳下了馬。

離了依靠，姜眠在馬背上猶如懸在空中，黑馬動了下身子，她本就未坐穩，嚇得叫了出來，目光楚楚可憐地朝他看去。

沈執從未見過她那般神情，有些受不住，他輕咳一聲，配合著伸出手將她接了下來。

落地的一瞬間，姜眠的雙腿差點軟下去，她趕緊摟住沈執的腰，隱祕的大腿內側被磨得微微發疼，但她沒好意思說出口。

「妳……」因著姿勢的緣故，沈執得以望見她身後的光景，轉瞬目光怔住了，他語氣凝重，「妳受傷了？」

受傷？受什麼傷？姜眠不明所以，但順著他眼神轉頭望了眼自己身後，隨即呼吸一滯。

她換上的是件顏色稍淺的裙子，此時身後略微尷尬的位置開了大片紅梅，張揚又鮮豔。

姜眠才想起來，來到這裡不足兩個月，這具身子還未來過癸水，竟在這種時候來了，怪不得她腿軟成這樣，她緊繃的情緒鬆了下來才發現不僅是腿，腰也軟得厲害。

她一路上過來太過緊張，根本沒有心思注意身下的微妙變化，而後她又是跑又是馬上顛簸的，難怪已經氾濫成災。

她心中千頭萬緒，身下又是一陣暗流湧動，她瞬間繃直了身子，不敢再動。

裘洛楚的聲音自內傳來，「是誰來了？」

怎地來得這般快？

姜眠眼神驚慌，她求助般的看向身旁的沈執，慌亂的解釋，「我……我不是受傷……」她不想在這些人面前丟人，她扯著沈執的衣服，焦急得不行，「沈執……你將我抱起來，快點呀！」

那句帶著迫切的「快點呀」說得沈執喉嚨一乾，他又掃了眼她臀下的血跡，不再過問，抬手伸過她腋下，另一隻手勾過她的膝後，輕輕巧巧把她抱起。

裘洛楚此時正好踏出裘府大門，「沈執？」

他驚詫地上下掃過他，掠過埋在懷中的人，目光凝聚在沈執完好無損的身下，難以置信，「你的腿——」

沈執打量他兩眼，那張臉上與他分別之際還是完好，隔了半天一夜，如今添了幾道青紫，他淡淡抽回目光，「已經好全，不必驚訝。」

裘洛楚還是一臉不敢相信，這麼大的事甚至能驚動京城，不驚訝才不尋常，偏偏事主風輕雲淡，倒顯得他大驚小怪。

他克制自己恢復平靜，看向他懷中的人，「沈兄懷中之人是夫人？大清早的這般姿態，可真是好興致……」

姜眠面朝沈執懷中埋著，本來有意降低自己的存在感，生怕亂動起來身下的一片紅便會引起人注意，偏偏這人又將她提溜出來說話，真討厭。

她手指暗暗地扯了下沈執的衣帶，腦袋輕輕朝他腰腹處一撞。

沈執握著人的手瞬間緊了兩分，連身體也直挺得如一尊佛像，他喉結幾不可察的滾動了一下，但面上還是沒什麼表情，「我們已經離開沈府。」

「沈兄果斷！」裘洛楚擲地有聲，不只是這般，所有的事只發生在一夜之間，速度實在驚人。

沈執涼涼地看了他一眼。

裘洛楚顫了下，一手拍在大腿上，「沈兄和夫人折騰一宿想必都累了，裘某家中廂房空著許多，不知有幸能得兩位住下？」

沈執面色如常，抱著姜眠的手依舊穩當，「帶路。」

裘洛楚很快將人帶進了一處屋子，又臨時指了些丫鬟人手，來人避免衝撞，暫時守在了門外。

直到眾人離去，姜眠一下便從他懷中跳離，下意識就要去翻一同送來的布包，裡頭裝著她不久前打包好的衣物。

她翻出來一身衣服之後，想換掉這身髒汙的，不過下一瞬她反應過來，這個世界沒有前世她習以為常的生理用品，這可怎麼辦？

沈執呆愣在原地幾息，他的身影挺拔如松，臉上俊美清雋，那雙眼眸眼尾稍長，掩住了平日待人的鋒利感，帶著幾分迷茫。

他低頭下來，垂下的眼眸瞥著左手，上面擦上了一塊血跡，是他抱她進來時沾上的，現在已經變成暗紅。

目光追隨至不遠之外女子的身上，能瞧見她側臉和巧致雪白的脖頸，長睫撲朔，微抿的嘴角和鼓起的腮幫顯露出幾分愁意，他驀然生出幾分怪異來，手握成拳，緩緩收了回去。

「沈執……」姜眠只好又朝男人求助，同樣的事她對外人避諱，但對沈執卻沒有半分介意，「你去問門外那幾個小丫鬟要些熱水……還有，月事帶！」

沈執張了張口，卻未應聲，面上浮出一抹猶豫。

不是，她幫了沈執這麼多事，總不能這點小事也不願做吧？

她正鬱悶著，便聽見沈執有些發澀的聲音傳來，「……月事帶是何物？」

「啊？」姜眠怔了一下，還以為自己理解錯了，那物不叫這個名兒，而後才後知後覺地發現，應該單純只是沈執不知道。

她可能下意識將自己習以為常的常識帶入到這個世界中，又或者她高估了沈執對女性的瞭解，但她現在身上黏膩得緊，實在不想糾結這些事，「算了，沒事，你先去找裘洛楚吧，你們不是有事要談嗎？」

她輕輕推他，愣是將他趕出門去，還順道叫了一個侍女進來幫她。

侍女看見她的臉時心中還頗為驚訝，她們親眼所見，這個女子被眼前長相俊美的男人親手抱進來，與男人關係這般親密之人竟會是個容貌有異的。

但這是裘洛楚一早親自迎進來的人，侍女不敢怠慢，很快就恭敬地將她所需之物呈來。屋子的門打開又合上，屋內叮叮咚咚折騰許久，候著的侍女早已被姜眠叫開，沈執站在門外，並未離去。

冷風肆虐地灌進他的袖中，吹了許久，手掌都吹得有些生紅，他才恢復了幾分意識，臉有些燒得慌，他盯著自己手上的痕跡，好像有些明白姜眠所說的是何物了。

他長到這個歲數，對女子之事所知甚少，但倒是有從某本雜書中匆匆一瞥，可恨他當時心中皆是孤獨終老的想法，女子這樣的私事一方面覺得罪過，另一方面也確確實實不願多留心看一眼，因而所知不過一個模糊的影子。

沈執閉上了眼，是他太蠢，連點小事也做不好。

又過了會兒，他聽見門咿呀一聲，姜眠掐著腰邁出了門檻，沈執猛然睜眼，身體不由自主的挺直。

姜眠小幅度的打了個哈欠，身子清理之後舒服許多，她今日醒得太早，又從定北侯府折騰到裘府，現在身體除了累，還有些睏倦。

她出來只不過是要看兩眼，剛要再轉身回去，眼中突然捕捉到一抹異色，「沈執？你怎麼這麼快就回來了……不對，你沒去找裘洛楚？」

沈執對上她的眼，目光沉著，他未走是因為看到她在府外無力的樣子，還有那些血……她顯然身子不舒服。

姜眠走近他，目光突然注意到他腰腹處的衣物，那裡明顯有一小片地方顏色比其他要深些，又瞧到他微張的手心，那裡也……啊啊啊！

姜眠快要被密密麻麻襲滿全身的羞恥感吞噬掉了，她不覺得月事來了在他面前有何見不得人，但她無法接受身體流出來的汙血沾到他身上。

「你怎麼不將手洗了，是沒注意到嗎？」姜眠聲音壓得低低的，她忍著將臉遮住的強烈慾望，拉他往耳室走，腳步有些急切。

沈執垂下了頭，盯著她牽住自己的手，心也跟著怦怦跳了幾下。她的手很白，根根細長，指尖瑩潤，在陽光之下似能發光一般，與自己都是厚繭手的差別極大。

他極乖地跟在她身後，任其拉扯。

以至於姜眠停下的時候，沈執渾然不知的繼續前進了一步，寬厚的胸膛瞬間與她的背緊密相貼。

沈執身上的肉養回來了，這一貼她甚至能感受到沈執胸膛的緊實感，而且這樣的姿勢，像是他從背後抱著她一般。

兩人的呼吸皆停。

下一瞬，沈執遲鈍的後退了一步，而姜眠也打著哈哈鬆開他的手，「你等等，我取水來。」

她眼疾手快，取來一瓢乾淨的清水給沈執沖洗。

姜眠的手十分細軟，指腹擦過他的掌心時像在惡作劇似的勾他的魂，勾得他腦中空空如也，他繃緊了身子，將目光放去別處，只想讓自己拚命忘卻掌心的觸感。

姜眠洗完了左手還不放心，「不如右手也洗一下吧！」

她秉承著抹殺任何尷尬可能的作風，不等沈執回答就飛快拉起他另一隻手清洗，反正他剛才又是摸馬又是握劍又是抱她的，肯定沾了髒東西。

完事後，姜眠停手，她鬆了口氣，隨意將水瓢丟在一旁，抬頭看他，「好了，你先去換身衣裳吧，無須顧及我……看什麼呢你？」

姜眠有些好笑，漫不經心順著他的目光望去，還以為什麼東西能吸引他的注意，而後她就笑不出來了。

沈執看的是她換在地上未來得及收拾的衣物，上面的鮮紅一清二楚。

姜眠眼前一黑，一拳砸在他肩頭，難以置信，「混蛋！你還看！我不要面子嗎！」

沈執猛然醒神，這才看清自己為分散注意，一直盯著看的那片豔色是何物，臉色在慌亂當中爆紅一片，「不是，我……」

裘府前廳。

裘洛楚憋得慌，第三次開口提醒，「沈兄可有在聽我講話？」

沈執腦中皆是姜眠最後將他趕出屋子的場景，在那之前，她翻了一身他的衣裳丟在他身上，惡狠狠讓他換上。

「你好好反思一下。」姜眠對他說：「今天之內都不要來見我了。」

然後門關上的餘音就一直在他腦中迴蕩，裘洛楚的聲音橫空響起，直接將他的委屈情緒打斷個乾淨。

沈執涼颼颼掃了他一眼，身上的戾氣不要命似的發洩而出。

裘洛楚很無言。

沈執隨意找了個話頭，「你昨夜如何從二皇子那處脫身？」

蕭逸那般心狠手辣之人，從他手上走了一遭卻未見血，實在不像他的手段。

裘洛楚有些猶豫，遲疑了許久才道：「我也是剛剛得到的消息，是太后那處發了話。」

沈執緊接便皺起了眉，「太后？」

不怪他訝然，這件事太后會摻和進來著實有些不尋常。

「是平樂郡主。」裘洛楚不知該如何解釋，最後還是道：「聽聞太后昨夜便往母家遞了信，說是思念幾個侄孫。」

一句話沈執便將意思瞭解了七八分。

太后浸淫宮中多年，到頭還是顧念家族，想要家族榮寵不衰，不過就那幾個法子……平樂郡主與太后做了交易，將自己的姻緣交付了出去，而與忠親王府聯姻確實對寧國公府利益頗大。

沈執的手心握緊又鬆開，指節反覆摩挲著姜眠劃蹭到的位置，終於出聲，「清林可快到了？」

「已經通知了，若順利見到人，應當已經行進昌坊街區。」

「收拾一下。」沈執終於找到被姜眠瑩潤指尖殘存的觸感，目光突地一定。「咱們進宮面聖。」

正月裡寒意未散，料峭春寒有時比冬至寒節還令人手腳哆嗦，舊衣未褪，反更添一層。

佳節之後喜氣仍在，朱雀大街上幾日積攢下的炮竹碎屑今日才被清掃，清除乾淨的兩側道路極廣、極長，蜿蜒而去，直通皇宮大門。

早朝剛散，金鑾殿外陸陸續續有文武百官出來，朝宮門信步而出，其中多的是相聚一塊兒，嘴邊小聲交談著今日早朝發生之事，一個個納悶得出奇。

「你說這二殿下和沈二今日竟齊齊告假未至，讓大殿下鑽了空子，在皇上跟前參他一本，告的是心思不正，罔顧人倫，何解？」

「誰知呢，昨日二殿下將裘侍郎給抓了，未過子時又將其放回，到底這定北侯府尋青宴上發生了何事，何人說得清！」

「二殿下和那半年前尚且名不見經傳的沈二走得到底近了些，黃口小兒，殿下還能叫他越過我們這些老臣頭上？」

一番話說下來，有人拂袖冷笑一聲，「不過是個來路不正的，不如他兄長一分一毫！如今皇上兵權給與誰還未定，還真當自個有那本事拿到不成？」

眾人一訝，朝那說話的人一看，看到參議道何恪陰沉沉的臉色。

「這如何能胡說，沈執他……」

「他如何？」何恪反問了一句。

其餘人閉了嘴，緘默不語。

何恪嘲諷一笑，整了整袖子，朝自家候在宮門外的馬車而去，車夫見人過來，恭順地喊了句大人，又掀起簾子好讓人進去。

何恪面無表情地上了馬車，車夫駕馬前行，他在馬車內掀起了窗口竹簾，冷著臉，一點也不避諱地看著過往同道的幾輛馬車。

偶有人透過窗簾縫隙瞧見何恪那戾氣深重的神色，都嚇得立刻將眼神扶正，又將車簾掩得結結實實，不敢多瞧一眼。

何恪冷哼一聲，將目光收回，還未行出二里路，他轉頭與車夫吩咐，「你記著路過京兆衙門時停……」

未說完，前頭忽而傳來車夫急切的喊停聲，馬兒驟停，何恪險些坐不穩，「怎麼停下了？」

車夫顫聲道：「大人，前面有黑衣人堵殺！」

外頭一同被迫停下的還有其他官員，何恪心中一沉，猛然拉開車簾，果真看到十幾個黑衣人圍著幾人廝殺，「膽大妄為！竟在這朱雀道上行凶！」

此地不遠便是皇宮，在皇宮附近還敢急不可耐攔人刺殺，那便是踐踏王法，藐視皇威！

車夫不確定地稟報，「大人，其中之一是裘侍郎！另一個好像是……是前大將軍沈、沈……」

何恪目光一凝，被刺殺之人闖入了他的視線，他拽著車簾的手突然抓緊，那雙腿俱廢之人如今居然好端端在他眼皮子底下打殺？

沈執與裘洛楚一入朱雀大街便被人圍住了，幾十個死士個個身手不凡，刀光凌厲，皆是為奪命而來。

沈執手上的功夫還在，然而多月不曾運動過的雙腿還是多有掣肘，極大影響他的行動，方挑殺一人，背後便有劍影閃過，險險擦上他的胳膊。

流。

「該死！」裘洛楚暗罵一聲，他自顧不暇，不過一會兒身上便已多了道口子，鮮血直流。

距沈執離開沈府不過短短一個多時辰，蕭逸那處能做出這番應對，怕不是已經知曉他二人聯手的目的，也是，腦袋再不警醒著點，兜頭而來的就是殺頭大罪了，這才急急趕在元嘉帝眼皮子底下下死手。

電光石火間，前方突來一道聲音，「沈將軍！往這處！」

循聲而去，參議道何恪的臉清晰可見，沈執和裘洛楚幾劍撥開前方相阻的人，三步併作兩步衝去，踩著車輪翻身躍上其車頂。

「走！」何恪咬牙對車夫下了命令，馬車往皇宮疾馳而去。

黑衣人緊跟而上，偏偏再往前便是皇宮，宮門外禁軍如鐵的身軀挺拔如松，讓他們的步伐相較原先多了幾分遲疑。

馬車顛簸得厲害，沈執跳下車頭鑽入車廂中，微微鞠了一躬，「多謝何大人。」

這位大人看誰都帶刺，不料這次竟不計後果出手相助，叫他驚訝。

他還欲再說些什麼，何恪一把攔住他的話頭，「我便幫到此，沈將軍想做些什麼、又要做些什麼僅是你一人之事，無須同我多言。」

在宮門處停下，身後的黑衣人已盡數退去，沈執下了馬車，轉身再次對何恪躬身，「多謝。」

道明身分，沈執和裘洛楚順利入了宮，禁軍統領是元嘉帝的人，自然認得這位曾經的沈大將軍，訝異他雙腿恢復的同時，仍將其帶至元嘉帝跟前。

元嘉帝審視的目光自上而下掃過沈執，直至停留在他的雙腿，「沈卿的腿是痊癒了，可朕那五萬兵馬卻是一去不回。」

沈執面不改色，「微臣今日前來，就是要把這五萬兵馬之事做一清算。」

元嘉帝冷笑，「清算？好大的口氣！若是你今日不講出個一二來，這殿門可就沒這般好出了。」

「微臣知曉。」他斂眉而跪，面若冠玉的臉上堅毅，腰脊如松柏挺拔，「微臣要狀告二皇子蕭逸、定北侯次子沈汶勾結狄族，援兵荔國，殘害大梁邊關五萬將士，望陛下明察，給九泉之下的五萬冤魂一個交代！」

第十三章　搬新宅又出事

元嘉三十年春，元嘉帝頒下幾道聖旨。

二皇子蕭逸勾結外族，為一己私慾將大梁置之不顧，欺君罔上，天怒民憤，國法難容，但元嘉帝顧念血緣，將其收押於天牢，終生監禁。

定北侯次子沈汶因貪念殘害長兄，即日抓捕，擇日問斬。

同月，沈執恢復將軍之位，念其冤屈，賜將軍府，以示皇恩。

沈汶行刑之日，沈執懶得去刑場，而是回了定北侯府，看那從未對他有過一絲關懷的父親的最後一齣好戲。

徐氏已哭暈一次又一次，沈敬德癱倒在床上起不來，病容滿面，只有瞪著沈執的眼神還是炯炯有神，比以往任何時候還要怨毒。

沈執隨意一笑，是他向元嘉帝求了，說的是沈敬德寵妾滅妻，無德有過，才促成今時之禍，元嘉帝震怒之下將沈敬德的爵位削去。

半年前的潼關戰事終於在濛濛煙雨之中落了帷幕，二皇子一派徹底栽了頭，摔進泥潭中再無法起勢，不過無論結局如何，也是他應當受的。

大皇子蕭冊失了蕭逸這個對手，喜出望外，但還未得意幾日，江南水地洪澇爆發，淹毀數萬宅屋的消息便自千里之外傳來，萬民哭嚎，民怨書攔都攔不住，直遞元嘉帝手中，而當日監工之人正是蕭冊。

蕭冊最終被罰禁閉，手上丟了個最要緊的戶部，元嘉帝被兩個兒子的齷齪手段氣得吐血，他的幾個兒子，到最後竟是他一直忽視的老三蕭則最老實也最恭順。

因此這些時日，元嘉帝對蕭則的注意多了幾分。

朝堂之下，裘洛楚春風得意，沈執這個一朝重新成為天子近臣的人卻似要淡出人視線似的，毫無異動。

遷府這日，姜眠坐於馬車之上，沈執未與她同車，而是騎著馬隨著馬車而行。

冬襖早已被換成了春衫，風吹得他玄色的衣袍獵獵作響，脊背如松，窄腰寬肩，下頜宛若削成，叫姜眠有些恍惚。

他不過二十有一的年紀，比之初見，此刻更能窺見幾分男人的堅毅和英氣，清雋的眉目多出幾分熠熠的神采，站在大街上保不准就能讓不少小姑娘頻頻回頭。

思及此，姜眠心中便隱隱生出韞櫝而藏的念頭，盯著馬上那人多看幾眼。

這時沈執向她伸出了手，她心思被打斷，結結巴巴道：「怎、怎麼？」

沈執掌心幾不可察地微握，語調中透露著一絲難以察覺的忐忑，「備的馬車無用了些，不若上這馬來，能快上許多。」

姜眠僵了一下，想到那次與他從定北侯府廝殺而出那顫顫的兩股，和磨得腿疼的後遺症，陰影乍現。

她勉強笑道：「這個……就不必了吧，馬車挺好的，不然你先行一步，入宅大事總要有人把關不是？」

「嗯。」沈執不動聲色將被冷落的手收回，對她說：「那邊自有人收整，不急。」

不知為何，她覺得沈執本該是高興的，然而在他臉上看到的並非如此，那微垂的眼睫似乎帶了點低落是怎麼回事？他到底是心情好還是不好？

姜眠趴在小窗處，仰頭想和他對視，「沈執，你有沒有發現我最近都有什麼改變？」

沈執聞聲，眼眸一垂，便見她的腦袋歪在窗口，眼中似落了星輝，靈動中透出幾分狡黠，半晌沒有反應。

「你看我的臉！」姜眠見他那副呆呆的模樣，著急的很。

她本想伸手將他的腦袋拉下來，叫他湊近看個清楚，奈何兩人距離實在遠，她只好努力將側臉轉去，就不信他真看不出來！

這些時日她獲取的情緒值猛飆，系統撒花加播報的聲音持續不斷，終於在昨日漲至八十點，而後開始出現停滯的現象。

姜眠還來不及細究它為何停滯，倒是先關注到了臉上燒傷之處的巨大變化。

原先惹眼可怖的紅色疤痕已變淺幾分，露出些許光滑白皙的面容，集中在臉頰這片區域的凹凸不平之感也大有消退，看上去更像胎記而非燒傷，若是將它遮了，雖不及以往，昳麗的容貌也能顯現出幾分。

連裘府的侍女一早起來都忍不住頻頻瞧她，可沈執卻像是看不出差異似的，這就讓她很窩火了。

在她的竭力之下，沈執終於發現點什麼東西似的俯下腰來，不置可否的噤著聲，手伸去，指節險險要擦過她的臉頰，但在觸及的前一刻，又好似擔心逾矩般抽回。

沈執的手抽回，握成拳，抵在唇下輕咳，但心中確實覺得蹊蹺，「好像變了許多。」

「是啊是啊！」姜眠笑咪咪的，眼中流過幾分狡黠和光彩，「所以你得加油呀，我就靠你了。」

靠他？沈執不明所以，馬車和他騎行的馬匹幾乎同步而行，他去看她的臉，姜眠面上閒適愜意，一邊同他說話，一邊素手又閒來無事地拽上籠成一攢的珠簾，隨著馬車驅行的節奏一搖一搖。

她搭在皓腕上的下巴尖尖，往上是嬌嫩的朱唇，翹挺的鼻尖，美目輕顫流轉，沈執拽緊了手中的馬鞭，餘光忍不住多看了幾眼，姜眠突地抬目，那雙漂亮的眼眸與他的視線在空氣中相接。

沈執的氣息突然輕得沒了蹤跡，血滴似的紅染上他的耳，忙不迭看向正道。

他對相貌的感官極淺，她的樣子確實和往日有所不同，但他覺得那疤並不礙眼，無論如何在他眼中都是美的。

將軍府的占地極廣，隊伍方停下，姜眠透過馬車的小窗，便見朱紅堅固的兩扇大門，門前有兩尊瑞獸，恢宏氣派，莊嚴肅穆。

門口候著數十奴僕，管事的見到來人，忙領著眾人行禮，迎接這座府邸的主人入住。

姜眠掀起車簾下馬車，掃了幾眼此處。

太廣闊了，只有她和沈執二人確實費地方，但轉念一想，沒有那些亂七八糟的人和事，又實在很爽！

姜眠興致滿滿，沈執剛下了馬，她便扯上他玄色的衣袖，「進去看看？」

「好。」沈執垂眸看了眼她落在他袖上的纖纖素手，隨她步伐而入。

兩人身後的管事嬤嬤未被搭理，只得提裙跟上，又道：「奴婢是宮中內務府派下的管事，姓林，將軍和夫人且隨奴婢來，奴婢為您們引路。」

沈執眉間微蹙，對林嬤嬤的隨同覺得有些礙事，但考慮到初入此處，姜眠或許會有所需，便默許了。

沈執是這處宅府的正經主子，自然是要住主院的，這點無庸置疑，而姜眠不單單是要逛逛景色，主要還是為了挑出合心意的住處。

她左右一望，隨意道：「那我們去看看院子吧？」

沈執自然隨她，兩人便一同前往，倒是跟在後頭的林嬤嬤面上露出了幾分不贊同的情緒。

這沈將軍未免太過順從妻子了，這般傳出去，在外人眼中夫綱何存？

她壓下內心對姜眠的不滿，想著日後多的是時間調教，便先順著兩人，對路過的院子都有幾分指點，「夫人請看，這將軍府初建時是請了老工匠王璿大人構建的，各處院子的景致都屬上乘……」

一番時間下來，林嬤嬤緊跟不迭，沈執微微皺了眉，姜眠也覺得耳邊有幾分聒噪，「嬤嬤先歇著吧，我們自個兒能看的。」

林嬤嬤斂下笑容，「這哪成呢……夫人是覺得奴婢講得不好？」

「倒也不是。」姜眠也不好再接話，遂又扯了把沈執的衣袖，湊近道：「沈執，你說我住哪好呢？你可懂看風水？」

將軍府這般大，她總要挑個舒服的地兒，但也有幾分講究的。

林嬤嬤又忍不住皺了眉，這姜氏女本來這副容貌配大將軍就不合宜了，當然若是夫君不嫌棄，又德才合一，在外自當也能受人敬重，但現如今竟聽見她直呼夫君名諱，這、這禮數何在？

可她餘光偷偷瞧沈執幾眼，卻不見其有異常。

「未有瞭解。」他頓了一下，溫聲道：「不過貼著臻祿居旁那處清棠閣應當是極好的，坐北朝南的佈局，景致極佳，倒是個冬暖夏涼的好去處，我在某本書中聽過，王璿大師有幾處得意之作，這兩處似為其二。」

臻祿居便是這座將軍府的主院。

「真的？」姜眠眼前一亮，「好像剛才走了反方向，還未進過那處地方。」

沈執不動聲色，語氣隨意，「那現在先去看看，妳若滿意便住那處。」

「也好。」

「等等！」聽完兩人對話的林嬤嬤目瞪口呆，聽到姜眠閒逛是為了挑住處，她慌忙道：「將軍和夫人怕是不知，清棠閣是給世子的住處，夫人住了恐怕有違禮制！」

沈執眼皮一沉。

姜眠心道這規矩真多，「那妳說我應該住在哪裡合適？」

林嬤嬤緩了語氣，「照例是住……」

她還未說完，沈執淡漠的聲音自頭傳來，含著戾氣，「嬤嬤說笑了，哪有照例一說，前任將軍府主人的舊習還能帶到如今？照本將軍的意思，還是眼下的主子舒坦重要，妳說是吧？」

林嬤嬤不語，她說不出一聲不是來，更說不出一聲是。

沈執轉過身，朝姜眠道：「妳先去瞧瞧，哪處不合心意的再挑著改，我隨後過去。」

姜眠挑眉，道了聲好，轉身先離開了。

她當然不認同林嬤嬤的說教，這處宅府也是有她的一席之地好吧，而且好不容易離了定北侯府的桎梏，她才不會再找副枷鎖給自己套上去，住哪自然要隨她舒服。

當然，現在她更好奇，這隻小狼崽子支開她是想怎麼做。

看著姜眠的身影走遠，沈執默不作聲將目光收回，落於那身旁之人。

林嬤嬤並不敢直視，哆哆嗦嗦的跪下，「奴婢堅持方才所言，將軍實在不該為一女子將這禮制違反了……」

落在身上的目光陡然加重，帶著刺骨的涼意，林嬤嬤噤聲，感覺脊梁骨都在泛寒。

「當著誰的面都講規矩的習慣，嬤嬤是該改改了。」沈執面無表情，甚至未多看她一眼，「嬤嬤從哪來的便回哪去吧。」

林嬤嬤猛然抬頭，她是宮中賜下的，就算是派至別處，那殊榮也當是有增無減，這個大將軍竟要趕她走？

她想要反駁，卻見人已經慢步離去，徒留一個背影，他聲音隔著好長一段距離而來，語氣輕飄得很，可聽了又似夾著千鈞之重——

「什麼該講，什麼不該說，妳是該有幾分思量的。」

毫無懸念的，姜眠搬進來清棠閣。

清棠閣極為寬敞，屋中屋外早已經過收整，景物整潔有致，自院門一進來便是一道石板路，視野開闊，側面有方噴池，池下魚兒悠游其中，自得其樂。

春意漸濃，景栽爭相生長，頗有花團錦簇之感，屋內景致擺設皆煥然一新，與原先名頭上給沈執靜養的地方有著天壤之別，也不知沈敬德作何感想。

姜眠在屋中，攏袖將方才打開的窗面合上，一同關住了外頭的春景。

想也知道不會說什麼好話，姜眠嘲諷一笑，不過也無所謂了，他所期盼的以及原先所有的地位都已化為空談，下半生也別再想翻出半分浪花來。

外間似有人影攢動，隱隱傳來兩聲應答。

「冬杏？」她衝外邊叫了一聲，未得回覆，她一手支著下巴，指尖閒得敲了幾下窗櫺。

冬杏是她留下來貼身伺候的丫鬟，她本是不習慣受人伺候的，但仔細想了想，許多事情她確實無法獨立完成，再者無趣時身邊有個小丫鬟能逗弄兩下，想來還不錯。

過了一會兒，一個杏眼粉腮、梳著雙丫髻的女子掀了簾子進來，正是冬杏，她行了禮，稟報道：「夫人，將軍來了，奴婢方才給他上了茶，您快——呀，您還散著髮！」

姜眠摸了下自己的頭髮，她往常獨自一人的時候習慣了簡單打扮，一根簪子把長髮挽起來便成，落到冬杏手中，髮髻便是各種花樣層出不窮，花樣都不帶重複的，好看是好看，就是太繁瑣了，還得依賴人，看看今日，沒了冬杏自己都不習慣了，便由著散著髮。

「奴婢給您梳髮吧。」

「不必了。」姜眠拒絕她，要等髮髻梳好都不知要過幾時了，可不好讓沈執等太久。

她隨意在漆木盒子當中挑出一支淺色的玉蘭簪子，三兩下便把如瀑青絲固定住了，又道：「太長了，麻煩改日幫我剪短些。」

冬杏因她的隨意微怔，呆呆地看她動作，而後才驚醒般上前捋好不平整之處，傻愣愣笑著，「不麻煩，交給奴婢打理就好了，夫人的頭髮長度正好，又順滑得很，將軍摸著肯定歡喜！」

聞言，姜眠心中想著沈執才不會摸她的頭髮，他二人可不是什麼正經夫妻，饒是這般，她還是不可避免的浮現出一幅沈執溫柔地撫摸她頭髮的場景……

那場景實在太過違和，姜眠猛然搖頭，覺得有些頭皮發麻，「淨胡說！」

她轉身出去，冬杏跟在她身後，單純的眼中迷茫又不明所以，哪兒胡說了？

姜眠不得不承認，冬杏一句話亂了她心思，直到慌忙出來，看到沈執注視她的動作，才稍微淡定下來。

她走至他身旁，抬手倒了半杯茶，一邊喝一邊道：「你上朝回來了？」

沈執緩緩地眨眼，看著她一副不疾不徐的模樣，唇邊道出幾個字，「我今日休沐。」

「喔……」姜眠胡亂將茶杯往桌上一放，餘光又悄悄地瞥他一眼。

她最近對沈執的近況所知甚少，連休沐的事也不知道，不管從何角度看，她對他的關心似乎都過於少了。

沈執不表明來意，姜眠也不好直接問他，只好又提起另一件事，「今日沒人再來拜訪了嗎？」

自他們遷入這將軍府，登門拜訪的人一波接一波，每日從早到晚門庭若市，都應對不過來，與先前落魄之時態度可謂一個天一個地。

沈執的面龐露出一絲不耐，似乎被這些事情鬧得心煩，因為那些人，他們連待在一處的時間也少了許多，「不見了，他們煩人的很，待會便吩咐下去，今日一概閉門謝客。」

姜眠點點頭，「確實，精力不能都浪費在這些事項上。」

沈執也深表贊同，他們來到將軍府之後，這些人事便接踵而來，他不禁有些懷念在小院中的時光，總想做些事情補回來。

他腿好了，能與她一同做許多事情才是。

「妳今日有什麼打算？」

姜眠見他眼神又落在自己身上，又全然不知他要幹麼，只好硬著頭皮，先應對那個問題，「或許可以出府逛逛，自我來到……自我離了姜家，還未出去看過這京城，也正好將午飯用了。」

沈執拽緊的拳微鬆，出去用午飯確實不錯，他努力忍著想要飛揚的嘴角，點點頭，「好，我吩咐他們備好馬車，與妳出去轉轉。」

「嗯？」姜眠瞪大眼，就算要去她也是打算一人獨自前往的，他一個大男人應當對逛街不感興趣吧？

可她還未從思緒中抽出，沈執便效率極高的將馬車備好，回頭看她，眉眼舒展，「餓了？我們現在走吧。」

沒法子，姜眠只能哆哆嗦嗦地就著他有力的手臂上了馬車。

本以為他這次又要騎馬，不料下一瞬沈執便一同鑽進來了，空間一下子逼仄起來。

姜眠拽緊了手心，她不知道，和沈執在這樣狹小的空間待在一塊，周圍的溫度也會上升得厲害。

好不容易挨過了在馬車上的時光，沈執終於帶她到了地方。

可是，她說出來吃飯，沈執就真的只帶她出來吃了一頓飯，一頓飯吃了將近一個時辰，從酒樓出來後，沈執攔著她上了馬車，直接衝車夫道：「回府。」

姜眠強忍著心頭的衝動，一手扣住另一隻，瞥了眼身旁的人，只見他看起來春風滿面，還帶著股心滿意足的勁兒。

約莫白日被沈執刺激太大，這夜姜眠睡得並不安穩。

她自躺下起便噩夢連連，直至驚醒，身上已經出了一層薄薄的汗珠，後背浸濕了雪白的寢衣，將薄被踢開，迷迷瞪瞪緩了好一會兒，眼前才恢復清明。

扯開床簾，她望了眼窗外，離天亮還尚早，夜間擾人的梆子聲剛離去不久，一慢四快，五更天方過，姜眠披了件外袍起身，隨意穿上繡鞋便走出房門。

她房中從不留侍女守夜，她覺得糟蹋人，向來是將人遣回去睡覺，反正府中輪值的府衛那麼多，也沒這麼多危險。

夜涼如水，月色靜寂，偶有兩顆星子懸於天邊，姜眠走到院廊，外頭夜露深重，空無一人，她打了個哆嗦，不由得裹緊衣裳。

姜眠細想了這幾日，這個將軍夫人當得不可謂不順心，只是有一點讓她久久不能解，沈執的心頭之患應當算是全解了才是，為何情緒值卻還會差二十個百分點？難道是沈執還有什麼心意未滿？

姜眠決意回頭探探他的底，沈執這般實誠，應該不會對她有所隱瞞吧？她自我安慰一番，眼神漫不經心朝四周瞥去，耳邊傳來幾聲蟲鳴，引路燈徹夜照明，並不妨礙她視物，曲折的活池水聲潺潺，魚兒沒於水面，沉浸在靜謐中。

清棠閣的院牆砌得高，不遠處的牆邊一顆歪斜的合歡樹倚牆而生，細長的枝椏攀牆伸出，她略過那枝合歡枝條，順著它蔓延的方向看去，目光陡然停滯。

枝頭末端，一雙黑底足靴穩穩落於高牆，似能同深色的樹影融在一起，颯颯的冷風刮過，那道身影在漆夜裡如同鬼魅，彷彿即刻撲來。

下一瞬，黑影一躍而下，姜眠踉蹌地後退幾步，心幾乎快跳到了嗓子眼，她手緊緊抵上旁的紅木漆柱，一眼一蹬，死死盯上來人，並未叫出聲。

眼前的人她認得，是崔軼，昔日她在定北侯府看到的江映月的姦夫。

一瞬間，她心頭蒙上了許多疑問，當日她窺見他與江映月之事，這人不但不殺她，還有幾分掩飾意味，此事她未向旁人透露半分，連沈執也未曾提起，便是到如今也該翻篇了，更何況沈汶已身死，再翻舊案也沒了主，那他在這深夜來將軍府有何目的？

姜眠打了個寒顫……該不會這種悄然探入之事，這男人不止做了一回吧？

她陷入了害怕的情緒，心中還未算計出叫來冬杏或府中巡邏的府衛需要多長時間，便先聽見那人低沉地開了口，「阿眠。」

姜眠後頸的雞皮疙瘩消了大半，原來是和原主認識，那應該不是來傷她的。

她不知原主如何與這個男人相處，只依著原主軟弱的性子，眉目間流露出幾分慌張，

「你、你為何深夜來此？」

她對此人不甚瞭解，就算不是敵人，總也得先探探底。

誰知崔軼眸光暗了暗，竟是一副不知如何開口的模樣，「阿眠，妳的臉……我先前那半年不在京城，竟不知那場火將妳傷成了這樣，是我不在妳身邊，才害妳受如此大罪……」

他說罷伸出手向前兩步，似乎想觸摸她臉上的疤痕一般，眼中還彌漫著痛惋和濃濃的眷戀。

姜眠慌不擇路地後退，後背緊貼在柱上，這下她還有什麼不知的，這個給沈汶戴綠帽的人與原主並非簡簡單單的認識關係，而是橫著一個「情」字！

她心中生出惡寒，原著中的姜眠就是個炮灰命，根本沒這麼多筆墨介紹與鋪墊，難道這崔軼還跟原主有段情緣，等著她來收拾不成？

姜眠不信，半真半假地叫住他，「你別過來！我臉上這傷如何皆是我與姜家之事，與你一點關係也無，不必自貼高帽！何況你與江映月通姦……」

「阿眠！」崔軼猛地喝住她，看著面前對他滿是防備的女子，痛心地道：「我與她……是因我酒後被下了迷情的藥，要她不過事態緊急，為解身體情慾。阿眠妳信我，縱使往日妳對我無半分情意，我卻心中滿滿皆是妳！」

那日是在尚書之子的婚宴，京中許多官員皆有前往，那時他心中難受，飲了許多酒，誰知酒中出了問題，酒宴剛結束，他還未出尚書府便發現身體的怪異之處，倚在假山邊正難受之時，江映月的身影出現了。

江映月自未出閣便對他有情，他向來知曉，也拒了無數次，那次更無半分真情，只為解藥性，誰知江映月竟懷上了，他要她打胎還被姜眠撞上……

什麼叫要她只是為解決生理需求，呸，渣男！

姜眠聽在耳中全然沒被他感動到，反而生出一陣噁心，同時又帶了兩分慶幸，幸好崔軼於原主也只是單方面的糾纏。

姜眠的沉默看在崔軼眼裡卻成了動容，他疾步上前，「阿眠，我知道妳不樂意嫁給沈執那個殘廢，待我將妳接出去，我便找最好的大夫，定能將妳臉上的疤去了……」

「誰說我不願意嫁沈執了？我夫君腿好得很，要臉有臉，要權有權，哪樣不比你好，誰跟你說他殘廢的？」姜眠黑著臉，一面避著他的手一面叫出聲，「來人啊！有刺客！快來人救命啊！」

院內幾間屋子很快咿呀而開，就連院外也傳來了侍衛匆忙的腳步聲，齊齊朝這裡而來。

崔軼訝然看向她，死死皺眉，「阿眠，妳——」

這時冬杏的聲音已經從迴廊處傳來。

「你走不走？」姜眠冷聲指著他跳進來的那面牆。

崔軼咬著牙，目光沉沉，「我會再回來找妳的，屆時阿眠再與我說清。」

他奔過去，往牆邊跳出，冬杏和將軍府護衛的身影也同時而至。

「夫人可還好？」

「夫人可有見著那刺客？」

姜眠往人逃離的方向一指，「從那面牆跑了。」

領頭的府衛帶了部分人趕緊追上，另一部分守在清棠閣中。

姜眠望著那自以為情深的人渣離去的身影暗暗啐了口，他若再敢來，便叫人將他兩條腿敲斷！

❀

姜眠回去補了覺，睡得天昏地暗，直到日上三竿才起，還在床上仰躺許久。

事實上，崔軼對她並沒有造成多大影響，但她卻覺得內心莫名的煩躁，直到撩了珠簾出來時，她的焦躁感達到了最大值，似要破開一般。

姜眠還未洗漱，披散著頭髮，她身著一身寢衣，嘴唇抿得緊緊的，走路的姿勢也歪歪扭扭，當和沈執對上眼，她不動聲色地低下頭，看了眼自己的衣冠，隨即默不作聲地扯了扯自己露出些許春色的領口，心中在這一瞬陡然生出些慌意來。

姜眠喉嚨一乾，腦中不由自主地想起了半夜之事，她假裝四處一望，「怎地不見冬杏？你是不是都來許久了，該讓她直接來叫我的。」

沈執乾涸的喉嚨動了動，叫她起身這樣的事情原是他來做的，現在卻換成了別人。

他眸光微垂，「是我提醒她不必叫的，今晨我聽吳統說了，昨夜……妳可有看清那賊人的面貌？」

吳統便是侍衛統領，沈執昨夜並不在府中，今日匆匆回來，才知有賊人潛入了姜眠的清棠閣。

姜眠被沈執最後一句話弄得魂不守舍，她覺得原主與崔軼那點死纏爛打的情分微不足道，可要如何說明才能分毫不沾那些意味便將她難住了，畢竟大晚上那樣的時間點確實有些說不清道不明的微妙。

最後她只能帶著憋紅的面頰，弱聲道了句，「未曾看見。」

沈執又低低應了聲，「嗯。」

他仔細去瞧姜眠身上有無受傷的痕跡，似乎這樣才能安心下來，可眼神只到雪一樣的纖細脖頸，再往下只粗略掃過，不敢細看，「沒事？」

「沒事。」姜眠應完一句又覺得不太夠，連忙補充，「就是被影響了睡眠，今早已經補回來了。」

沈執也不知聽沒聽進去，「能有刺客進來，說明將軍府的防衛不足，我調些人放在清棠閣，日後便不用擔驚受怕了。」

「那正好。」往後崔軼再敢來，他的腿是非得打斷不可了。

「不過……」沈執低下頭，看著姜眠微垂的雙目，聲音一點點在她耳邊變得清晰，「總是依靠外人，有時也會防範不及。」

「嗯？那該如何？」姜眠懵懂的抬眼，實則還浸在自己思緒，未聽進心中。

沈執定定看她，「人心險惡，若能依靠自己的本事自是最好，妳可願學些功夫？」

「啊？」姜眠先是一愣，而後急急道：「這……不大好吧，我這般歲數骨頭都硬了，肯定難學！」

主要是她不想受這份苦啊！

沈執卻笑容和煦，彷彿懷有極大信心，「無妨，妳還未過雙十，何況只學些基本功作防身所用……」他輕咳了一聲，似有些不好意思，餘光掃過她細白的皓腕，「再者，有我。」

姜眠在最後那兩個字敗下陣來，雙手緊握，極輕聲的應他，「哦。」

沈執眉眼一展，目光掃過她素白的衣襟，薄紅依舊，「好，妳先洗漱一番再用早膳。」

姜眠硬著頭皮，「無須準備兩日嗎？今日便開始？」

「早練早成。」沈執的眉眼多了絲溫和，那抹笑意似因她而存，「我今日有空，正好能指導一番。」

姜眠牽強地笑，「果然是天時地利。」

等她換了衣裳出來，冬杏已經變戲法似的端出幾樣早餐，聽說將軍要教將軍夫人功夫，臉上也是喜氣洋洋的，一方面覺得沈執和姜眠實在恩愛至極，另一方面對教人功夫的場面實在好奇。

沈執坐在凳上吃粥，他回來時已經用過，但此刻能陪著姜眠再用一回，心中也是異常溫暖的。

姜眠也坐下，端起了另一個玉碗小口小口地吃著，不著痕跡地拖延時間，一頓早膳用了小半個時辰，她才終於放下玉碗。

「吃好了？」

「……好了。」

沈執起身，「那到院中來吧。」

姜眠嘴上道好，心中淚流汪洋。

第十四章　察覺沈執情意

清棠閣的院外微風正好，陽光溫暖，沈執身著玄色勁衣，襯得身量修長，面容內斂清雋，他背手環視四周，院中景致一件件落於他目。

他在沿靠欄而擺的瓷景盆栽上凝神一會兒，姜眠終於磨磨蹭蹭出了屋子，跨過門檻，拘泥而站。她穿著一身鵝黃窄袖長襦，素簪纏髮，唯有耳間的一對血紅色石榴墜子鮮豔，映得耳下脖頸的肌膚瓷白。

前些時日冬杏給她梳妝，發現她一對小小的耳孔將合未合，軟聲勸告耳孔若是徹底合上，那一對一對巧若天工的漂亮耳飾便要蒙塵了，姜眠被說動了，由著冬杏想法子又將耳孔通了，疼得她齜了幾日牙。

沈執目光尋去，便見那對耳璫一晃，不自覺讓他心中發癢，喉間有些乾。

「還沒問你，遷府那日那個林嬤嬤……可是你做了什麼，怎麼後來不見人了？」姜眠硬著頭皮，狀似隨意地提起。

她對這些動筋動骨還頗需耐力的事兒極度抗拒，猶如逼她上戰場，對他看來的目光更是驚恐，只想尋些話題來糊弄一遍，說不準他便打消念頭了。

「自然是走了。」想起這事，沈執面上浮出一抹不耐和淡嘲，但還是認真答她，他緩步走近，眸底盡是她，又不經意掃去別處，「怎麼問起這事？」

「她那日攔著不讓我住此處，當然得多幾分提防，免得又說我哪兒不對。」姜眠抓著朱紅色門欄，眉眼恰到好處地放出幾分憂愁和難意。

沈執果然聽得皺了皺眉，「無須顧慮她，都一把老骨頭如何能幹事兒，不過添亂，是該回去養老了。」

姜眠長睫一眨，帶了兩分試探，「真的？可她是宮裡人，就算對我頗有為難，面上還是要給幾分敬重的吧？」

「將軍府不養閒人。」沈執目光聚攏回來，他抵著下唇咳了聲，「這不是她家，妳才是女主子，府中規矩皆由妳說了算。」

姜眠長長的一聲哦，心想沈執給她的待遇還是不錯的，面子裡子皆給足了，「我說了算？那你呢？」

沈執雙耳連著脖頸頓紅，講話也變得磕磕絆絆，「妳我乃夫妻，自然也由妳說了算。」

姜眠心滿意足，那聲「好」剛到嘴邊又頓住。

等等，除了府中事務，什麼也由她說了算？是她不對勁還是沈執不對勁？

姜眠心神一亂，抓著門欄的手倏然加重，眼底的情緒莫名慌亂，感覺那具修長挺拔的身軀湊近，她垂眸便可見他玄衣上的暗紋，甚至能聽見斜上方傳來的呼吸聲和蒸騰的熱氣。

沈執的指節一握一鬆，難為情間仍故作鎮靜，「妳要立規矩的話，我也會守的。」

這……姜眠的腦中猛然炸開花，似乎連帶某樣東西也在她腦中清明起來。

她心中怦怦直跳，憋了半日，那雙佈滿霧氣的眼睛朝沈執看去，頗為氣惱地喊出一聲，「誰、誰要給你立規矩了！」

怎麼走向完全超脫她掌控了？姜眠好想躲回屋去，從這個詭異的氛圍中逃出生天，卻被沈執拽住了手腕。

沈執昏沉沉的腦袋醒神片刻，但眼中依舊透著迷茫，聲音又低又失望，「不立了嗎？」

他與她之間立什麼規矩！他又失望個什麼勁！

姜眠覺得自己要瘋了，但面對沈執紅暈中滿是疑惑的俊臉，她一個字兒也蹦不出來，只顧閉著眼搖頭。

沈執鬆了手，垂下的眼掩住了遺憾。

姜眠下意識捂住手腕，下一瞬又嚇得撤開，只因上面還殘留他掌心灼熱的溫度。

她強裝鎮定地用腳踢踢沈執的鞋靴，示意他讓開。「我要回屋了。」

沈執現在完全是將她堵在了門角，聞言壓迫性十足的身子偏開了些，但僅僅是姜眠能側出個腦袋呼吸的地步，她略帶惱意的目光對上沈執的眼。

「還未授妳練習。」沈執強打精神，對教她些防人功夫的事兒不依不撓。

姜眠絕望了，她拉著他一腳跳下廊階，認命道：「好，這就來，先從何處開始？」

早死早超生吧，而且只要忍著衝動不去想方才那事，一切皆會過去的。

「馬步。」一說起這個，沈執臉上多了幾分肅意，「妳身子骨弱，底盤無存，剛開始需顧及根本，日後才好談其他。」

姜眠點點頭，心想著紮馬步也不算難，當即岔開了雙腳，重心下移，一面又仰頭詢問：「初練時間需多長？」

她問這話隱隱有些求放過的意味。

沈執未答，走向她身後，雙掌定住她腦袋，隨即又捏上了她肩頭。

春衫輕薄，他觸上去那刻姜眠便僵了僵，溫熱透過兩層薄裳直達肌膚，她想逃離那熱浪，那雙手卻已經移開，只為將她肩骨扶正罷了。

姜眠鬆了口氣，可那雙手又移至她的腿骨，姜眠餘光一瞧，沈執竟將腰彎了下去，手掌並不帶什麼力的虛虛一觸，「雙腳與肩同距，妳還差些。」

姜眠忙調動步子，擺正的腦袋不敢動，餘光比對著到肩部的距離，做完這些，她已口乾舌燥。

沈執站起後撤一步，與她分開一段距離，但姜眠知道，他的視線仍在她身上。

「重心朝下壓，呼吸放緩，肩背挺直，蹲好。」他下著指令。

姜眠頭皮發麻，又不得不卯足勁一一照做，心中還惦記著方才的問題——要蹲多久啊？

她默默數著數，忽而那手又向她伸來，將她身子微微往下壓，這一壓她頓覺吃力，雙腿顫抖起來，嗚嗚嗚嗚！

「姿勢未到位，念在初次，先堅持半刻鐘，休息片刻再往復。」

「不行！」姜眠哀嚎，方才種種皆忘了個乾淨，她看向沈執的目光沉重，一臉難色，「太、太久了些，我堅持不住的。」

她現在就覺得自己不行了，這要求未免太高！

沈執聽著她的話，看著那雙帶了乞求的眼睛，喉結忍不住上下滾動，「先堅持著，還未過多久呢。」

姜眠最後只堅持了一下子，起身時雙腿都是顫的，她頂著尷尬站在沈執跟前，看著他深邃無波的目光，覺得自己像個不思進取的學生。

姜眠有些發麻的腳趾在鞋子裡一張一蜷，強撐著面子道：「這個非一日之功，也不能急在一時，就沒有快些上手、能運用在實戰中的招式？」

沈執一頓，「有的，只怕妳跟不上。」

姜眠假裝生怒，「你這是瞧不起我？既然如此，那我不學也罷了。」

她轉身想就此逃開，誰知沈執竟一副不肯放過她的樣子，著急地自後拽住她的手肘，將人拉回身邊，整個身子幾乎要與她背脊相貼，聲音又低又急，「我教妳。」

他唇間還流轉著一句迷離一般的「別走」，話音甫落，姜眠脊骨至肩頸，僵麻得徹底。

似乎感受到身前人的僵硬，沈執沉默著將手鬆開。

姜眠故作不經心地撫了撫額髮，努力使自己平靜，也不去看他，強笑道：「那、那你教吧。」

沈執明顯感受到她的疏離，沉默半晌，低聲授她一個打鬥的招式。

巧勁勾腿，挾擊腰腹，推地抵喉，動作快、準、狠，沈執凌空比劃，整個過程不過片刻，叫姜眠看得眼花。

「妳將我當敵手試試。」他穩聲道。

姜眠沒看懂，只能硬著頭皮迎難而上，然後將今日之事翻章。

沈執已繞去她身後，耳邊傳來他的聲音，「用左腿。」

姜眠聞聲而動，自後去勾他的腿，試圖讓他失了重心，但她腿腳並無底子，朝他伸去完全勾不動那隻如鐘的腿腹。

怎就做不到呢？她雖想著划水，可這也太丟人了，腳下便發了狠去撂他，誰料撼不動後邊這如山如松的身軀也就罷了，還重心不穩往地面摔去，「哎——」

沈執來不及拉她，乾脆擋在她跟前當肉墊，兩人齊齊摔倒於地。

預料中的疼痛未傳來，姜眠緩過神，看到擋在她身下的沈執，以及自己按在他胸膛上的掌，胸膛起伏，沈執卻連眉也未皺，一聲不吭。

「你傻嗎這是！」姜眠趕緊起來，同時將他拽起，眼中翻滾著某種情緒，卻什麼也說不出來。

又蠢又傻，竟然拿身子幫她擋！

沈執喉嚨發乾，「……我沒事。」

姜眠頂著一雙夃目，手往他的背摸索，連說話都氣勢洶洶，「這兒可疼？這兒呢？」

沈執注視著她，統統搖頭。

「你……」姜眠氣急，又不能真去罵他，左右看他無礙，怒得回了屋，「你走吧！」

人在眼前消失了，沈執久久凝視她回屋的方向，緊抿著唇，緘口不言。

許久，他恍惚了一下，失魂落魄地轉身，目光投去了別處，腦中滿是姜眠的形色笑音，還有她幾番拒他於千里之外的行徑。

院中浣衣的侍女打他身邊走過，唯唯諾諾的行了一禮，「請將軍安。」

沈執示意她自行其事，漆黑的眼定在她盆中的衣物，侍女朝左離去，他目光也跟了過去，看到那一排排的衣衫架子，上邊晾著的多是冬衣。

沈執信步走去，「這些是夫人的衣物？」

「是、是的，將軍。」侍女才將衣盆放下，見著這位神色冷峻的將軍也跟了過來，她哪裡和這樣的人接觸過，不禁有些慌亂。

沈執未答話。

侍女餘光掃去，見將軍目光落在一件衣紋為梨花繡樣的裙襖上。

沈執皺著眉，一把將那件衣裳帶了下來，隨意抓在手中，走出去三步後似想起什麼，又調頭回來，吩咐道：「別告訴她。」

侍女愣在原地，看著那道離去的身影一臉迷糊，告訴什麼？衣服怎麼了？

沈執出了清棠閣的院門，轉身回至臻祿居。

臻祿居內走差辦事者無一不是小廝，沈執一進去便擁上來一個機靈模樣的人，穿著青灰色褂子，跟在他身側。

「爺，您終於回來了！軍中事務可拖不得，再拖他們便要打起來了……咦，爺今日回來怎麼帶了件衣裳，小的給您拿吧？」閏喜好奇地道。

除了夫人的，他也不知能猜是哪些個人的，但是轉念一想，爺何苦去夫人那一趟，獨獨拎回來件衣裳？

沈執停下，垂眸看了眼身側的閏喜，又掃至手中的衣物，「不必。」

「哎！」閏喜應聲，又低順著眉試探問他，「那現在您是……」

「不急。」沈執步子繼續前行，走去了書房方向，一面吩咐，「先叫吳統過來，我還有事找他，再去通知陸清林，讓他半個時辰內過來。」

書房外是假石蔓植，巧工筏欄，流水涓涓，若是將窗關上，水流聲即被隔絕於耳，處理公事的檀木桌前擺著幾卷書冊和墨臺硯石，沈執進去後坐下，目光短暫的在衣物上一掃，上面瓣狀的梨花暗紋似雪紛飛，早已不見當時留下的血印。

雖說自那日之後，再未見姜眠穿過這件衣裳，但見到它的片刻，沈執還是沒來由的心塞，這才腦熱之下做出那種舉動。

她竟還留著它，明明如今他可以給她更多的東西，她想要什麼樣式的衣服，他皆能尋來將她衣櫥填滿的。

沈執略微失神，想起今日她牴觸的態度，一顆心被揪得發澀。

「將軍！」吳統匆匆而至，鬆開了腰側握刀的手，抱拳行禮，聲音如洪鐘，「將軍找屬下有何事吩咐？」

沈執並未應聲，他執起案牘上的一封信折，展開而視。

時間流逝，待到吳統心中慌亂，肅冷的聲音才在耳邊響起，「昨夜之事，你可知罪？」

吳統將頭埋低，慌忙道：「屬下夜間監守不力，讓夫人遇險，實在難辭其咎。」

沈執的書冊放下，發出不輕不重的聲響，「你知道便好。」

吳統握拳的手緊了緊，「屬下今後定當加強防備，護好將軍府安危！」

沈執又問：「闖府那人一點蹤跡也無？」

吳統遲疑片刻，從腰間掏出一樣東西，盛了上去，「屬下在追出去時傷到他手臂，這是那人落的袖布，觀其衣料，想來在京中有些身分。」

沈執接過那塊沾了些血跡的布料，上面繡有暗紋，頗為精細，確實不是普通人家能用得起的，他將東西拋回去，「去查。」

吳統欲言又止，最後還是低聲應道：「是！」

吳統走後，陸清林緊接很快而來，朝他躬身行禮，「將軍。」

「嗯。」沈執朝他點頭，朝椅子示意，「先坐。」

兩人之間已經足夠熟悉，無須多餘的客套。

自沈執重執京外玄霄軍，陸清林便回到他身邊辦事，事務繁多，已經好幾日忙著營中事務，沒空回家了。

陸清林打量沈執兩眼，心中多出幾分感慨，他與沈執相處至今已經近三個年頭，知遇之恩沒齒難忘，此前沈執沉溺於困境，好在現在已經恢復，昔日少年郎尋回了當日風采……不，或許還是有些不一樣的，眼前這個沈執好似更加沉穩，脫了幾分稚意。

「玄霄營現下如何？」沈執沉聲道。

陸清林醒過神，拱手稟道：「不甚可靠，清林已查出是有人蠱惑人心，煽動鬥亂。」

玄霄營乃大梁最強勁的軍隊之一，在沈執手下管轄了兩年，然而人心易變，加之潼關一戰後換血，沈執又離開四月有餘，這個隊伍早不知潛入多少方勢力，魚龍混雜。

此番有人挑事生亂，連帶了不少的士軍鬧起來，造成將士離心，沈執再想管控著偌大玄霄營實在不是易事。

「先將大皇子那處人馬誘出，軍令處置，以儆效尤。」沈執指節在檀木桌上敲了敲，「此事晚些處理，等會同我一道去見些人。」

「好。」陸清林應完，清秀的臉上浮出一抹欲言又止的神色，「清林斗膽，想見將軍夫人一面，聊表感激之意。」

兩個月前與沈執取得聯繫，來回書信之間不是不知他身邊出現的女子或許對他影響頗大，後來裘洛楚找上他更證實了這一點，能將沈執從深淵中拉出的人，他心中免不了好奇。

沈執想起與姜眠如今的情形，無論如何也應不下聲，他擰著眉，「改日再說。」

「那也好。」陸清林話在嘴邊一轉再轉，停頓好一會兒，還是道出事情原委，「清林還有一事，邱之求至我這處，說是想回到將軍身邊，此人……將軍是否還肯再用？」

閻邱之早在當日便奔向二皇子，如今二皇子倒臺，竟又想著回玄霄營，實在太過可笑。

陸清林將此事說出，雖是因著昔日那點情分受託轉告，讓沈執做定奪，卻也並不希望閻邱之回來，無論從哪個方向考量，此人皆不可再用。

沈執許久未出聲，陸清林也不知他在想什麼，久久才聽見他的聲音，「先留著。」

清棠閣這邊，姜眠自跑回屋中後便躲在床上，床幔遮得嚴嚴實實，連冬杏喚她也拒不理會，腦中盡是沈執方才所說的話和場景。

他讓她給他立規矩，他拉著她的手焦急辯解，他還用身子給她做肉墊，這分明……是認真將她當成妻子的。

啊啊啊啊！姜眠將頭埋進了枕中，腦袋疼得幾乎要爆炸。

她雖知與沈執有一紙婚約的束縛，但實則她並未當真，沈執不也是如此嗎？

何況她一開始多有調戲，不也遭他強烈反應？之後關係能推進一步，難道不是因為他們之間有了感天動地的難友情嗎？怎地如今好像不是她想的那般？難道說沈執喜歡她？

姜眠一直以為她與他就只是一對心照不宣的假夫妻，可如今所有事情一旦沾了這個「情」字便什麼也不好清算了，正如她現在完全不知如何面對沈執。

渾渾噩噩躺了近一個時辰，姜眠將床幔掀起，一臉憔悴，雙腿下床摸索著穿鞋。

「夫人？」冬杏聞見聲兒，穿過與外隔絕的一道珠簾而入，見她起身，忍不住一喜，「夫人餓了嗎，可要用飯？」

「不了，我還不餓。」姜眠微低著頭，她的髮髻亂得不成樣子，身上的衣襟也弄得皺巴巴的。

「那奴婢給您梳洗一番？」

姜眠停頓了一下，半晌才道：「好。」

冬杏便欣喜的扶她去了妝檯前，小丫頭不知她與沈執之間的那些暗潮洶湧，笑著道：「奴婢瞧著只覺夫人天生麗質，就算是臉上容貌有毀，但容貌也不是唯一的，而且奴婢看在眼裡，將軍是真心待您好的！」

怎地又說到了沈執？姜眠腦袋嗡嗡的，心中五味雜陳。

她現在聽不得這人了，一聽只覺得心中似有螞蟻在爬，她艱難地、小心翼翼地問道：「冬杏……我問妳，妳既覺得將軍他待我好，那是哪種好？」

「哪種好？」冬杏歪著腦袋想了想，吐舌笑了兩聲，「將軍和夫人之間，難道不就是有情人之間，那種滿心滿眼只有彼此的濃情密意嗎？奴婢瞧將軍確實是這樣的呀，就是……未見將軍來這兒過夜。」

最後一句，冬杏語氣中還夾著兩分苦惱，分明是漫不經心的，可聽在姜眠耳中，腦袋裡似乎有根弦，崩了。

姜眠自是知道她說的「過夜」是何意，但是……怎麼可能！

她咬牙切齒，連指節都摁得咯咯響，「長本事了，又胡說八道。」

冬杏委屈至極，「夫人怎麼又說奴婢胡說，奴婢都懂得的。」

姜眠暗暗磨牙，妳懂個屁！

她換了身衣裳，正想出去轉轉，半晌才想起什麼，磕磕絆絆地問冬杏，「將軍呢，可還在府中？」

「將軍早些時候出去了，和陸大人一起。」

既是和陸清林，那應該是去京郊玄霄營了，姜眠不知不覺鬆了口氣，「將軍府待久了煩悶，我們出府看看。」

「出去？」冬杏眼中一亮，隨即又滅了光，「您若覺得將軍府煩悶的話，奴婢陪您踢毽子可好？或者教您刺繡？昨夜府中還來了刺客呢，出去恐怕不安全。」

踢毽子、刺繡都是些女人家消遣時間的事情罷了，她無聊時是可以玩玩，難道還能日日做這兩樣不成？

「冬杏。」姜眠的聲音有些低沉，「妳如實說，可是在外頭聽到了於我不利的言論？」

她早在方才冬杏說容貌如何如何時聽出異樣了，沈執一朝得勢，聖上賜了將軍府，來拜訪的官員一波接著一波，京中本就熱談，自然少不了會談到她頭上去，有沈執在，將軍府自然無人敢說這種話，可出了將軍府就管不住了。

冬杏支支吾吾，說不出句完整的話來，「夫人……」

姜眠不用想也知道京中人會說些什麼話，大抵是議論她這貌醜的糟糠之妻，如何還能配得上這舉重若輕、豐神俊貌的大將軍，抑或是等著看她這位無鹽妻還能在他身邊待多久，若是被寫了休妻書趕出來，又會是何等淒慘的光景，總之不會是什麼好話。

姜眠閉著眼，並無太深切的感受，相同的事要是放在前世，照樣會引起謾罵和軒然大波，一經議論總歸是女子被評頭論足，但是……

姜眠張開眼，緩聲道：「無事，瞎話罷了，我要出去。」

京城不是誰家開的，因他人的話將自己束縛起來更不是她的一貫作風。

將軍府的馬車穿過京城最繁華的街道，街市上人潮來往，店肆小攤入目皆是，幾家大的酒樓茶館中賓客進出不止，食物的香氣不斷竄入鼻間。

在將軍府時沒感覺，一出來倒是將姜眠腹中的饞蟲勾了出來，她上回和沈執只吃了頓午飯便被他拉回了府，說到底，這繪於古書畫卷之中的京都盛況，她直至今日才有機會見識。

冬杏看著姜眠，想了又想，還是為她遞了塊素色面紗，張口道：「快到了，夫人待會兒下去不若將面紗用上……」

姜眠垂眼去看那塊面紗，搖頭，「不必，沒什麼好遮遮掩掩的。」

她知道冬杏是為她好，不想讓她承受京城中的流言蜚語，但若是她遮著攔著，連自己這關都過不去，到時被旁人拆穿反倒更會惹人笑話。

這時駕車的車夫忽地拉住了馬，「夫人，前面有輛馬車和我們對上了。」這街道可容納不下兩輛馬車同時過去。

冬杏掀簾探頭，果然見前方的馬車攔路，她回頭詢問：「夫人，如何是好？」

「讓他們先行吧。」姜眠不以為意，她又不是出來打架的，讓讓對方也不是什麼大不了的事。

話音剛落，便聽見前面那輛馬車內，有個女子的聲音傳至耳中，「前面的，你們先過去吧。」語氣似乎還帶了兩分嫌棄。

說話間，對方的車夫已將馬車撤到了偏右的地方。

姜眠眉頭微挑，頓時生出兩分興趣來，也不矯情，讓車夫前行，「那便多謝姑娘。」

不多時，姜眠下了馬車。「冬杏，這邊可有好玩兒的？」

「有的，夫人可要隨奴婢來轉轉？」

姜眠踮腳而望，興致勃勃地隨她而去，不多時便尋了一堆吃食，劉氏鋪子的桃心酥、自個兒上手捏的糖人兒、還飲了些別具特色的花茶。

衣鋪子、脂粉鋪子、首飾鋪子，這些少不了女人的地方姜眠一個也沒少逛，添置的許多東西皆交由跟隨的兩個侍衛手中。

街上與姜眠幾人擦身的人不在少數，她心中意外一路上竟如此平和。

她半邊臉上有如粉色胎記一般的痕跡確實會引來不少注意，但大多數人不過多看幾眼，在那些女人家居多的鋪子時，偶有女子會與身旁的同伴附耳交談，至於那些嘲諷、嫌惡的眼神倒是未遇上。

不是說她貌醜之事在京城熱鬧得很？這些人當中應當不乏有笑話過的，怎麼遇到正主在場，素質就都變好了？

姜眠挑了挑眉，驚訝之餘去了處說書的茶樓歇歇腳，這一去終於聽著那番以她為中心，鬧得沸沸揚揚的一番話。

「夫人可是來聽書的？您這邊請！」茶樓的小廝滿面帶笑地將她們引進去，「我們這兒的說書先生在京城那可是居一的位置，今日您來得巧，說的這則是新編的『姜氏女』，您進去正好能聽個新鮮！」

「你……大膽！」冬杏變了臉色，誰知這茶樓如此大膽，編臺本竟編排到了夫人身上。

姜眠攔住了她，瞧了眼絲毫認不出正主的小廝，輕笑，「冬杏，我們今日就聽這個。」

此時說書先生正說到高潮處，抑揚頓挫地道：「洞房花燭夜，燭影淒淒，只見那大床邊，紅蓋頭自新娘頭上滑落，露出一張殘面，她對那縮在床腳的癱瘓夫君詭笑連連，道：『夫君，妾身伺候您更衣』……」

忽地，他手中醒木一拍，鏗鏘有力，「諸位欲知後事如何，且聽下回分解！」

臺下眾人剛聽至興頭處便戛然而止，久久未能從話音中醒過神，頓時有些不滿，紛紛高呼，「說書的，這便完了？你們這茶樓忒會做生意！」

「就是！趕緊的，接著講的是些什麼，你與我說個明白。」

場子下有人麻利的在賓客中走動，收賞銀。

任他們說何，臺上的說書先生就是一聲不出，抬起茶輕啜，擺明了賞銀若是收不足，他這嘴可就難張了。

眾人聽得意猶未盡，又不想出錢，只得與身邊人七嘴八舌，談笑不止，不知是在笑這評書內容還是其他。

「夫人……」冬杏紅著眼，看著那小廝和臺上的說書人，恨得咬牙切齒。

姜眠拍拍冬杏的手，示意她寬心，又拉著她上了二樓，比起下面，上面環境更為雅致，每桌設屏扇相隔。

只是隔得住人卻隔不住聲，方落坐，鄰桌兩個男人傳來的聲音不可謂不刺耳。

「你說，如今沈大將軍權位也恢復了，還沒把這姜氏女休了，大晚上看到這麼一張醜臉，不得嚇個半死？」

「我哪知？莫不是這沈執癖好別致，就愛這樣的？」

「不可能吧，天下男子誰不愛美，大將軍不也是凡夫俗子？」這個聲音說到最後帶了兩聲淫笑，「怕不是姜氏女功夫了得，才勾得他下不來床！」

姜眠本還覺得渴，然而執起的茶杯卻一口未動，不只是冬杏，連帶兩個將軍府侍衛的臉色也已是難看至極。

姜眠沒想到除了攻擊她的容貌，竟有人還能揣測出這樣骯髒的想法，果然天下之人無奇不有。

她將茶杯放下，「抓出來。」

這兩個侍衛既隨她出來，便全供姜眠差遣，得令後即刻過去，想將屏扇後的兩人提出來，誰知還未動手，茶杯打在地上的聲音就劈里啪啦響起，伴著反抗的人聲和鞭子聲，鬧出了不小動靜。

兩個男人還不知自己犯了何事，看著面前之人，「妳個女人是誰？」

女人未答，凌空又是一鞭。

「啊！竟敢抽我？住手！」

「嘴髒，故弄玄虛，抽的就是你們。」女人的聲音摻著怒氣，話音剛止，又是一道鞭聲落下。

「妳可知我是誰，我爹是……啊！」

「你爹那點官品還是別拿出到我面前丟人現眼了！」伴隨著桌子倒地的聲音，女子不留臉面地嘲弄。

姜眠瞳孔一震，循聲而去，看見一個手執長鞭的紅衣女子和兩個抱頭鼠竄的男人。

「姑娘俠肝義膽！但還請將人交由我們處置。」姜眠忙出聲制止。

紅衣女子停了鞭，高高挑起的眉在姜眠臉上來回巡視，半晌道：「是妳？」

「是。」姜眠應聲。

她自然聽得出，這位便是方才馬車上讓她先行的女子。

第十五章　長公主入住將軍府

位在一樓的人聽到動靜紛紛向上望，有些驚恐不已，還有些想要瞧好戲的，一概豎起耳朵聽。

「發生了何事？」茶樓的管事匆匆趕來，一看在場幾人知道都是惹不起的，不禁哭喪著臉，「幾位息怒，息怒！」

紅衣女子理也不理，未分給他一個眼色，而是毫不避諱地往姜眠臉上瞥去，她手中的軟鞭材質上好，便是靜靜垂在地面也如同它的主人一般柔韌相結。

她垂下眸，不動聲色地整整衣袖，聲音平淡，「交由妳？妳是何人？」

「自然是將軍府中的。」姜眠看著女子，淡笑出聲，「還望女俠給我們一個機會，好讓我們正正這將軍府名聲。」

「哦？」紅衣女子方才還覺得意興闌珊，這會兒眉眼處倒是堆出幾分興趣來，「將軍府上的人，真有意思。」

她上下打量了姜眠幾眼，像是得出了什麼結論，「看來這傳言是有幾分離譜了，那便有勞夫人將這兩個帶去處置了吧。」

「多謝。」姜眠偏了下下巴，朝身後的兩個侍衛示意，「去吧。」

侍衛當即上前將那兩個男人壓制住。

那兩個男子聽見將軍府的名頭，相視一眼，同時出現了幾分慌亂，掙扎起來，「什麼將軍府的人？怕不是拿將軍府的名頭來誆騙我們！」

他們自然不信有這般巧合，說兩嘴話都能被將軍府的人聽到，何況面前這個女人看穿戴便知是個主子，而京城誰人不知如今這將軍府只有沈執和姜氏女兩個正經主子。

同朝官員對沈執羨慕有之，嫉妒有之，還有一類雖說只敢在嘴下私談，卻是帶有濃厚的辱人意味，用姜氏女不鄙作為攻擊沈執的手段。

至於這姜氏女一張臉如何疤痕縱爬，他們不得而知，總歸流言傳得這般廣，不會是空穴來風。

而眼前這位臉上雖然也有東西，倒也說不上醜，他們可從未聽說將軍府還有這麼一號人物，誰知是不是來攪渾水的？

「滿口汙言穢語，我便是要對你們如何，你們又能怎樣？」姜眠覺得好笑，「自己不認得，又怎知我非將軍府之人？」

紅衣女子臉上難得浮出一抹認可，閒適著倚向一旁的屏扇，「你們放肆言論之前尚且不知對方是何相貌，為何能夠說得如此起勁？」

男人面色微變，心中齊齊冒出一個想法，這話是什麼意思？

紅衣女子繼續輕嗤，「便是連正主站在跟前也認不出，不覺得可笑？」

兩個男人猝而臉色大變，齊齊往姜眠臉上望去，轉瞬又被壓在他們身後的手摁下頭。

其中一個難以置信地高呼道：「怎麼可能！傳言分明、分明不是這樣的！」

姜眠若有所思地摸了摸臉蛋，微微苦惱，「實在不好意思，讓你失望了。」

她嘴上說不好意思，臉上卻完全沒有表現半分，她尋了張凳子坐下，笑咪咪道：「現在也該輪到我與你們清算了吧？我倒是無所謂，可你們將我夫君也罵了進去，這侮辱當朝大將軍之責我卻是不得不計較的……對了，方才聽見你說你爹頗有名頭，一人做事一人當，你們兩個不會要回去找做爹的擦屁股吧？」

姜眠頓了下，遺憾道：「不過啊，我夫君不一樣，他雖然年歲比你們小得多，但都是靠自己才能坐上高位，容貌有之，地位有之，確實容易遭人嫉妒。」

兩名男子被說得臉又紅又臊，喉嚨像是堵了口血，聲音咬牙切齒，「大庭廣眾之下，妳想要做什麼？」

「我一個將軍夫人，難道會做什麼徇私枉法之事？」姜眠佯裝驚訝，隨即又輕輕笑道：「兩位太過擔心啦，直接送至官府吧，京兆府定比我會斷案。」

潼關一戰損兵五萬，雖不是沈執之過，但他是主帥，哪能輕易說沒有責任，如今他復位，外頭這些人眼睛千雙萬雙盯著，她當然不會自找麻煩，給人留下話柄。

可她這番公事公辦的舉動卻讓他們臉色更難看了，生怕她弄出什麼鬼把戲。

「去什麼京兆府，不去！死也不去！」

「妳有膽便來打我！來啊！」

姜眠著實一驚，怎麼還開始主動求打了，反戰略改碰瓷不成？

她腦袋疼地揮揮手，「帶他們去京兆府。」

侍衛很快將人帶走，路過一樓聽書喝茶的一干人等，將他們驚得下巴都要掉了。

姜眠站在二樓，俯視下頭的人，伸出手拍了幾下，將他們的注意力重新聚在自己身上。

她微微一笑，「我乃鎮國大將軍沈執之妻，今日之事想來諸位已聽去了七八分，便是將事情傳出去也必然不會偏差，便是有也定不會比這些時日京城中所傳的離奇。女子清譽最是要緊，請在座諸位做個見證，若是再見著壞我名聲之人，只要將此人姓啥名誰道與將軍府，賞。」

她這話意思有三層，一是今日之事眾目睽睽，與旁人說休得曲解其意，偏個十萬八千里；二是既已見她真容，那該知他們所聽有誤，好好把腦子裡的水過一過；三是他們今日與她的衝突一筆勾銷，若是今後有人再胡言，可舉報索賞。

若是在她獲取情緒值之前的模樣，他們所傳之言確實相差不大，可如今她的臉已然恢復了七八分，這流言卻在此時爆發，能傳起來的因由她只能想到一種。

從茶樓出來，姜眠正巧見方才的紅衣女子走在前端，連忙攔下，「還不知姑娘名諱，也好來日還今日之恩。」

這個人與她有緣，她對對方好感頗多。

紅衣女子此刻收了鞭，相比在茶樓少了幾分凌厲，眉眼都柔和不少。「蕭明毓。」

蕭？國姓？

姜眠費勁思索這號人物，很快想起來她是先帝最小的女兒，長年居住京城外的皇家行宮，她未出嫁，身邊卻是面首無數，只是她實在想像不出眼前這女人男寵繞懷的模樣。

「何須來日。」

「什麼？」姜眠怔住。

「妳欠下的恩情。」蕭明毓語氣淡淡，「若是心誠那便今日還吧，帶我去將軍府。」

從將軍府門走至清棠閣的路程當中，姜眠的餘光第四次掃過比她步伐稍前的蕭明毓。

這位淑寧長公主與元嘉帝一母同胞，卻小了他將近二十歲，如今不過二十有五。

這人在姜眠眼中頗為特別，特別之處在於在沈執原始黑化了的結局當中，蕭明毓身為蕭家人，卻並沒有受到牽連，儘管蕭氏王朝已被覆滅，她卻仍在京外享受尊榮直到老死。

或許是因為這樣，世人對她的印象並非蕭氏遺孤，而是荒淫無邊、臭名昭著的妖婦。

可是……姜眠悄悄打量這個女人，蕭明毓尚處於女子最好的年華，姝色明豔，她的眼神與蕭逸有幾分相像，是獨屬於帝王家的疏離感。

她的身量與姜眠的差不多，身材也……不，不知是不是蕭明毓衣容修身的緣故，身材的曲線分明更加明顯。

「妳在看什麼？」蕭明毓微微皺眉，斜眼看去，長睫羽翼般翩躚，似是感受到了她的打量，「怎麼，知道我是誰，連表面裝裝樣子也不願了？」

她按了按收在腰側錦囊的鞭子，隨意一笑，「京中人對我好像頗有芥蒂。」

姜眠方想為自己解釋一句，又見蕭明毓微微偏過了臉，眉毛細長動人，她修長的手撫上鬢髮，「不過與我何干？我生來所擁有的權力財富便是他們無法觸及的，妄圖影響我未免可笑。」

姜眠很想為她的霸氣拍拍手，這就是上位者的威嚴。

「妳住何處？」蕭明毓問。

姜眠一指前方的院子，「清棠閣，便在前方。」

「喔。」蕭明毓提步走了過去，步入清棠閣，她狹長的眼略一掃過便認出，「王璿之作，看來他待妳還不錯？」

「啊？」姜眠被她突如其來的一句話弄得沒頭沒腦。

蕭明毓雙手環胸，「沈執是吧？是有些能耐，皇家近來可沒因他少亂。」

姜眠的手心驀然拽緊。

未等姜眠出聲，蕭明毓便轉了話音，「我乏了，給我收拾個住處吧。」

姜眠使了冬杏去，蕭明毓眼皮懶懶一掀，緩緩跟在她身後，真就一副睏極的模樣。

姜眠隨後進去的時候，冬杏正伺候蕭明毓脫衣。

紅色的外裳褪去，露出雪白的中衣，蕭明毓懶散道：「我睡這榻便好，待會兒將凝神香點上，準備一身衣裳……我與妳主子身材相近，便不必大費周章去別處尋了，醒後我要沐浴，記得備水。」

「好、好的！」冬杏迷迷瞪瞪，見蕭明毓不鹹不淡對她吩咐，腦子繞了幾個彎終於清醒，淑寧長公主看來是真的要在將軍府住下。

姜眠在門外聽蕭明毓說了許多，心想此時不宜打攪，正想邁出去，便被那道淡然的聲音叫住了。

「不是想知道我的事，怎麼又要出去？」

姜眠瞬間頓住了腳，薄紗做的屏風遮不住人影，她朝那個方向望去，都能看到屏風後那道娟麗的身影正往榻上半躺。

姜眠提裙走進去，讓冬杏先出去，而後她將目光放到蕭明毓身上。

蕭明毓倚在榻上，皓腕支著腦袋，她將髮髻拆了，墨髮披肩，垂落至胸前，周身氣質不似方才在酒樓那般冷若冰霜，反倒多了幾分媚態眾生的柔美，只是那雙眼一如既往的清明。

蕭明毓左手把玩著自己的頭髮，話音輕得難以捉摸，「過來。」

姜眠渾身一哆嗦，她怎麼覺得這不是在叫自己，而是在召男寵？

她好不容易讓自己冷靜下來，走至蕭明毓面前，問出心底的疑惑，「長公主為何不願回宮，而是選擇待在這將軍府？」

「哦？」蕭明毓眼尾一挑，笑出了聲，「是妳說要還本宮恩情，方才還答應得好好的，如今怎麼變成本宮不願回宮了？」

姜眠沉默了一瞬，方才蕭明毓在屋外說的那番話有些迷惑性，元嘉帝兩個皇子、她的兩個侄兒都間接因沈執折了翅，若是旁人聽來，保不准會以為她是來興師問罪，可姜眠卻極快將這個念頭掐滅了。

她雖對蕭明毓瞭解不深，甚至認識只有短短一個時辰的時間，但她知道蕭明毓來將軍府定非此因。

蕭明毓的手撫上了光滑的綢被，她常年握鞭，儘管再保養得宜，手上還是有層薄薄的繭，她不露痕跡的一笑，「將軍夫人不必擔憂，皇宮路遠，我身子不好，只想借此處養養身子，不會打擾到將軍和夫人的，請您放心。」

「若是這般，長公主興致真不錯。」姜眠皮笑肉不笑地附和她，去哪不成，非來此處賴著不走。

蕭明毓噗哧笑出聲，「夫人說話真有意思，倒像我從前身旁的一個侍衛。」

「侍衛兼面首？」姜眠反問。

「面首也行。」她像是突然來了情緒，起了身，雙手對她比劃，「那時我方十六，我皇兄也不是皇帝，那年很奇怪，我總在夜裡見到鬼影，換了幾次宮殿仍是如此，我害怕，皇兄便將他扮成小太監，塞到我身邊日夜守著。」

姜眠實在不知她是以何種心態與自己講起了舊事，表情有些淡，「然後如何？接著要講妳二人生出了感情，在宮中私自行事？」

她對這些私事實在沒什麼好奇心，說出的話也有些冒犯。

蕭明毓微頓，許久，面色泛出一絲堪稱嫵媚的笑意，「是啊，魚水之愛，雲雨之歡……夫人應該也有幾分瞭解。」

「沒有！」姜眠吼出了聲，臉上騰然生出一股惱意，可吼完才發覺自己說錯了話。

蕭明毓被她吼得微愣，但此刻她脾氣極好，只是抿唇一笑，「沒有？是因為感情不睦，還是妳夫君他身子……」

姜眠想起近日她和沈執理不清的關係，沉默半晌，她顫著唇啞聲道：「都不是。」

「那是為什麼？」

大約是蕭明毓這話說得太溫柔，又或者姜眠從這無解的難題中抓住了這唯一的一根稻草，她艱難道：「我未曾想過與他……」在一起。

「哦？」蕭明毓似是坐累了，重新躺回榻上，一動不動，只有微張的唇表示她有在聽，「這有何難，既然以前沒想過，那現在好好想便是。妳是不是傻的？」

姜眠突地抬頭朝榻上的倩影望去，現在想？想什麼？想她……喜不喜歡沈執？

呼吸漸漸變亂，連心跳的聲音也變得清晰，她好像……她好像……

在幾個急促的呼吸之後，姜眠後退著轉身，跌跌撞撞跑出了屋。

蕭明毓好似真的睡著了，但若湊近去看，便知她的一雙眼其實張著，只是眼中迷離、如失了神一般。

她用手將那雙眼掩住，許久濕意漸濃。

姜眠一路跑進了臻祿居。

「夫人！」閏喜見她匆匆趕來，放下了手中的活，「您別急，您這是怎麼了？」

姜眠拽上了他的袖子，「將軍呢？他去哪了？可有說何時回來？」

「將軍還未回呢，小的也不知在哪……您怎麼了？」

姜眠蹲在了地上，第一次有種要哭的感受，她迫不及待想見到那人，可他竟不在……

「我去門口等他！」姜眠猛然站起，眼前一片眩暈，她搖了搖腦袋往將軍府門跑去。

「哎！夫人！」

酒樓內，四人商談了許久，未注意時間流逝。

三皇子蕭則年十七，還未及冠，卻已是副謙謙君子的模樣，應答之間可見其性情。

裘洛楚在外甥面前一改往日作風，人模人樣，難得正經，「裘某和三殿下在此謝過沈兄與陸兄，若不嫌棄，還請讓裘某做東，在此一聚。」

在此聚，那定當是要醉飲方休。

陸清林沒意見，沈執一事方畢，腦中又不可避免想起姜眠對他避之不及的模樣，心中沉悶至極，這會兒不想回去，便也一同留下。

裘洛楚見他這般，不禁哈哈大笑，「沈兄豪氣！今日定當痛飲三百杯，不醉不歸！」

酒食上了桌，一時觥籌交錯，推杯換盞，便連沈執也未拒絕，只是臉色縱使因酒染上了一層薄紅，表情也依舊淡漠。

裘洛楚深知他脾性，未有太過分的舉動，酒便都餵往陸清林去，陸清林性子溫和，連拒絕也強硬不起來，在這隻老狐狸頗不要臉的招式下隱隱有了醉意。

「陸兄酒量不太好，看來還得多練練。來，再飲下這一杯！」裘洛楚將酒遞至陸清林跟前，手上穩當不已，未顯半分醉態。

陸清林眼中有些找不清方向，眼前這杯酒晃成了數杯，他勉強捏住了額，「裘、裘大人見諒，陸某實在有些喝不下了，若是這般回至家中……」

「陸兄太小瞧自個兒了，這點酒量放在外人面前會被笑話的，但是兄弟不會！在兄弟面前將酒量練好，往後在誰跟前也不怕！」裘洛楚若有所思，「陸兄成親沒？」

陸清林似被掐住了脖頸，頭也不晃了，倒是臉上又紅了兩分，「尚、尚未。」

「既未成親，那便更不需要怕了！」裘洛楚笑得暢然，「那陸兄可有心儀之人？」

陸清林瞬間臉紅了個徹底，「有，但是……但是……」

「但是如何？未能求娶到手？對方不同意？」

「是、是啊。」醉酒後的陸清林比平日大膽，掩著袖打了個秀氣的酒嗝，一面頭疼，一面苦悶不已，「我、我不知她是否對我有意，裘大人，我該如何、如何是好？」

「這還不容易，嗝……我教你。」

沈執垂著眸，俊臉微繃，在無人知曉之處，他將手握得死緊，所有的思緒都聚集在裘洛楚所說的話上，他也想知道到底該如何是好？

「裘大人請講！」陸清林迷糊著拉上了裘洛楚的袖子。

「你聽我一句，咱們作為男人當然要對女子主動些，你若不主動，對方如何能知曉你心意，你說是不是？」裘洛楚大著嗓門，笑咪咪拍上陸清林的背。

陸清林仰面思考了許久，「對！裘大人說得對！」

「哎！若不行我再教你一個法子，你將人按在牆上親，看她什麼反應！」

沈執目光閃爍，握著酒杯的手微鬆，而後一口將酒飲盡，突地站起，「我先回去了。」

他在幾個人怔住的目光中跌跌撞撞地走了出去，由走至跑，因為酒意上頭，他眼前模糊又清醒，清醒又模糊，一路過來雖未摔倒，但蹭了無數次牆，一身整潔的衣裳沾滿了不知誰家的灰，腦中不斷迴響著那聲「要主動」，要將他的心意……告訴她。

此時姜眠一個人坐在將軍府的臺階下，她已經等了一個多時辰，卻遲遲未見那道身影回歸，她甚至不知道沈執今夜是否會回來，自己是否能等到他，更不知自己若真見到他時該說什麼話。

可她就是想等，她想在第一時間看見他回來。

溫度越來越低，姜眠兩隻腳凍得都沒了知覺，身子卻越來越燙，臉也越來越燙，她迷茫的抬眼，漸暗的夜色中，前路有個身影跌跌撞撞著前來，那人的身形獨一無二，她幾乎是一眼便看出。

沈執？他怎麼這副狼狽相？

姜眠根本顧不得腳下的麻意，起身便朝那人奔去，「沈執！」

沈執看著那道身影，酒意翻滾，一時間以為自己花了眼，下一瞬就溫香滿懷，他下意識將人抱緊，方才連自己都站不穩，現在因為懷中的人，他思緒轉不起來，身體卻再清醒不過，知道這是姜眠。

他湊在她頸間，聞見了她的味道，不禁有些陶醉，「姜眠……姜眠……」

姜眠幾乎是整個人歪在他懷中，被他抱得死緊，她驚喜又擔心，「你從哪回來的？怎麼醉成這樣？還能站……」

姜眠說不出話了，因為那顆頭顱低了下來，溫熱的薄唇在她額上輕啄，隨後又是眼下、面頰、鼻尖，他還努力去啄她臉上的疤痕，一路到嘴角，彷彿一隻極缺乏安全感、需要人安慰的小狗。

「喜歡妳……姜眠……我喜歡妳。」沈執一面喃喃著，一面仍笨拙的去親她，又因不得其法顯出幾分焦躁。

「不是這樣的……」身旁是棵樹，姜眠直接將他推了上去，她心跳得極快，眼睛也赤紅一片，「沈執，我來。」

她拉下了沈執的腦袋，仰首吻在他唇上，摸索嘗試，輾轉廝磨。

夜幕漸深，春日的寂夜響著蟲鳴，一聲長一聲短，起伏不止，涼風習習，拂面的每一縷都纏綿至極，撩撥人的心房，將軍府門前的燈籠發出微弱的光，若是仔細些，偶得窺見不遠處樹下交疊的人影，一高一低，曖昧糾纏。

許久，那道纖弱的身影支撐不住，微微下滑，一雙手臂又重新將人撈起，緊緊擁在懷中。

姜眠臉紅至透底，她方才坐久了腿麻，能撐至現在實屬勉強，但在他懷中搖搖欲墜，這便很尷尬了，再看沈執，依稀見得他薄而紅的唇泛著一層水光，像被人狠狠折騰了一番。

這是她幹的？

姜眠穿書前雖然見識不少，但加起來兩輩子卻是頭一回親人，而且還是頭昏腦熱就……

她一瞬間覺得臉更臊得慌，「我……」

等不及她將話說清，那顆頭又急急地埋了下來，沈執像是突然得了關竅，抵在她唇上的溫軟帶了幾分慾求不滿的急切，細密的吻如雨般落下，強行將她跑去天邊的思緒牽回。

那兩分技巧是從姜眠處現學的，甚至比她略勝一籌，姜眠臉紅不已，心跳達到了從未有過的頻率，連呼吸也亂得一塌糊塗，以為自己下一瞬便要溺亡。

沈執的身體很熱，溫熱鋪天蓋地的縈繞著姜眠，未過多久，她覺得自己雙腳軟得更厲害了，連忙向後掙脫，「夠、夠了！」

過分了，不能再親了。她眼底氤氳了幾分水氣，對上沈執的眼，又倉皇躲開。

他目光灼人，原先彌漫著酒氣的眼泛出某種慾望的紅，即便與她分開了，目光卻還是一寸不離緊黏著她的臉，怕是此刻身後來個賊人他也無知無覺，分不出半分心神應對。

沈執聲音帶著醉酒未消的沙啞，通紅的眼中流露出幾分不捨，喉結滾動得厲害，

「好。」

啊啊！這種事情不捨個鬼啊！

姜眠要說的話全然忘了個乾淨，伸手去遮他的眼，努力使自己的聲音更有氣勢，但依舊發顫得厲害，「你不許再看！」

這樣赤裸裸的目光她實在受不住。

沈執果真乖乖地閉了眼，長長的睫毛掃在她手心，癢癢的，姜眠才鬆了一口氣，將手撤下來，下一瞬他又低頭湊近。

姜眠驚恐地避開，然後便發現他不是為了親自己，而是將頭埋在了她脖頸間，鼻尖掃在上面，帶著酒香的鼻息一重一淺，伴隨他時不時的輕嗅，就像隻興奮的小獸般用臉頰去蹭她的頸間，流連忘返。

姜眠癢得頭皮發麻，伸手去推推他，不料被他摟得更緊，差點讓她喘不上氣來，「沈執，喂！你手勁太大弄疼我了……你聽得見我說話嗎？」

沈執聞言終於離開了她的脖頸，重新看向她。

姜眠一喜，繼續道：「你將手鬆開好嗎？我們先回府。」

沈執反應了過來，隨即搖了搖頭，眼中流出幾分姜眠看不懂的擔憂。

「為什——啊！」姜眠剛開口，沈執忽地空出一隻手下移將她抱了起來，嚇得她環住他脖子，「你抱我做什麼？」

沈執向前走了兩步，他很激動地眨了下眼，乖順道：「會摔，抱。」

姜眠明白了他的意思，臉上羞紅，這是在說她剛才站不穩的事。

她腿雖麻，但緩緩就好，哪有這麼容易摔啊！

不過任她如何解釋，沈執一聲不吭，死也不將她放下來，回去時還碰到許多傭人向他們問安，姜眠耳垂都燙紅了，只能在腦中對自己強調：沒事的，他們是夫妻，夫妻，夫妻……

等默念到第五次的時候，沈執終於跨入了臻祿居，她耳邊傳來閏喜的聲音。

「將軍，您終於回來了！夫人等了您好久，我去勸了好幾次也沒回來，夫人您沒事吧，這是怎麼了？」

姜眠直接表演了個氣血逆流，險些昏厥，這個閏喜平時瞧著挺機靈，這會兒怎麼將她的短都揭了？

沈執不理會他，徑直走進了屋。

姜眠拽了拽沈執的衣袖，忽然覺得不對勁起來，一想到剛才那些小細節，她突然冒出了一個念頭——沈執該不會還在醉酒的狀態吧？

砰的一聲，閏喜被關在門外，偌大的屋中轉瞬間只剩下他們。

姜眠有些緊張，她嚥了下口水，因為看不見沈執的臉色，說話有些小心翼翼，「沈執，你要帶我去哪？」

沈執聲音有些飄，「床。」

姜眠差點沒從他身上跳下來，是她想的那樣？這麼刺激嗎？

沈執將她放在了床上，姜眠轉頭看了眼綢被和玉枕……這是沈執的床。

她轉頭回來，沈執蹲在床邊，仔細看著她，像在外面那樣，她這才確認，現在的他實在不太對勁，也是，正常時候的沈執哪敢主動來親她呢？

現在的這個根本就喝醉了。

姜眠舉起手在他眼前晃晃，沈執視線受阻，將那隻手抓了下來，放在手中不輕不重地捏玩，不消片刻，他感受到那綿軟的觸感，驚奇低頭去看那隻纖細的手，又捏了捏，像是找到了什麼新奇玩具。

姜眠臉上隨即通紅一片，手上用了幾分力抽回，「……你別這樣。」

沈執很遺憾，但仍乖乖地鬆了手。

「你抬頭看著我。」姜眠指示他。

看這情況，沈執還是有意識聽懂她說什麼話的。

果真，他揚起了頭，那雙深邃漆黑的眼睛過分專注的看著姜眠，彷彿世界之大，眼底只容她一人。

被他這麼看著，姜眠一句話也問不出聲，緩了許久，等臉上的潮紅褪去一半，她微抬著下巴，鄭重且嚴肅地道：「我問你，你剛才說喜歡我是真的嗎？不是因為感激而喜歡，也不是其他別的？」

乍一聽這話，沈執還沒什麼反應，待他意識到他的喜歡被質疑，目光變得焦躁又可憐，上前牽住她的手，「喜歡的，喜歡！」

他不知如何說清，憑他現在的腦子，根本分不清她說的喜歡是什麼，只知道眼前的女子是他牽掛的心上人。

姜眠突地一笑，眼中閃爍著幾分晶瑩。

沈執看到後更慌亂，手忙腳亂地道：「別哭，我錯了。」他下意識覺得是自己又不經允許牽她的手才害得她哭了。

「沒哭。」姜眠努力笑了笑，反手握上他鬆開的手。

她有什麼好質疑的呢，這樣內斂的一個人，她從不懷疑沈執有別的心思，倒是她自己才是不敢面對的那一個。

但她又是慶幸的，兩世為人，何其有幸能夠遇上這麼一個人，能夠站在她的身旁，作為她喜歡和喜歡她的人，彌補生命的空缺。

姜眠捧著他的手，認真道：「我是想說，若你心意不假，你的心意便也是我的心意。」

沈執聞聲，抬頭微愣。

姜眠將他拉到床上，笑笑，「我也喜歡你的。」

沈執微微瞪圓了眼，片刻後，他周身的血液猶如燃燒起來一般，澀聲道：「姜眠也喜歡我？」

姜眠笑得瞇了眼，「對啊……唔！」

沈執瞬間將她撲倒在綢被上，鋪天蓋地的吻落了下來，他的聲音是愉悅的、興奮的，「姜眠、姜眠……」

也正是在這時，姜眠再度聽見情緒值暴漲的聲音，直接飆上百分之九十。

姜眠連反抗也忘了，腦中只剩一個念頭——不是吧，沈執最後是否能逃離黑化的結局，竟與她有關？不對不對，一定又是系統局出了差錯，改日得問清楚才行。

姜眠伸手捂住了身上小獸的嘴唇，「好了，不是說了不許再親？你又不聽我的話。」

沈執眼中熄了火，唇在她手心一張一合，可憐兮兮的，「聽的，為什麼呀？」

為什麼不能親呢？

姜眠爬下床，面不改色心不跳地糊弄，「因為你喝醉了，身上還很髒。我叫閏喜送水進來，你去好好洗個澡。」

沈執聽了她的話，瞬間如坐針氈，跳起來主動去找閏喜，極迅速地沐浴好，來不及擦乾身上的水珠便裹上衣服出來，然後鬆了口氣。

姜眠還未走，她在床前為他換好了床單被褥。

沈執不捨她走，去扯她衣裳，「不走好嗎？」

姜眠笑了笑，「要我留下？也行。」

她也一同在臻祿居沐浴了，連寢衣都換上沈執的，褲腿太長，她還挽了兩捲。

回至床前，沈執耳尖紅紅的，比先前清醒了，「那妳睡床，我去睡榻。」

「喲，不與我一起了？剛剛才說喜歡我，現在便要去別處睡？」姜眠調侃他。

「不、不是。」沈執著急解釋，又因為腦袋不夠清醒說不出話來。

最後，他與姜眠一同睡上了那張床，姜眠睡裡他睡外，對於這個結果，沈執的每一個毛孔都在說明著他的喜悅。

熄燈後，姜眠氣勢極足地拽上他的寢衣，詢問：「明日起來，你不會將今晚的事忘了吧？」

沈執鼻尖皆是她的溫香，他稍微緊張地搖了搖頭，隨後又解釋道：「不忘。」

「哦。」姜眠得到答案，心滿意足地合眼入睡。

第十六章　整肅玄霄軍

翌日，沈執自睡夢中醒來，醉酒後頭有些疼，他的手按了按眉頭，朝窗口望去。天未全亮，閏喜喚他的聲音也還未傳來，估摸著昨日安寢得早，他與平日醒來的時間也不同。

頭腦還有些昏沉，沈執閉了閉眼，忍著那股難受掀起綢被一角，一隻腿伸下床去，他半支著身子起來，下意識要出聲喊人，身旁一隻手肘毫無預料地劃過他的腰際。

沈執瞬間張眼，一動也不敢動，腦子深處兩個聲音在迴響，隨之而來的是如斷線珠子般重新串起的，昨夜的記憶。

昨夜他與姜眠……沈執拽緊了拳，猛地轉過頭去，心心念念的一張臉就出現在眼前，她還未醒，睡夢間被他擾了安眠，微嘟著唇翻了個身。

沈執俊臉熱氣燒起，想起昨夜她口中說出的那句「我也喜歡」，呼吸瞬間重了一重，心潮平添幾分澎湃，讓他魂牽夢縈的人躺在他身邊安寢，觸得著摸得見，昭示著昨晚的一切、他聽到的那些讓他心動不已的話都作不得假。

他又忍不住去看她恬靜的睡顏，緊張得手心都有些出汗，胸膛裝的玩意兒跳動得厲害，呼之欲出，似要跳出來才甘休。

他突然想起她昨夜有句話，說的是他不能親是因為醉了酒，那現在……沈執清雋的臉染上一層淡淡的紅，喉結滾了滾。

他彎下腰，帶著某種虔誠的期待，輕輕的在她唇角一吻，輕觸即離，見她未被弄醒，他大著膽子挪動身子，湊得更近了些，唇開始在她臉頰的輪廓上描摹，輕如鴉羽掃過，動作隱忍又放肆，連同他心上也感受到了幾分快活。

他按捺住心中滋長的野獸，終於戀戀不捨地要直起腰，下一刻，那雙輕閉的眼就陡然睜開，而此時兩人相隔不過半寸距離。

四目相對，沈執的一雙耳垂悄然變紅，偷親之事被抓包，害羞之餘他又有幾分隱祕的興奮，「姜眠——」

回應他的是兜頭的薄被。

姜眠惺忪的勁兒過了，直往他胸膛上來了一下，氣勢洶洶，怒不可遏，「大早上的膽肥了？」都敢趁著她未醒幹這種事了！

薄被落了下來，沈執怔神地摸上了她打上來的位置，那股癢意後患無窮，他平日帶著鋒利的眼此刻含了情，再對上姜眠圓瞪的眉目，突然一把將她摟入懷。

姜眠被他一抱，原先凶狠的語調變得結結巴巴，「你、你做什麼？」

沈執埋在她頸間，面色迷醉，「妳昨夜……說的話是真的嗎？能再說一遍嗎？」

「什麼真的假的，你不會自己辨別嗎？」姜眠語氣變了調，隨即又去推他，「問我做什麼！」

她昨夜能說出那些話，那是因為氛圍對了，休想她再說第二遍！

沈執聽出了她話中之意，腦中飄飄然，高興地在她頸上磨蹭，「我都記得。」

「滾滾滾！」姜眠惱羞成怒，一面扒拉好微鬆的寢衣，一面朝他吼，「上你的朝去！」

沈執望了眼窗外，確實該到起身的時間了，臉上難掩失望，頭回覺得上朝這般難熬。

❀

金鑾殿外，石砌的地面廣闊無邊，往上的石階有上百階，中間奉著的石雕畫像巧奪天工，龍飛騰雲的雕畫栩栩如生，傳神威嚴。

來往的官員同他招呼，「沈將軍眉眼舒展，想來是有喜事？」

本以為只會如往常那般得他淡淡一應，不料這回竟見他眼中多了兩分笑意，輕輕點頭「嗯，確實有。」

那人當即以為太陽打西邊而出，左右一望，而後拱手道賀，「那便在此與將軍道聲恭喜，恭喜將軍！」

「多謝。」

不少人見他今日變了人似的，平日套不著近乎的皆來跟他道喜，沈執一一應了，末了聽到一道有別於他人的聲音。

「沈將軍看來確實高興，不知是何事？」

沈執轉身去看那人，轉瞬，眉間的兩分肆意一斂，空氣中幾乎可聞洶湧的暗流，他不動聲色的摩挲著拇指，「崔大人。」

崔軼面無表情，「沈將軍好記性。」

沈執聞言心中多了幾分舒暢，笑出聲，「是不錯。崔大人……手上的傷不礙事吧？」

崔軼目光忽地一凜，染上些狠厲的氣息，他緊拽著拳，直盯著眼前人，那日闖將軍府時他傷了手，手臂確實纏著繃帶，掩藏在寬大的廣袖之下。

「前幾日我府裡來了刺客，侍衛防衛不當，驚著了我夫人，夫妻連心，她也因此難以安寢，我很是頭疼，好在刺客已經找到，不過還未經捉拿呢，崔大人以為，這名刺客如何處置為好？」

崔軼額上青筋暴露，他咬牙切齒，聲音含在喉間壓得極低，「夫妻連心？怕不是胡言亂語。」

沈執面露幾分笑意，今日出府之際，他已在吳統的彙報之下得知那夜姜眠見到的「刺客」所謂何人，也知道姜眠與他成親之前，崔軼曾以姜府親戚的身分與她相識，對她至今存有男女之情。

他一開始聽到這些事情時心中嫉妒憤怒，恨不得將此人挫骨揚灰，但想到姜眠的表白，他又很快釋然。

他不曾參與她的過去，但她的現在、未來皆與他相繫，他們互通了心意，他們相互喜歡，他們還是夫妻，哪是崔軼一個外人能摻和的？

沈執心中喜氣洋洋，看崔軼的目光居高臨下，如同在看一個笑話，若不是他想將姜眠昨夜對他說的話珍藏於心，他真想一字一句搬出來往崔軼臉上砸去。

「崔大人多心了。」沈執臉上的淡笑恰到好處，「這般操心我們夫妻二人的感情，不若先操心操心公務？」

而後他將表情斂得乾乾淨淨，隨即繞過崔軼，邁上了入殿的石階。

身後豎耳傾聽的人眼珠亂轉，還未聽出個所以然當事人便離了場，好奇得抓心撓肺。

文武百官相繼而來，宮殿森嚴，大臣手舉笏板，成列而排，最後是明黃色龍袍現身，眾人跪安行禮。

「平身。」元嘉帝落坐於龍椅，擺手示意他們起身，他雙眼依舊銳利，但已有了幾分風霜的痕跡。

近來皇位爭奪之事爭端不斷，背後之事捅開處處是鮮血與白骨，也與皇子背後的關係網脫不開關係，光這些已讓他心力交瘁，老態初顯。

內侍拂塵一揚，尖利的聲音響起，「有事啟奏，無事退朝——」

「承議郎崔軼，有事啟奏！」崔軼出列，舉笏而跪。

沈執餘光中感受到末位的人遮了些光影，他閉了眼，清雋的臉一如往常，只是嘴角多出來一抹若有似無的笑意。

崔軼的聲音平地炸起，「臣要彈劾鎮國大將軍沈執——玄霄營數日動亂不平，京中百姓人心惶惶，沈大將軍身為掌理之人，無功有過，臣恐其德難配位，望陛下明察。」

在列之人無不被此言所驚嚇，敢以這點緣由彈劾沈執這位新貴，不怕最後反而惹了一身騷嗎？

有些見著在殿外那齣戲的人，深有所想，這可不像彈劾，更似報復，且舉止幼稚。

然而元嘉帝的反應卻出乎意料，他不記得這位承議郎是何人，卻看向了沈執，「沈卿可知錯？」

沈執出列，拂衣而跪，「臣知錯。」

「哦……何處錯了？」元嘉帝坐於帝位之上，居高臨下，詢問中帶著威嚴。

沈執從善如流，「臣治軍不利，有愧於陛下厚愛。」

元嘉帝點頭，「既知曉，朕限你半月之內清肅玄霄營，若仍不得成果，這位置想來卿不再適合。」

沈執直接叩首，「臣謹遵聖諭。」

「還有，淑寧何故去將軍府？」說至此處，元嘉帝的眉間多出兩分煩躁。

這一提起，眾人這才想起昨日自家探子回報，淑寧長公主回了京卻不入宮，反而住進了沈執府中。

沈執的回答滴水不露，「回京路遠，長公主回時身體不適，正巧遇上了臣妻，便於家中休養。長公主曾有言，讓陛下勿掛記。」

元嘉帝久久未有言，不知在想什麼。

姜眠睡了個回籠覺，起床的時候日頭高照，天色澄藍。

她還未在臻祿居仔細逛過，梳洗後看下來，光是屋中古板尋常的帷幕擺件，便讓她輕易看出此地是個男子的居所。她還看見沈執的幾樣武器冷硬地擺放在兵器架上，套著護具，折射出光亮的白光。

「夫人今日起得這般遲，可是昨日服侍將軍累壞了？」

姜眠方將第一口紅棗粥送入口邊，耳邊便傳來冬杏分外高興的聲音。

臻祿居清一色的小廝，梳洗還是她身邊的冬杏幫忙的，今日冬杏給她送衣時便喜氣洋洋，臉上的笑窩未曾下去過。

原先她還沒有多想，低著頭下意識想，沒啊，沈執怎麼可能叫她服侍？

而後腦子「嗖」了一下，恍然大悟，哦，昨夜她在沈執這兒過夜呢，這個改變一解冬杏近來的憂心忡忡。

姜眠無言以對，撚起塊糕點往她嘴中塞，「妳這顆腦袋瓜子淨想些什麼？」

冬杏「唔唔唔」幾聲，兩指連忙銜下剩下半塊，表情無辜極了。

被她這麼一干擾，姜眠想起了另一件事兒，「淑寧長公主如何了？」

冬杏咀嚼幾下將糕點嚥了下去，忙道：「早些時候奴婢已經叫人將早膳送去了，對了，長公主的侍女也到了府中，正伺候著呢，用不著奴婢了……夫人，奴婢總覺得長公主有些奇怪。」

姜眠又送一口粥入唇，「何處奇怪？」

「奴婢說不上來……」冬杏絞盡腦汁想了想，「好像有些失魂落魄。」

姜眠頓了下，昨日蕭明毓意氣風發使著長鞭，又對她笑得明豔嫵媚，這樣一個人哪會失魂落魄，因此她只當笑話一聽，未放在心上。

早膳後姜眠還是回了清棠閣，正愁著蕭明毓到底要在她這處待多久，便見腦中念叨著的人出現在目光範圍內。

一身海棠紅的蕭明毓轉頭，輕飄飄看了姜眠一眼，語氣有些輕佻，「回來了？怎麼，不躲著我了？」

姜眠緊了緊拳，她何曾躲著這人了，她分明是找沈執那個美人去了好吧！

瞥過臉，看在這人的身分和點醒她感情的分上，姜眠決定當沒聽見。

蕭明毓也沒多在意她的答案，握著把小鏟子在一片映照得平平無奇的植株中戳戳弄弄，

「這個好玩，這是何物？」

那塊開闢的方寸之地植了不少植株，莖葉還很嫩，呈藍綠色，但有些上邊開出了白色的小花，沾了些未散的露氣。

「神息草，安神凝香用的，也可用作傷藥外敷，但它現在嬌弱得很，不好養活，長公主可別給我毀了。」姜眠煞有介事地提醒她，這藥草是她前些時日找人移植來的。

她近日在看醫書，既然如今她有能力，總要學學這千百年前的本行才是。

「神息草，魂去可歸兮……」蕭明毓輕歎了聲，眼中複雜的情緒一閃而過，隨即唇角出現了抹輕快的笑，她撥弄了下神息草的小花，湊近輕嗅，「倒是有意思，離開前可贈我幾株？我也想養。」

沈執下朝後便去了距離京外五里地的玄霄軍軍營。

元嘉帝近來諸事纏身，身子相比年前大為不濟，但這其中最為憂心的一樣，莫過於這把把握皇權命脈的利刃。

現在這把利刃混了雜質，生了鏽，急需要人重新打磨，元嘉帝今日對沈執當眾打壓，想必是已經坐不住了。

元嘉帝能將這兵權再交由他手中，並非有多信任，而是篤定他與家族割裂，孤家寡人，

唯自己可依仗。

沈執下了馬，交由軍中馬廄處。

「將軍──」陸清林的聲音自遠處傳來，伴隨著越來越近的腳步聲，很快立在沈執跟前，他氣息不穩，微喘著氣，臉上沾了層薄汗，臉色漲紅，眼下卻泛烏青。

沈執掃他額上一眼，「日後機靈些，少被裘洛楚騙了。」

陸清林額上有塊地方腫起，不知是撞上了什麼，他伸手捂住，「並未，裘侍郎人極好，昨夜還親自送我回去，這傷是今晨……」

他突然止了聲，似乎有些難以啟齒，還有些傷感，好一會兒才又繼續道：「今日我鼓起勇氣照侍郎所言，將心意主動說與心上之人，是……是我唐突了，她臉色變得極不對勁，閉著眼斥我輕浮，而後被她會武的侍女聽到，將我摁至牆上，磕、磕到了。」

對於裘侍郎後來說的親吻他是萬萬不敢做的，只是沒想到結局仍是如此頹然。

沈執一臉冷然，「太過沒用。」他都成功了。

陸清林又被重擊，久久才從傷感中脫身，又關懷道：「對了，將軍昨夜如何回去的？我聽裘侍郎說，您的馬昨日並未騎走。」

沈執的臉一瞬間凍住，他是摸爬滾打跑回去的……

咳了聲，沈執將話題岔開，「營中情況如何？」

陸清林面色一肅，說起正題，「猶如散沙，訓練依舊怠惰，我有些管不住那些人。」

玄霄營將士的士氣凝聚不起，若是放到戰場上，這幾乎是致命的弱點。

沈執兩道劍眉一擰，他自然知道「那些人」指的是哪些，他未入主帳，只叫相隨多年的親兵召集士兵。

戰鼓一敲，所有人列隊於校場之上，稀稀落落行了軍禮，一眼便能瞧出與半年前的玄霄軍大為不同。

沈執見怪不怪，人一旦生了惰性，便極難再吃回往日受的苦，更何況這其中還有人唆使。

沈執抽出旁邊一人的配劍，跳至臺上，凌厲的劍光一閃，那道代表著歇息的高旗轟然倒地，他面無表情，「三軍將士，繼續訓練——」

話音甫地，怨聲載道即起，一道隱祕的聲音自烏壓壓的人群中響起，「午晌時間不用餐，我們如何有力氣……幹什麼？」

眾人還未來得及附和，只見沈執身旁的親衛入了隊伍中，精準無誤地將人抓了出來。

「壓著，面朝眾人。」沈執聲音中不含一絲感情，將劍插回劍鞘。

親衛帶著人轉過了身，強壓著那名士兵的臉擺在眾人面前，人群中的騷動瞬間停頓。

「滋事挑釁，目無軍法，傳令下去，罰五十軍棍。」沈執環顧眾人，目光古井無波，「有異議者同罪論之——若有不服今日加訓者，可與我當面理論！」

底下一張張嘴似被堵住，不敢再出一言。

若是仔細去檢查他們的衣裳，便可知這些人當中有極大一部分人身上衣著仍舊潔淨乾爽，行軍之人平日騎射練習並不輕鬆，然而現在日正當中，不少人臉上卻未見疲憊，可見有多鬆懈。

沈執不再多言，把那挑唆的傢伙交由手下之人行刑，自己轉身朝主殿走去，對身後的陸清林道：「將閻邱之叫來。」

閻邱之很快便來到，頂著一副惱悔又感人的模樣，「今日見將軍無恙，邱之一直壓在心口的大石總算是落了地……」

沈執從經冊中抬頭看他，疑惑道：「既然如此，這些時日怎一直未見你來見我？」

陸清林昔日跟閻邱之相處倒也稱得上親近，但今時再見已經無法與往時相同。

他於幾個月前投奔了二皇子蕭逸，此為背主，任何一位背主者無論經何唾罵都是輕的，何況他在二皇子倒臺後還苦苦哀求回來。

這也是陸清林無法明白的點，為何沈執會應了他，難道真是顧及以往恩情？

閻邱之在陸清林與沈執的注視下跪了下來，頭砰砰磕地，再抬起時已是淚盈滿目，「邱之有愧在心，當時捱不過，應了二皇子到他手下做事，未料此人竟是那陷害將軍之人，邱之識人不清，又有何顏面再見將軍！」

「你我已相識多時。」沈執語氣淡然，「既然已回，如往日一般便是，勿再犯差錯，我自當不會怪你。」

聞言，閻邱之由悲轉喜，一個大男人淚中帶笑，又磕了幾下頭，「是，謝將軍不嫌我往日之過，將軍大恩！」

沈執起身走至他跟前，把人扶起，「無妨，只是你此刻復職難免遭人非議……如今玄霄軍混雜，諸多勢力滲入，皇上的意思是需得逐一排查，我將這清肅之權授予你，若能成，算為立功；若不成，有我擔著。」

「將軍為何如此做？」陸清林望著閻邱之離去的身影，心中卻全然賭不準沈執的意思，腦中閃過的是閻邱之聽到那話時滿面的喜悅。

沈執緩緩將目光收回，「江南洪澇之禍死傷百姓不計其數，然則皇上慈父心腸，大皇子總歸要重回朝堂的。」

陸清林驀然抬頭，「您的意思是——」

「嗯。」沈執並不否認，他道：「府中有事，我先回去。」

陸清林呆了下，「啊，此刻回去做什麼？」若是往常，將軍分明會在營中住下。

沈執撩起的目光有些意味深長，「我自然是與你不同的。」

沈執步履匆匆，大步邁回臻祿居。

閏喜瞧見了，趕忙接過他手中的東西，跟在他身後，「將軍，您怎麼回來了？」

他知道玄霄營近來事多，將軍這幾日除非休沐，否則都回來得極晚，或者是第二日才回來，難道公務一下子都解決完了不成？

沈執沒理會閏喜這話，逕自問道：「夫人呢，起了嗎？」

他依稀記得今日姜眠趕他下床後又睡了回去，不知現在如何了，他去玄霄營這一來一回之間早過午時，若還未起身，她該餓壞了。

思及此，沈執垂了眸，明明才離開她半日的時間，渾身上下就開始喧囂著想見她了，恨不得時時將她拴在身邊才好。

閏喜稟道：「夫人已經起了，在這邊用了早膳才回去的……將軍，您和夫人之間的感情可真好。」

他還真是頭回見著這樣的相處模式，雖然和尋常的高門大戶完全不同，但還是恩愛得讓人豔羨，將軍一回來便問及夫人，這急匆匆的架勢彷彿他回來只是為了看眼對方呢。

閏喜匆匆將這念頭甩開，怎麼可能呢，主子成親都有近半年了，哪會現在才親暱著要每日黏在一塊呢？

他不知道，沈執此刻回來還真就是想和姜眠黏膩在一塊的，一把甩開閏喜往清棠閣走。

「將軍？」閏喜緩慢醒神，這才發現人早已消失在跟前。

連朝服也不換，跑去哪啊這是！

沈執踏入清棠閣，第一眼未見著心心念念的人，反倒是見著了蕭明毓，幾不可察地皺眉，「淑寧長公主。」

「啊——」蕭明毓本來還在折騰姜眠那一小片神息草，聞聲將手中小鏟子放下，站起身，隨手接過侍女遞來的帕子將手擦淨，「沈將軍，多時未見啊。」

姜眠從屋中出來，正好聽見了她後半句話，不禁嘖了聲。

怎麼，這兩個人還認識？

沈執反應平平，略過那片纖弱的小藥草，似乎並不認同這聲彷彿是舊識的招呼，「內子喜好的小玩意，還請長公主手下留情。」

他知道蕭明毓住入府中後未表示出什麼，便連元嘉帝質問也是遷就掩護，但這並不代表他不留意她此行動機為何。

蕭明毓噗哧一聲笑開，「沈將軍和夫人可真像。」

竟接連跟她說如此大不敬的話，真是的，她像是那樣的人嗎？

姜眠走至沈執身旁，望著這身姿頎長的男人，氣他什麼事也沒同她講，小動作便多了起來，暗暗往他後腰處劃了一道。

沈執身子繃直了一瞬，轉眼將那隻胡亂作為的手捏在手中不放。

「長公主光臨寒舍乃末將之幸，但若想讓吳統領攔下之人入府，還請先移步末將為您備好的住處，以免在此地擾了您清淨。」

姜眠不明所以。

「好。」蕭明毓含笑道，不是怕擾她清淨，而是怕擾他身後小娘子的清淨吧。

「如此，末將與內子先行告退。」沈執說完便要轉身。

「你們想做什麼，不若加我一個，或許……對你們有用？」那算不得輕柔的聲音冷不丁說出了重磅發言。

沈執步子一頓，半晌轉過身，點頭，而後拉著姜眠要走。

姜眠一個踉蹌，滿腹疑問地拽上他的衣裳，低聲道：「喂，帶我去哪？」

沈執聲音悶悶的，熱氣在她耳邊傳開，「這裡不方便。」

姜眠腦袋嗡的一下，雖然知道這人不是這個意思，但光天化日朗朗乾坤，不方便個什麼勁，怎麼說話的？

一個晃神的時間，沈執硬是帶她回了臻祿居。

「等等等等！」眼看主屋的房門閉上，姜眠絕不容許自己的疑問再被糊弄過去，「你還沒說呢，你們背著我在做些什麼事，為什麼連長公主也知道，什麼叫加她一個？還有，為何你們會認識啊？」

沈執只對她淺粉的柔唇有興趣，恍惚了下才道：「以防萬一。」

「啊？」姜眠眨巴眼。

「大皇子視百姓之命如草芥，與二皇子相比有過之而無不及，若他成王，於百姓和我等皆非好事，但皇上並非如此認為。至於長公主……約莫九年前，先帝還在世時，宮中傳出一條祕辛——長公主在一場宮宴上傷了大皇子。這兩人之間有著大仇，據說長公主一去行宮不復回也是因為此事。」

姜眠眼瞪得渾圓，迅速抓住了關鍵點，「什麼仇？」

什麼仇能夠這麼多年也未能讓蕭明毓釋懷，連她的兄長元嘉帝也無法撼動？

「不知。」沈執不欲涉人私事，他只對姜眠有興趣。

他垂下腦袋，清俊的臉貼上了姜眠的，她的臉白皙柔軟，觸及時他心底似有塊沾了水的糖，甜滋滋化開，味道十分美妙。

見她不避開，沈執壓抑著心中的歡喜，慢吞吞地蹭了幾下，姜眠覺得癢，剛想避開便聽見他道：「我當年在行宮山下曾受過她的恩惠。」

他受刺客所傷，恰巧遇上淑寧長公主，傷是她身邊之人包紮的。

「她身邊的人？太醫嗎？」

沈執張了張嘴，臉色有些不自然，「不是，是……」

他言未盡，而姜眠已經聽懂了他的意思，幫他包紮的是蕭明毓的男寵，想不到這年頭連男寵都得多才多藝了。

「那人可是個侍衛？」姜眠不禁想起那個蕭明毓說過的，格外特殊的侍衛。

沈執搖頭道：「不是。」

「那今日你說被吳統攔下的……」姜眠猜得出被吳統攔下的估計也是蕭明毓的男寵，畢竟哪有讓別人的男寵住在她院子的道理。

沈執無奈，實在不知她為何會被這些分了心去，但還是解釋，「聽吳統描述，與我當日所見應當是同一個人。」

「……好吧。」姜眠在心底歎了聲氣，可即便聽了事實，卻還是覺得哪裡不尋常。「那你平日也離她遠些，救命之恩呢，萬一哪日她看上你，她堂堂一個長公主，我肯定是搶不回你的。」

「不會的！」沈執有些緊張地摟上她的肩，幾乎要把她按在懷裡，「我是妳的。」

姜眠本以為這種話會很油膩，可從沈執嘴中聽到，所感受到的虔誠就像刻在胸骨般，她忍不住臉紅心跳起來，「你、你知道就好。」

「好了，你要勒死我了！」她推搡著將他拉開，「你是不是沒吃午飯，先把衣服換了，我去叫閏喜備飯菜。」

沈執充耳不聞，他完全感受不到饑餓，鬧了半天，竟然到了姜眠誘哄的地步才鬆了手。

在姜眠開始狐疑這男人學會得寸進尺之時，沈執當著她的面張開雙臂，紅著雙頰，「夫人能幫我更衣嗎？」

姜眠猛然瞪眼，這、這人簡直厚顏無恥！

在沈執稱得上渴求的目光中，姜眠怒而將他摁至屏風後，語氣殘忍，「自己換或者我看著你換，自己選一個！」

沈執臉上熱氣更是蒸騰，他默默將手扶上了腰帶，那意思很明顯——他選後一個。

姜眠難以置信，他是不是魔怔了？是不是？是不是？

可沈執那雙格外漆黑的眼彷彿是在說：便是脫光了站在她面前也是可以的。

姜眠後退兩步，簡直無法再面對這樣的沈執，轉身便疾步出去了。

留在原地的沈執一臉失落地扯開了腰帶，她又不講信用，明明說好讓他選，明明在沈府的時候還逼他來著……

飯桌上兩人的氣氛還算和諧，除了姜眠偶爾要接收沈執望來的、帶著幾分幽怨可憐的眼神之外，但她強硬的板起臉，一概裝作不知道。

閏喜來報消息時忍不住在兩人之間望了幾眼，覺得那種奇異的感覺又出現了。

「什麼事？」沈執聲音冷硬，因為被打擾而十分不滿。

閏喜汗顏，「將軍，府外來了人，說是夫人的妹妹！」

這話他也不知說好還是不說好，夫人的姊妹便是她娘家的人，可他還是有幾分警覺的，比如說將軍與夫人遷府多日，姜府送禮是有，但從未見夫人備禮回去，除此之外也未提及任何與姜府有關的事。

沈執不動聲色地看了姜眠一眼，見她臉上有幾分驚訝，戾氣更顯，「將她趕走。」

閏喜應聲，「哎！」

「不急！」姜眠連忙攔住人，這主僕倆怎麼風風火火的一個模樣。

沈執聽見她的話，眼神哀怨地似守了十年寡的怨婦，手卻藏在桌底下捏得咯咯作響，「妳要見她？」

姜眠起了身，「見，有些事情還是弄清楚為好，我自己去見，你不許跟來！」

沈執的身子瞬間繃得像座大山，但到底沒跟上去，眼巴巴地望著她離去。

第十七章　姜瑜惦記人夫

這位姜府的真千金，姜眠記得叫做姜瑜，她唇邊彎出了一抹笑，叫冬杏取來了塊面紗將臉遮住，而後在將軍府的前廳見到人。

姜瑜步子娉娉嫋嫋，素衫裹身，柔弱得姜眠都要露出幾分慈愛，來到姜眠面前後，她停了步子，聲線輕得似水，「姊姊。」

姜眠沒忍住，渾身一激靈，隨後調整好神情，親親熱熱地叫出聲，「妹妹！妹妹坐，妹妹怎麼來了？」

姜瑜略顯蒼白的臉上呆了一下，她緩緩落坐，斂下的眸張開，瞬間多了分霧色，「家中近來狀況不好，爹娘身子差了許多，未能來賀喜姊姊與將軍喬遷之喜……許久未見，家中牽掛得很，只是姊姊許久未回，阿瑜便想來看看姊姊，姊姊怎麼戴著面紗？」

「哦，這個啊。」姜眠見她終於說到了正題，也不管她看不見，掩在面紗下的面容露出了個和煦的笑，「近日變天，傷處發癢不止，上了外敷的藥，而且本就嚇人，還是遮著好，怕嚇到妳。」

姜瑜攥起的手陡然一鬆，她搖了搖頭，「如何會嚇到呢，姊姊的安好與否才是最要緊的，天下之大，並非只有相貌一件重要，姊姊不要過分在意相貌。」

「是嗎？」姜眠神情高深莫測，接著歎了口氣，兀自提起另一件事，「自妹妹回來，爹娘皆十分歡喜，我還以為姜府的大門不會讓我進了，畢竟沒有親緣關係，妹妹以為呢？」

姜瑜沉默了好一會，抵在掌心的指甲不知不覺用了力，微弱的嗓音帶著輕顫，「姊姊怎會如此想？爹娘收養妳多年，感情深厚，姊姊不該說這般生分的話傷了他們的心。」

真是如此？收養原主，不是怕後繼榮華不保，因而找來個聯姻工具？

姜珉挑眉笑了下，打了個哈欠，「妹妹說的是。」

「姊姊近來過得好嗎？」

姜珉捏了下額心，似是十分困擾，「不太好，京城裡碎嘴之人太多了，止也止不住。」

「流言傷人，姊姊切勿在意。」

姜珉有一搭沒一搭與她閒談，偶爾放出些資訊。

臨走之時，姜瑜欲言又止，怯聲道：「今日來見姊姊，不知將軍可在府中？爹娘有說讓阿瑜代為問好……」

見她對沈執的稱呼並非姊夫而稱之將軍，姜珉面紗下的嘴角微翹，說出的話卻帶著絲歉意，「他啊，軍務繁忙，我也擾不得。妹妹的問安我會代為轉告。」

姜瑜牽強一笑，「好。」

「姜姑娘，這邊出去。」侍女邁過門欄，笑盈盈的引她出去。

「嗯……」姜瑜提裙走出前廳的門，瞧著不遠外的迴廊，腳下有些邁不動。

侍女看著她有些猶豫的面色，認真問道：「姜姑娘怎麼了？可是身體不適？」

姜瑜的臉色較剛才更白了幾分，「沒事，走吧。」

「您請這邊走。」

姜瑜隨她而去，才走幾步，忽見紅漆柱木的長廊上，一道挺拔如松的背影正立著，玄衣加袍，貴氣凜然。

那人轉過身走來，黑如曜石的眸似帶有松間皚雪的寒意，自她身上掃過，轉瞬間便朝前廳走去。

姜瑜腳步一停，素白的臉上迸出神采，幾乎要再轉過身去。

「姜姑娘？姜姑娘？您還好吧？」侍女又開口催促。

姜瑜的指甲猝然嵌入掌心，面無表情地看向淺碧色衣裳的侍女。

侍女見她無事，笑了笑，「奴婢先帶您出去吧，瞧這天色，或許快下雨了。」

「好。」

侍女走在前端，仔細領著她出去，毫無發覺身後之人的眼中流露出堪稱怨毒的情緒。

廳內，姜眠隨手將面紗摘了，漫不經心的走至門前，望著遙遙而去的身影若有所思，以至於側向竄出的人一把將她摟住時，她結結實實地被嚇了一跳。

她下意識要掙脫，「做什麼？」

「太久了。」

「什麼太久？」

「妳們聊太久了。」沈執聲音沉沉，帶著絲不滿意。

姜眠聽完他的解釋，掙了掙他的懷抱，嘟囔道：「你還想將我成日拴在身邊不成？」

沈執垂下的眼眸一亮，「可以嗎？」

「不可以！」姜眠都要氣笑了，她從前倒是看不出來，現在才知這人竟然這麼黏糊。

沈執目露失望，慢慢將她鬆開，頭抵在她額上，「為何還要見她？」

姜眠抬眸，看見他眼中的幾分擔憂，沈執是在擔心嗎？

她其實對自己的目的也不甚明朗，但就好像有種力量在驅動著自己會會對方，便是見了姜瑜未有分毫破綻的言行，心中卻本能的生不出半分好感，她暫且歸咎於是這副身體餘下的情感作祟。

「我想知道她究竟要做什麼……放心吧，她沒那個能耐做成什麼大事。」姜眠笑盈盈地望著前面不遠處，「對了，你看到我妹妹了吧？如何，好看不？」

沈執擰眉，「心術不正。醜。」

「哦。」姜眠抬手摸摸他的髮，「我也覺得。不過明明叫你別跟來的，你現在這樣算怎麼回事？」

沈執默不作聲，像個犯了錯又不聽夫子管教的頑劣弟子，直至走回臻祿居，看著面前纖弱漂亮的背影，他關了門。

屋中有些暗，姜眠慢悠悠地挽起袖子，拿起火摺子點了蠟燭，又逐一將燈罩罩上，屋內瞬間亮如白晝。

她從一打書冊中撿出本遊記，閒步去了沈執的床邊，一副要獨占江山的架勢，撩起眼皮看他一眼，「你公務是都處理完了嗎，將軍？」

沈執喉結微滾，明明是趕客的一句話，卻令他想起昔日在沈府，姜眠也喊過他將軍，但這慵懶的腔調與當時那聲惡意滿滿、挾帶威脅逗弄的叫法甚為不同。

沈執看著她，床幔下姜眠執著書卷，未施粉黛的臉龐清麗動人，低垂的眉眼在燭光下平添一抹嫵媚，他心頭一動，走向前伏在她身旁，「姜眠……」

他不自覺勾住那隻垂落的柔荑，在手中輕握。

姜眠未看他一眼，仍舊將目光落在書卷上，紋絲不動。

沈執眼神有些受傷，只好抬頭將唇輕輕印在她下巴處，像隻求寵的小奶狗，不知是在誘哄還是為了引她注意。

姜眠果真受到影響，眸光低垂，分了些到他臉上。

沈執像是受了鼓舞，眼眸發亮，又輕輕的吻在她嘴角，她的雙唇帶著粉澤，沈執不知是想到了什麼，離開前微探的舌尖點落，濕熱的氣息一掃而過。

姜眠終於將書卷放下，像是提起了興趣，靜靜的看他動作，她倒是要看看，他究竟會做到何種地步。

沈執似乎從她眼中讀出些嘲笑來，緘默著重新吻在她的唇上，最初始是溫柔的、虔誠的，姜眠並未躲開，漸漸的，他眼中有些色彩悄然改變，大手沿著她纖細的雙臂蜿蜒而上，落在她的肩，觸及她凝脂般雪白的頸間。

姜眠輕輕瑟縮了下，未及躲閃，那雙手便撫上了她後腦，修長的手指插入了鬆垮的髮間，兩人的臉越發貼近了。

姜眠的唇微微發疼，是沈執在輕咬舔拭，她感受到的一切皆是濕熱而柔軟，忍不住因這氤氳的熱氣頻頻顫抖。

不行，不能再繼續了。

這個念頭一起，姜眠開始掙扎，萬分想掙開他的桎梏，沈執卻不肯退讓半分，逕自將人抱至腿上用力擁吻。

「唔！」姜眠劇烈地掙扎，下意識感覺到了恐懼。

她本以為他不會停，但是轉瞬間禁錮著她的手鬆開，由著她迅速跳下他的腿。

姜眠有些警惕地瞪他一眼，卻發現沈執的身子明顯僵硬著，表情有些微妙，甚至不敢再看她。

臻祿居的主屋內，風自窗口的細縫灌入，空氣中漂浮著清新的、帶著泥土氣息的味道，鏤空白玉燈罩中的燭火啪的一聲，不過無人在乎。

姜眠見了他明顯不正常的反應，聲音有些艱難，「你……」

視線落在沈執清雋斯文的臉上，他眼睫似乎輕顫了一下，並不言語。

那幕場景一下將姜眠擊打得一敗塗地，此刻她也不知在想何，自然垂放的手不受控制般爬至他腿邊，似要找出什麼證據，只是還未有任何發現，那隻纖細的手腕猛地落入他的掌中。

沈執眼睫顫動得厲害，他姿勢未變，脆弱的脖頸後傾，嗓音有些低，「別——」

姜眠挑著眉去看他，眉眼含情，嘴角卻在這時勾起一抹惡劣的弧度。

不知是不堪重負又或是落荒而逃，沈執受不住那道目光，慌忙鬆開抓著的手，起身欲離開，卻在下一瞬被她推倒在床上。

身下有柔軟的雲被，這一倒沈執未有半分疼痛，可他竟是繃緊了身子，容不得自己放鬆分毫。

然而事情遠遠不止於此，很快他便知道，再往下是何種人間煉獄。

一陣清香縈繞滿懷，沈執覺得自己強勁有力的心跳隨著她伏下的身子而亂了序。

姜眠冰涼的唇貼上了他那紅得似血的耳垂，一字一句猶如煙花綻放，「我、幫、你、啊，將、軍。」

察覺到他的氣息陡然加重，姜眠十分滿意，思及方才他做的事，欺負回來的心思已經滿滿占據上風。

姜眠笑了笑，明明不久前強勢的是他，如今卻是自己，一寸一寸將那隻待宰的羔羊逼至了床腳。

沈執的聲音帶上了一絲慌亂，「姜眠……姜眠……」

他不敢用力推開她，甚至不敢用力抵抗，直到柔軟的雲被落在他身上，耳邊衣帶解開時的摩娑聲清晰可聞，那隻作惡的手終於得逞。

沈執喉嚨深處冒出了一聲近似嗚咽的低吟，眼睛再睜開時已染上了紅意，他本該是迷亂的，可來自她的觸覺卻有如一根擺動的弦，牽動著他的神經。

姜眠停頓一瞬，人也跟著遲鈍了下，半晌才笨拙的開始了試探，越發試探越發覺得艱難，她突然發覺自己好像並不會接下來的事……

姜眠此刻才覺得自己過於衝動了，可她又不能丟下沈執不管，頭昏腦熱之下，眼前像蒙上了一層紗霧，她的視線也跟著模糊起來，一眼也不敢瞧他，手下動作不停。

可儘管如此，任自己拿捏的沈執胸膛起伏不斷，蒼白修長的手曲起，拽得雲被發皺，聲音一聲無力過一聲，叫人猜不準是痛苦抑或歡愉。

屋外雨滴落了下來，淅淅瀝瀝的雨聲在她耳邊響起，伴隨著數次她名字響起時微弱的乞求，最後是一聲低吼……

姜眠呆了半晌，好不容易反應過來，鞋也未穿就倉皇跳下床，急急離開跑去了耳房的方向，將手洗了一遍又一遍，許久才回。

方才頭昏腦漲之下做出的事，現在想想心中只剩下羞恥，仍帶著濕意的手背在身後，以掩飾她的幾分難堪。

然而在看到沈執半倚在床上，姿勢一變未變時，這種極度的羞恥被放大了數倍，姜眠久久才找回一絲勇氣，向前邁去。

她做賊心虛般低聲道：「你……你怎麼還躺著！」

沈執怔怔地看她，面上的紅潮未褪，下一瞬他忽而起身去擁她，身上的被子隨之滑落，衣衫凌亂的身體顯露出來，還微微露出些胸膛。

姜眠眼皮重重一跳，分毫不敢往下看，還伸手推拒，「你快把衣裳穿好！快點！」

她方才都未曾直視，如今就更不敢了。

沈執不聽，嗓音還帶著慾念未消的沙啞，「再來一次。」

姜眠神色微變，「什麼？」

「像剛才那樣。」沈執著急地去拉她的手，像是迫切想證實什麼，「再來一次好嗎？」

「為、為什麼？」姜眠哪能再隨他心意，慌忙躲著他的手，他不是已經……

沈執臉紅得更徹底，他如何說是因為方才沒多久就……他原來這麼不中用嗎？

他帶了幾分乞求，可姜眠依舊掙開他的手，斷他念頭，「不要！」

沈執的心瞬間跟著碎了一地。

姜府門外。

細雨飄零，風中帶著涼意，徐徐灌入袖袍，侍女打著傘，為自馬車上而下的姜瑜遮雨。

進了府，姜瑜穿過好長一段石板道，還未來得及回院子，便先被安平侯夫人身邊的嬤嬤攔下，「小姐您可回來了，夫人那叫您過去呢！」

姜瑜垂眸瞥見一路走來繡鞋和裙襬上沾染的雨水，沒說什麼，「嬤嬤帶路吧。」

安平侯夫人所在的堂屋亮起的燈火如晝，雨水順著屋簷滾落，如一塊雨簾遮擋視線。

姜瑜進去後才知安平侯也在，見著她之後模樣著急，「如何？阿眠怎麼說？她答應幫姜府一把了？」

安平侯在戶部任職，當年南邊水壩錢財建造批下之際曾經過他手，他也從其中得到兩分便宜，如今事情鬧開，皇上徹查，他姜家大把銀子都填了上去，這官位仍是岌岌可危。

沒法之際，忽而想起他那個谷底翻身的女婿，未料在外多次尋找時機，卻連沈執的面也未能見著，此番叫姜瑜去見姜眠，便是為從她那端入手，讓沈執拉他一把。

姜瑜動了動嘴角，眸光一低，「姊姊……她拒絕了。」

「什麼？拒絕了？」安平侯激動地拽住姜瑜的手臂，脾氣全上來了，「她怎麼敢？我們姜家將她養到這般年紀，再如何她冠的也是姜家的姓！她不想著給姜家當牛做馬，倒學會恩將仇報了！」

「侯爺！」安平侯夫人連連勸阻丈夫，「你這是做什麼，這是瑜兒！」

姜瑜嘴唇白得厲害，艱難道：「因為昔日之事，她怕是早怨上了我們姜家，父親，我們還是另尋他法吧……」

安平侯根本聽不進去，「不行……哪還有別種法子，妳！妳再去找她一回，務必讓她幫我們姜家！」

姜瑜帶著張近乎慘白的臉蛋回了閨房，燭光之下，她眼中某種情緒似要滲出，面目也變得猙獰。

貼身的侍女站在一旁，嚇了一大跳，「小姐，您……」

「滾出去！」

侍女宛如逃荒似的，瞬間沒了蹤跡。

姜瑜在銅鏡邊坐下，檀木首飾盒中一支接一支華貴精緻的珠簪被她取出來試戴，鏡中人一會笑靨如花，一會兒面露陰毒。

一會兒，那些東西全都嘩啦啦的倒至了桌上。

這些本就全是她的，她怎麼可能開口去求那個女人？她絕無可能去求那個賤人！

她才是姜府真正的千金，那個賤人本該匍匐在她腳下！

可時至今日，父母要自己去相求，表兄崔軼屬意的是她，還有那道身姿如松的背影也只在乎她！

姜眠因為她的身分享受十多年榮華富貴也就罷了，明明早該死了才是，為何還是能爬回她頭頂上來？

姜瑜倏而想起那張驚心動魄的臉……不，已經廢了，那火雖然沒能將她燒死，至少也讓她失了容貌，那樣醜陋的疤痕還留在她臉上呢。

頂著那樣一張臉，又還能留在沈執身邊多久？

奇怪的是，她放出的明明是事實，可京城這幾日有關那賤人的流言竟齊齊止住了，也不知是用何種法子騙過了京城的百姓，真是可笑……

自那日姜眠與姜瑜見面已過去數日。

沈執這幾日相比前段時間反倒空閒許多，除了上朝以及每日去玄霄營處理必要的事物，其餘一概待在將軍府，或者說整日和姜眠膩在一塊。

當然，大多時候是紅著一張臉，死皮賴臉要與她同進同出。

姜眠半臥在榻上，本是午睡時間，但她方才被擾了睡意，此刻雖有些疲倦，卻再難以入睡。

沈執身著一身月牙白的袍子出現在屏風後，他頭上散著髮，衣領鬆垮垮，都快斜拉到腹部了，水珠順著鎖骨流至胸膛，他剛沐浴完，身上的水漬未有擦拭便披了衣裳，連帶不少地方也濡濕一片。

姜眠沉痛地閉上了眼，想起方才那一齣，並沒空欣賞什麼美人出浴後的撩人模樣，只覺得眼前的一幕羞恥得很。

傷風敗俗啊傷風敗俗。

沈執來到榻邊，清瘦的身軀瞬間落下一片陰影，他身材瘦削，然而衣料之下卻是壁壘分明的腹肌，姜眠不久前才見識過，她的手曾在上面流連，勾得他悶哼出聲，神色迷離。

除此之外，餘下的記憶便不是這麼好宣之於口的了。

沈執見姜眠不理會，牽過她柔軟的手在手背上輕輕落下一吻，似在討好。

姜眠一點也不信這般看似柔弱安撫的舉動，徑直將手抽回，有些不滿地道：「大皇子禁足都解了，你若真這般空閒，不如先將玄霄營的事情解決了。」

她除了不滿，還有幾分心慌，一月之期越發近了，然而沈執卻始終未有動作，連元嘉帝都當眾斥責過他。

昨日大皇子解了禁足，今日就重回朝堂，這消息迅速傳遍了京城，水患之傷歷歷在目，無數的江南百姓還在等著重建家園，不滿之人當然有，但那是皇上的定奪，明面上的動靜一概被壓了下來，連沈執也被打壓一番。

這段時日姜眠在臻祿居住下，連清棠閣都少回，今日她生怕他心中苦悶說不出，想了想還是帶著幾分刨根問底的心思問他，誰知有何苦悶沒問出，倒是被他三言兩語拐上了榻，愣是將上回的「再來一次」了結了。

她驚覺沈執的小脾性，比如在她認可了之後，他便會將其歸為他能夠與她做的事，且積極得令人咬牙切齒，但除此之外不會有分毫僭越。

沈執就像一隻有待開發的小狼崽……有時候姜眠也懷疑他到底懂不懂。

「不急，還未到時候。」沈執眉眼舒展開來，神態愜意無比，他沉吟片刻，說出的話既認真且羞澀，「眠眠，方才……好開心。」

那聲「眠眠」在他低啞的嗓音中，配著他深邃的雙目，便會讓人覺得他似在對著世間珍寶傾訴，姜眠雖嘴上不提，每每卻能聽得耳際酥麻，此刻她哪管得他叫她姜姜還是眠眠，滿腦都是他後半截露骨的話，也不合時宜地跳出方才的畫面來。

她可沒忘記那半個時辰後期，她為了快些結束而下的狠勁，沈執紅著眼、手臂繃緊的場面一晃而過，一瞬間那微妙的報復心理讓她得到最大滿足。

「那……剛才疼得忍不住聲時，也覺得開心？」她問。

沈執的臉上忽而變得紅撲撲，他濃密的眼睫顫著，半晌才答，「嗯。」

姜眠未曾想到他真敢應，好了，論起厚臉皮他可以出師了。

春日漸晚，清棠閣內繁花謝了滿地，連神息草上的小花也沒了蹤跡。

蕭明毓似乎對清棠閣內她種下的藥草情有獨鍾，分明已經搬去別院，卻時不時閒得無事便過來翻弄照料。

姜眠瞧見蕭明毓鬆弄土壤的動作甚至比她嫻熟時，面色怪異。

蕭明毓卻不緊不慢道：「自然是請教有經驗之人學習，我要做的事向來有些原則。」

哦，那是她沒原則了。

「長公主該喝藥了。」院門外遠遠傳來一個溫潤的聲音。

姜眠不由得循聲望去，蕭明毓沒回頭，卻擲了小鏟子，細長的眉微不可察的一皺。

走來的人一身雪白的袍裾，聲音質地溫潤如玉，便連眉眼也極盡溫和，恍若一位謙謙無瑕的貴公子。

姜眠微微挑起了眉，此前雖未見過，但她猜得出這人便是被攔下的蕭明毓的面首。

男子在她身前停下，面龐的笑意一如進來時姜眠看他的第一眼，禮節也是會讓人如沐春風的做派，「宣玉問長公主安。」

他又轉向姜眠，「沈夫人安。宣玉打攪多日未能給夫人問安，心中慚愧。」

姜眠含笑，「無妨。」

蕭明毓這才出聲，聲音不鹹不淡，「你來做什麼？」

宣玉歉意一笑，轉回看著她，目光有些無奈，「長公主再不回來，這藥便要涼了。」

他身後還跟著個侍從，手中穩穩當當地端著漆木托盤，上面的玉碗盛著深色的藥汁。

蕭明毓看著那只玉碗皺眉，「我的事也是你能管的？」

「宣玉不敬之處自當要罰，只是心中會擔憂。」宣玉從漆木托盤上取下那碗藥，聲音清澈，「身體要緊，長公主還是先喝藥吧。」

蕭明毓接過，面無表情地飲盡了。

姜眠不動聲色地看在眼中，開口詢問：「長公主生病了？可要緊？」

「陳年舊疾罷了，不礙事。」蕭明毓眉眼淡淡。

她將碗還回，宣玉接過放在托盤中，又遞了手帕過去，動作行雲流水，彷彿服侍多回。

姜眠雖懷疑她這般年紀能有何陳年舊疾，但也並未再問，識趣地進屋。

天色暗淡，沈執自京外回來，路過姜眠喜愛的一家鋪子，這家點心很出名，他翻身而下，打算給她帶些回去。

未料剛進去，一抹身形朝他接近，沈執捕捉到那人身上香粉的氣息，他背對著在那人貼得更近時猛然出手——

「將軍……是我！」那人柔弱的聲音陡然激動起來。

沈執收了手，他轉過身，目無波瀾地看著眼前的女人。

「將軍可還記得我？我是姜瑜，那日在將軍府多受阻礙，未能與您說上話。」姜瑜巴掌大的臉上表情由驚轉喜。

她這些天來心中忐忑，心中所想越發清晰，她要見沈執一次——不能在將軍府，若是她去了將軍府，少不了對上的又是姜眠，她怎會不知那賤人攔著不讓她和沈執見面。

那日回去後，姜瑜夜晚總是輾轉難眠，她忘不掉那驚鴻一瞥，那俊美如玉的人本該是屬於她的，是姜眠奪取了她的東西！

姜瑜不甘心，無論如何她都要讓沈執知道姜眠的真面目，等待多日，直至今天她才終於等來這個機會。

看著眼前長相清雋的人，姜瑜臉頰微紅，「我有些話想同將軍說……有關我姊姊。」

她尚在襁褓中時便流落在外，養母是個破落戶，將她帶回家寒酸了十七載，她才找回真正的家人，她親生的爹娘待她極好，本是該公佈身世，再將與沈府的姻緣從姜眠身上換回，可當時沈執受冤褫位，她定然是不能隨意嫁去的……都怪那個二皇子！

這也致使如今姜眠在名義上還是她姊姊，可她分明是姜府獨女，相比起姜眠的臉以及她原先孤兒的身分，終究是自己更適合站在他身邊。

沈執鬆了口，兩人來到了一間包間，姜瑜懷著幾分歡欣，斟了茶遞至他面前，「將軍請喝。」

她儀態學得極好，確定將自己方才那一幀一幕的動作都做得優雅嫻靜。

但沈執一眼未瞧，也未搭理她遞來的茶，「何事，妳說吧。」

姜瑜面上有些難堪，「將軍可知……您如今的夫人並非面上那般純良？」

沈執凝眸看她。

姜瑜咬了咬牙，將事情說出，「姜眠她其實根本不是我的姊姊，也並非什麼姜家小姐，我、我才是姜家獨女，和您的姻緣也本該是……」

她話未說完，卻聽見了沈執的輕笑，「那我是該謝謝你們姜家，將她送來我身邊。」

姜瑜大腦瞬間停止了轉動，臉上溫柔的笑意也凝滯，什、什麼？

未給她說話的機會，沈執又道：「姜小姐，我也有一問。」

姜瑜不解方才那句話的意思，仍抱著一絲沈執因她的話動容的心思，卻不敢再出聲。

沈執目光毫無溫度，「姜府那場火是如何起的？」

姜瑜表情瞬間凍住，「是、是那日她的侍女守夜不利……」

「是嗎？」

姜瑜強忍著與他對視，「是真的。」

沈執最後看她一眼，「我會查明。」說完便轉身出了門，他還得給姜眠買點心。

姜瑜順著桌子滑落在地，思緒已經全然崩盤，眼淚如斷線的珠子一般滑落，她不知沈執聽了這些為何還會這般護著姜眠，明明不該是這樣的！

沈執快到家之際，碰見了宮中內侍，為首馬車中的人是元嘉帝身邊的大太監王臣，看樣子剛從將軍府出來。

王臣看到他，打了聲招呼，「沈將軍安好，咱家剛給淑寧長公主宣完旨，正要回呢。」

沈執沒什麼好說的，微微頷首，「公公一路走好。」

瞭望四周，沈執感知到自從蕭明毓來後，將軍府周圍多出的那些氣息已經蕩然無存。

他進了府，正巧看見姜眠走來，她原先神色還有些不自然，倒是看見他時眼前亮了亮。

「方才來了聖旨，聖體難安，要長公主即日回宮。」姜眠低聲和他說，「長公主說給她幾日的時間。」

「嗯。」沈執早有猜測，仗著身高優勢忍不住摸了摸她的頭，「無須擔心，遲早要面對的事，她心中應該自有結論。」

話畢，宣玉的聲音遠遠傳來，一如初聞時溫和，「沈將軍回來得巧，將軍可有空，長公主有事相商。」

沈執望了那人一眼，眉心一蹙，轉頭對姜眠道：「妳先回去等我。」

他將手中帶回的糕點一同遞給她。

姜眠知他有正事，接過糕點，「那你先去吧。」

沈執捏了捏她的手心，隨著宣玉來至蕭明毓面前。

蕭明毓應當是換了身衣裳，華服加身，顯出幾分長公主的威嚴來，她也沒廢話，只說了一句，「大皇子之事要我如何配合皆可，只不過他那顆人頭得留給我。」

隔日，蕭明毓準備回宮，這時山上的芳菲皆謝盡了，旭日高升，可以說是那段日子溫度最高的一日。

蕭明毓並沒有事先告知要離開，因此當她一襲宮裝，托著一個盆景去臻祿居時，姜眠正和侍女拿了大大小小的被褥出來曬，場面頗為滑稽。

蕭明毓示意姜眠看向她手中蔫巴的幾株藥草，慢悠悠道：「早該先移至盆中的，倒像是我養不好似的。」

姜眠懵了一下，沒想到她還記得這遭，「養得挺好的。」

這些時日，確實只有蕭明毓閒時在她的藥草叢裡費心思。

蕭明毓下巴略微一抬，眼中帶著幾分傲氣，「我將它們帶走了。」

姜眠一愣，這才知曉她現在要走，而後便笑得沒心沒肺，「終於要走了，我可算能清靜些，長公主一路走好。」

蕭明毓輕嗤，又想起她來時的一事，逼近姜眠耳邊，「我這會兒都要走了，說來這麼長的時日，我見妳日日住在這兒，當日所說魚水之歡……該有嘗過透澈吧？」

這是什麼虎狼之詞？沈執未通半分竅她嘗個鬼？

姜眠心中這麼想，但是面上毫不示弱，強撐道：「當然有，這是必須的。」

「啊……」蕭明毓聲音低涼，也不知是信還是不信，「那挺好。」

第十八章　終於圓房了

沈執和陸清林去了裘府議事。

裘洛楚距上回與他們在「蜉蝣」相聚已是多日前，此人心中天性存得住喜存不住憂，在外評價還是副混子模樣，分明所談之事昭示前路險險，談完還能留人闊談。

裘洛楚還未成親，沒有家室，但他卻活脫脫一位情場老手的姿態，摟著陸清林的肩，在沈執越發暗沉的臉色下侃侃而談。

「陸兄問得好，你說的情緣問題吧，我恰好有幾分見解。所謂情之一字，有時候不能單靠天運，既然沒有機緣，我們就製造機緣……」

大概是被那種氛圍浸染，陸清林簡直是近墨者黑，被他哄得理智全失，他在情感問題上依舊荊棘重重，抓到根稻草就對他信服得不行，全然忘了上回被摁到牆上撞傷的自己是聽取了誰的意見。

裘洛楚說到最後自己都乏了，「陸兄，你這心上人委實難追，天下之大，不如換一個追追看？」

陸清林急紅了臉，「不可！感情一事如何能……裘兄是否太過隨意？」

「別那麼古板嘛，陸兄家中可有服侍之人？可知閨房之樂？」他說著便不知從什麼地方抽出些本子，展開至他面前，「我這的畫冊皆是洛神書閣畫技絕倫的孤本，床榻讀物，可增進夫妻感情，保證你看了會起成親念頭……你看沈執做什麼？就他這種悶葫蘆性子，又拚命護他那夫人的，說不準收藏的比我都多！」

「裘兄慎言！」

陸清林是個讀書人，見首豔詞臉都得臊紅半日，寡淡小半生的他哪裡見識過這樣露骨的畫直戳眼前，當即臉紅個徹底，好死不死名義上的主子還在身旁，他不禁後怕地瞥了沈執一眼，觀其反應。

裘洛楚後知後覺，不甚在意的向沈執投去目光，只見到沈執面無表情地舉著酒杯輕酌，而後看了兩人一眼。

兩人之間瞬間隔出好幾個人遠，裘洛楚將東西隨意收至目光搜尋不到之處，並向陸清林眼神示意回頭再給他。

場面瞬間安靜下來，沈執又看了裘洛楚一眼，這一眼相比先前更多了抹審視的味道，裘洛楚眼觀鼻鼻觀心當作沒看到，摳了摳手心，絲毫不知此刻的沈執其實完全聽不懂他們在談論何事，但又對那句「增進夫妻感情」產生了莫大興趣，只好以喝酒的方式掩蓋自己過於激動的內心。

沈執心中的疑惑已經刨到了底，然而這該死的兩人說到一半卻閉了嘴，那本子當中究竟藏了什麼內容？為何說他收藏得多？

沈執好奇到了極點，但顯然沒人願意再提起這個話題，這導致他出裘府府門的時候臉色格外的黑。

沈執思來想去，決定前往裘洛楚口中的洛神書閣。

書閣掌櫃見到這麼個貴人立在面前，他認不出是什麼身分，但也知是個官階不小的人物，心中生出幾分惶恐，小心翼翼道：「大人可是要找什麼書？這市面上流通的除了一些孤本，本店都有。」

沈執垂眸看了他一眼，思慮片刻，「可知閨房之樂……」是何書？

掌櫃聞言鬆了口氣，笑咪咪道：「有！有！本店畫得最好的是柳虛道子，要價三兩銀子一冊，賣得最好的則是淩華仙人的，要價二十文一冊，都出到八冊了，大人您要哪種？」

「各要一冊吧。」沈執乾脆道。

掌櫃喜笑顏開，立刻招呼人將東西包裹得嚴嚴實實，遞到他手邊，「大人您的東西！本店注重隱私服務，絕對不會洩露一絲一毫，您放心！」

沈執雖不知何意，但還是點頭付了錢，想著回到府中他要和姜眠將這些東西看了讀了，日後應該能增進情感。

想至此，他心情十分美妙。

十多本畫冊疊加成一行落在眼裡怪誇張的，沈執提在手中並無大礙，只是姜眠看到他時頗為驚訝，「這是什麼？包得這麼嚴實。」

「書畫冊子。」沈執將東西放於桌面，神色難掩開心。

未來得及解釋，姜眠靠近他身上輕嗅，「你喝酒了？」

沈執臉色微紅，下意識解釋，「喝了些，無恙。」

「哦……」姜眠淡淡瞥了他一眼，準備吩咐冬杏將外頭曬好熏了安神藥草的綢被收回來，「沒醉便好，否則——」

否則如何？沈執眨了下眼，不明所以的看向她。

姜眠惡意的湊近他，在他耳邊低聲道：「否則又只記得親親親，像條小狗！」

沈執一時間紅霞爬滿了脖頸，看她的眼神有些羞澀。

姜眠輕哼了一聲，去做自己的事情，她近來同府醫學了些藥理，今日還幫忙一個受傷的侍衛包紮，老大夫看她頗有天賦，給了不少東西讓她先自己琢磨，剛剛才送到這兒，她正要去收拾呢。

沈執到底惦記著那些畫冊，於是趁這個空擋，他將包裹得結實的外包裝拆了，拿起了最上層的一本。

姜眠回來路過他身邊，沈執正巧翻開了第一頁——

沈執的眼眉跳了跳。

姜眠的腳步卡得死死的，眼眉也跳了跳。

那雙修長穩健的手哆嗦一下而落，展開的第一頁平鋪在了地面上。

一道腳步聲匆匆而來，冬杏的聲音出現在門口，「將軍、夫人，那些冬日用的物件放在哪邊的小倉庫好？」

畫本子鋪陳於地，一陣風順著門欄刮進，迅速翻過幾頁，沈執還未移去的眼落在上面，一瞬間腦袋充血，幾欲脹裂。

這一冊想來是柳虛道子的大作，明明是極為簡約的畫面和色彩，中心交疊的兩道人影卻細緻無比，醉歎的神情亦是勾勒得淋漓盡致，半遮半露，張力無窮。

沈執完全沒想到，所謂閨房之樂是這般的水乳交融……

姜眠飛快掠過沈執紅透的臉面，像個小呆子一樣不知所措。

門口的冬杏不知發生了何事，自她那個角度看是看不出什麼的，然而她見到書掉落的這幕，便下意識進來要給兩人撿書。

見狀，姜眠嘴比腦子快，「妳別動！」

冬杏迷惑不解，但還是頓住了腳步，「夫人，怎麼了？」

「妳……」姜眠結巴了一下，飛快趕人，「當然是放哪個倉庫都不妨礙，這點小破事還用得著細問不成，快去快去！」

「哦。」冬杏只好轉身而去。

冬杏的身影剛在門口消失，姜眠便嗖一下撿起了地上的書，努力壓下自己狂亂的心跳，她沒想到看起來純情得似張白紙的沈執這麼露骨大膽，竟將這種東西帶至她面前。

姜眠倒吸了一口涼氣，抖著手指著檀木桌面上的一遝讀物，突然覺得臉有些熱，「這些都是？」

「不、不是。」沈執手腳都不知往何處安放，他臉已經紅透了，連耳朵也是粉粉嫩嫩的，嗓音裡帶著局促，「我不知道……」

「你怎麼還學會狡辯了？」姜眠瞪了他一眼，東西是他買的，難道還有人能對他強買強賣不成？

她輕輕的摳著手心，男歡女愛在她心中本就無防礙，而沈執只會在她用手對他做過那樣亦折磨亦歡愉的事後，才會乞求讓她對他再來一次，很明顯不懂接下來該怎麼辦。

「你都看了哪些？」姜眠嘟囔了一句，看了應該也通了些關竅吧？

手中的春宮圖冊不愧是三兩銀子買的，連封面都精細得過分，當然，這樣的東西出現在沈執手中，她的反應是震驚遠遠大過羞恥的。

「我未曾……」沈執有口難言，倉皇地覺得自己跳進大江流也洗不清，又伸出手去想阻止她，因為姜眠已經開始漫不經心地重新翻開了那冊子。

這如何能汙了她的眼！

沈執是慌亂的，他聲音小得幾乎聽不清，「我待會便拿去燒了。」

姜眠攔下了他，她所在的世界包羅萬象，見識過的尺度自然比手中這東西大得多，根本算不得什麼，她抬眼去看這個未通一竅的夫君，心念一動，他好像……還未完完全全屬於她呢。

「燒了做什麼，不是還沒看？」姜眠翻了兩頁又合了回去，強勢地塞到面紅耳赤的沈執手中，又走去翻看其餘的冊子，自上而下數了數，微挑起下巴，「加你手上的共十六本，便截至今日吧，你將它們看完，少一本你就別找我說話了。」

沈執聽了她的話，羞愧之餘閉上的眼猛地睜開，似乎連呼吸也不順暢了，捏著本子的力氣幾乎能將它撕裂，「眠眠……」

可姜眠不打算再多說什麼，漫步去了不遠外的榻上，聲音輕挑，「看吧。」

她半倚在榻上，拿起了小几上的醫書，慢慢悠悠記各類藥草的藥性，也不打算管他。

沈執看著手中的畫冊，呆呆站定了好一會兒，隨後又陷入了無限的糾結當中，可他又怕姜眠真的不理他……

半晌過去，沈執終於落了坐，無比艱難地看起了第一頁。

那些畫面露骨無比，等他終於有毅力聚焦，哆哆嗦嗦將上面標注的小字內容看清，就忍不住衝她在的方向開口哀求，「眠眠……」

姜眠不理他，甚至連頭也未抬起，手上還捏著塊點心，不緊不慢的咬上一口。

沈執只好委屈地將頭埋回，翻開了第二頁，沒過多久他便又抬頭，對著姜眠苦苦哀求兩聲，想讓她鬆口。

原因無他，他活了二十一載，終於在姜眠的逼迫之下頭回曉得了男女的異同。

姜眠心中也惱，聽他這般叫喚，簡直一個字也看不進去，他要敢再叫一回她的名，她便喊他閉嘴，或者她離開這裡，只留他一個。

可這個決心下定後，竟然再未聽見沈執的聲音，她忍不住從醫書中抬起頭，卻發現他真認真在看。

太聽話了，怎麼會這麼聽話呢？

姜眠在這個想法裡徘徊許久，想得昏昏欲睡，想到黃昏漸起，等有道身影搖搖晃晃的出現在眼前，她忽然驚醒，發現天要黑了。

燭火燃燒，姜眠清晰地看見明亮的燭光下，榻邊的人裸露出的肌膚皆透著一層薄薄粉色，莫名讓人覺得可愛。

姜眠迷迷糊糊，腦中只剩了個念頭，「看完了？」

她已經完全不記得自己要他看的是何物。

「跳了部分。」沈執如實和她說，他的聲音低得厲害，還夾著絲害羞，重複的太多了，他都是晃眼而過。

原先他還不知，後來才發覺自己打開了新天地，而他愚蠢如豬竟然什麼也不知道。

夜色濃稠了些，一如沈執的聲音，好像也帶著能融入黑夜的黏膩，「看完了，我們……試試嗎？」

他學會了，也可以讓她快樂的。

姜眠一懵，試？試什麼？

她抬眼，看見沈執尤為羞澀的臉，他那雙漆黑的瞳孔彷彿難掩激動，等他靠近，她才發現他身上的溫度驚人的燙。

姜眠後知後覺地意識到，自己像是親手挖下了坑，將自己埋了進去。

她給了沈執這個認知，不好直接拒絕，但她又未做好準備，只得含糊著聲音拖延，「那你……先……先去沐浴，髒死了。」

沒想到一句話叫沈執眼中閃過光，臉紅得厲害，聲音卻很清晰，「我與妳一起，我在書中看了……」

姜眠這下可算知道自己挖的坑有多大了，直至被他抱去浴池，她慌亂的掙扎了下，低聲叫道：「不行，你先將燈熄了！」

沈執見哄不過，屈服道：「得留一盞照明。」

他將人放至浴池邊，逐一去熄滅蠟燭後又返回，用臉去蹭蹭她明豔的，疤痕已快好全的臉蛋，像隻乖巧的狗狗。

但他的動作卻毫無乖巧二字可言，甚至可以說是從未有過的大膽，因為昏暗朦朧的光線下，姜眠身上的衣裳已經被一層一層的剝開，直至不著一物。

姜眠閉著眼，有些不敢對上那雙好奇的、帶著探究的眼。

聽見耳邊的呼吸聲漸漸變得凝重，姜眠羞憤難當，直接竄入了泛著熱氣的浴池當中，水霧氤氳，她只露出了圓潤白皙的肩頭，縮在一角。

沈執被那一幕晃得眩暈，他沉默地剝去了身上的衣物，清雋面龐之下的身體顯出些力量的美感，腹部的肌肉緊實，線條流暢，這點在他貼近時姜眠便有所感受。

伴隨著嘩啦的水聲，細密的吻落下，姜眠腦中亂糟糟的，她微微顫慄，那落下的吻便越發虔誠。

她額上出了細細的汗珠，只覺得水是滾燙的，沈執的身軀亦是，她聽見兩道呼吸聲越發急促纏綿，還有兩個怦怦的心跳聲，占據了所有的感官。

「你別鬧……」姜眠緊皺著眉，尾音抖得厲害，真不知這人究竟學了多少。

他便移了手，看著懷中漂亮得不可方物的人，眼神濕亮，帶著某種乖順的勁兒。

夜聲寂靜，屋外閏喜和冬杏爭辯的聲音時隱時現，偶有幾聲微弱蟲鳴作響，蟬聲幾陣。

浴池間水霧嫋嫋，水花作響，熏得人眼前霧氣升騰，契合的一刻，姜眠在他肩頭重重落下了一拳，淚花湧現，被始作俑者溫柔吻去。

纏綿的吻逼得她話音盡數消盡，姜眠無力的瞪了沈執一眼，他面帶紅潮，環著她腰的雙臂不自覺緊了緊。

浴池間水聲激蕩的聲音漸起，與人聲交融著，流向長遠的寂夜。

翌日，晨光大作。

將軍府的兩個主子向來沒有守夜的規矩，在這兒當差的月銀多、主家脾氣好，差事還少得清閒，這些小廝婢子無事時總一副懶洋洋的調子。

冬杏今日也起得晚了些，她近來隨著姜眠半住在了臻祿居，奈何沈執在時她極少能看到姜眠，兩人若同處一室時根本不需要她，今日更是。

「你說將軍和夫人之間是不是太膩乎了，成日黏在一起，昨日沒入夜便閉門了，今日日上三竿還未起。」冬杏憂心忡忡地問閏喜。

她原先還覺得兩人不夠親近，現在倒是怕他們日日膩過了頭。

閏喜也嘿嘿一笑，雖然他從未見過有什麼動靜，但對自家將軍的本事深信不疑，「我覺得，我們將軍府遲早能添位小主子。」

「你說得對。」冬杏想到這處轉憂為喜，大為信服，以後夫人生了她還能帶團子，應該就沒現在無趣了。

冬杏暢想了一下將來，樂得轉身欲走。

閏喜忙攔住她，「妳這是去哪？」

「嗯？」冬杏眨巴眼，指指東牆，「那邊靠牆的桃花都要被雨打得謝淨了，我乾脆揪禿做些桃花糕。」

「嘿。」閏喜笑嘻嘻，「冬杏姊姊最好了，帶我一份如何？」

「少貧嘴……」

屋中那二位糾纏至夜半，確實還未醒。

還是春末，夜間下過綿綿細雨，空氣間濕氣很重，然而姜眠是被熱醒的，綢被下一雙有力的臂膀環著她入睡，熱度源源不斷從緊貼著她的身軀傳來。

姜眠被這股熱氣刺激得要喘不過氣來，身上極不自在，她皺著眉，忍不住一動。

這一動，身體過度消耗後的後遺症隨之而來，腰處的酸軟感延續到尾骨，某個難以言喻的地方頗有不適，她身體僵了僵，腦袋逐漸被昨日的記憶鋪天蓋地淹沒，那些迷亂的畫面閃現出來。

罪魁禍首還在沉睡中，姜眠撇頭看去，沈執舒展著眉眼，側臉朗月清風，彷佛正安然陷在一個甜美的夢中。

自己渾身無力，對方卻愜意酣睡，姜眠簡直氣不過，抬手便擰上他的腰，這副年輕的身子腰腹硬實，姜眠狠狠下了力。

沈執倏而睜眼，眼神帶著點迷茫，額上幾綹髮絲雜亂，顯出了幾分呆氣。

他愣愣地注視她一小會兒，不知想到了什麼，耳尖變作了粉色的，而後本能的將腦袋湊近她磨蹭。

他未著片縷，姜眠昨夜連那雙佈滿慾色的眼都不太敢直視，更遑論現在，連忙伸手推他，「熱，離我遠些。」

「熱嗎？」沈執只好鬆開了她，他覺得和她相擁十分舒服，忍不住想要有再多些的觸碰，並不覺得熱。

他想起昨日，浴池溫熱的水下她的身體軟滑軟滑的，肌膚覆上了一層粉色，漂亮得不可方物，便連那些細碎的聲音也悅耳至極，叫他如何都聽不夠。

但他還是默默的移開些，就怕姜眠真的會熱，誰知剛與她空出了明顯的間距，他臉色瞬間一變，「眠眠，紅、紅了！」

沈執反應過來可能是自己弄的，手忙腳亂想要看自己是否傷了她。

姜眠臉一熱，不由得惡狠狠剜了他一眼，將那些露出的斑駁痕跡掩得乾淨，「你倒好意思說出口，將我的衣裳拿來！」

思及他犯規的種種，她恨不得將人踢下床！

而他們的關係自那夜後就變得親暱無間，沈執纏她纏得越發熟手，成日在姜眠眼前擺出可憐巴巴的表情，還會趁她午睡之際，偷偷讓冬杏教著做一份甜湯出來，獻寶似的捧到她面前。

直到某日，姜眠驚喜的發現，剩下未滿的那十點情緒值便是在這樣細水長流的日子中滿了，久久未有動靜的系統眼見事情圓滿，總算出來給她道喜。

姜眠迫不及待地跑去書房，此時的沈執正在處理文書，見她一來便抬起了眼。

「沈執！你看我的臉！」姜眠雙手輕輕捏著自己左右鼓起的臉頰肉，示意他看。

她燒傷的痕跡已經全消了，一點也不剩，臉上滑溜溜的，明眸皓齒，瓷白如玉，連皮膚也變好了，散發著漂亮的光澤，放眼京城絕對稱得上一等一的美人。

姜眠牽著他的手讓他摸摸。

沈執順著她，好奇地用指尖碰了一下她的臉。

「好看嗎？」姜眠問他，眼睛亮晶晶的，發現恢復容貌的那一刻，她就下意識要與沈執分享。

「好看。」沈執認真的應她，好看得讓他喉嚨發乾。

他戀戀不捨般用指尖劃向了她的雪頸，在衣領處輕輕一勾，眼神簡直明目張膽。

姜眠因他的動作瑟縮了一下，腦袋後撤，微微不解。

沈執的嗓音有些沙啞，「我那日後又仔細研究了那些圖冊……」絕不會再讓她不適了。

自那夜之後他便食髓知味，與她身體相貼極盡纏綿實在是一件非常有意思的事。

姜眠知曉他的意思，她臉紅了，但心情實在好，並未推辭，「那你別太過分。」

沈執點點頭，濕亮的眼睛透露著開心，他輕輕鬆鬆將她抱起，攬在懷中。

他的書房佈置得十分特別，那扇關著的窗子一同關去了潺潺的流水聲，外頭綠意間清澈的流水淌過假山和竹筒筏，自高處落入池中。

池中栽種有白蓮，此刻蓮葉尚在長成，鋪在池水面上，那裡姜眠還曾去過，赤腳踩在光滑的青石上，觸感十分冰涼。

不過如今她顧不得這些，她的心好似安上了個木魚，每走一步的距離便是咚的一聲。

姜眠還是不敢睜眼，直到被溫熱和濕意包圍時才猛地瞪大了眼，那扇未合緊的窗被一陣邪風吹開，綠色的植藻沾上了星點的水露，在陽光下泛出細碎的光，無助難耐的哭腔掩在外頭瀑布般的流水聲裡……

姜眠出門那日，沈執去了玄霄營。

相比起關在定北侯府的時日，如今她時常出去閒逛，對繁華的京城多了幾分熟悉，碰見姜瑜時她正要進一處酒樓用餐。

「姊姊。」

姜珉聽著那聲音就忍不住發顫，她轉身去看，便見自己這位名義上的妹妹一身鵝黃色織金百蝶裙站在跟前，面容稍微有些蒼白，一雙眼睛秋水盈盈，楚楚動人。

姜珉反應極快，聲音捏得脆生生的，生怕驚了這隻嬌弱的黃鸝，「妹妹！妹妹好巧！妹妹怎麼今日也在此處？」

姜瑜沒理會他的問候，而是瞪著她的臉，她面無表情，眼底卻是深深的不敢置信，聲音甚至微微發顫，「姊姊的臉好了？」

「哦……」姜珉忍不住笑出了聲，「是呀，妹妹不為我高興嗎？」

「當日……姊姊為何瞞著阿瑜？」姜瑜越發蒼白的臉色浮現了幾分慍意。

「瞞著？」姜珉佯裝驚訝，溫聲道：「妹妹原來不知道嗎？我還以為京城傳遍了呢，還是說妹妹聽見了未信？」

姜瑜衣袖掩著的手上緊緊掐著手帕，奮力壓下雜亂的思緒和怒火，「我鮮少出門，應該是錯過了許多消息，姊姊別誤會。」

「那就好，我還以為妹妹見不得我好。」姜珉也不拆穿。

事實上依她前幾日調查來的消息，幾乎可以確定京城那些與自己沸沸揚揚的傳言，包括茶樓那家的說書本子皆和姜瑜脫不開關係。

姜珉倒是想知道，她這番裝模作樣究竟想做什麼？

「怎麼可能……」姜瑜笑意勉強，喉嚨裡發出的聲音十分生硬，「姊姊用過飯了嗎，不如與阿瑜一道。」

「尚未，便一起吧。」今日冬杏未跟出來，姜眠漫不經心的朝門口隨她出來的兩個護衛看去，唇角一彎。

兩人去了二樓的一間包廂，色香俱全的飯食很快上來。

姜眠確實餓了，提箸有一搭沒一搭地吃著，倒是姜瑜一直坐立難安。

她見狀停了筷子，「妹妹可是又有哪裡不適？」

姜瑜臉色微僵，「是有些，東面窗子進來的風吹得頭有些難受。」

「我去關。」姜眠放下筷子，慢悠悠起身，將姜瑜所說的窗子合上，冷不丁看見屏風後有方玄色的衣角半露。

還是個男人啊。

姜眠關好窗回來，已經歇了吃東西的心思，坐下時衣袍剛攏齊整。

姜瑜穩當的推來一杯茶，「飯食乾燥，姊姊潤潤喉。」

姜眠垂眸看了一眼，再抬眼時，看著姜瑜的目光清冷，「其實今日見到妹妹，我還有一事相問。」

姜瑜似乎有點緊張，她過了好一會兒才緩過神，強笑道：「姊姊請問，阿瑜知道的一定會說出來。」

「那好。」姜眠輕笑了下，纖細的手指環上茶杯，緩緩執起。

姜瑜目光閃了一下，心蓋到了嗓子處。

「我想知道，當日我在姜府被困於火中時，妹妹似乎並不在自己院內，那這大半夜的，妹妹到底在何處呢？」姜眠說著，手上的茶杯幾乎貼至唇邊。

姜瑜盯著她手上的動作，口水輕嚥，「在母親屋中，那日是她叫我陪她安睡的。」

「哦？」姜眠那杯茶又落回桌邊，發出不輕不重的聲響，「可母親那日不是回了娘家，第二日才回的？妹妹現在是在撒謊嗎？」

聞言，姜瑜秀麗的臉一點一點變得僵硬，表情也凝住了。

「還有一事。」姜眠瑩白的指尖慢條斯理敲擊著杯沿，她微微歪頭，那雙通透的眼冒出幾分不解。「我很好奇，妹妹在這杯茶裡放了什麼呢？」

姜瑜眼神倉皇到了極致，不小心掀翻了自己面前的那杯，茶水汙了衣裳，她卻絲毫未發覺。

「或者餵到妳腹中再看看反應？」姜眠托腮思考。

「妳想做什麼？」姜瑜慌亂的眼神中流露出一絲害怕，下意識想起身。

姜眠卻快她一步，抓著那杯摻了東西的茶，單手使了巧勁將她按住，從沈執那學來的本事還是管用的，特別是對付姜瑜這種弱雞。

「做什麼這句話不該是我問嗎？」姜眠說話的同時膝蓋已經壓上了姜瑜的腿，一手半環住她的腦袋，掐上她下巴。

姜瑜雙手揮舞掙扎，「妳放手！崔軼……崔軼！」

姜眠的眼神瞬間變得冰冷，用力逼她開口，雖然在姜瑜掙扎之下茶水灑出來半杯，但剩餘皆倒進她口中，並強硬讓她嚥了下去。

「啪」的一聲，杯子落在地面碎作幾片，姜眠朝屏風後瞥去，「怎麼，要我親自請你出來？」

屏風後的玄衣終於露了出來，崔軼冠玉束髮，清俊的面容露出，對上姜眠冰冷至極的眼睛，他蒼白的唇動了動，沒說話。

「姜眠，你不得好死！」姜瑜從漆凳上摔了下去，她拚命摳著自己的喉嚨，然而不過是做無用功。

不過一下子的時間，她身子軟了下去，細碎的哭腔越發明顯，頭髮凌亂、衣裳也亂了，臉卻漸漸泛出了奇異的酡紅，胸口亦起伏得厲害。

姜眠只淡淡的垂眸看她一眼，不用猜也知茶裡放的是何下作的藥物，卻不想這麼快就起了藥效，看來下的分量不輕。

這招術略顯拙劣，但若是真成了，那她就真的無力回天了，只不過眼下可不是他們預想的情形。

姜眠笑出了聲，「我會不會不得好死不一定，倒是妹妹身上的藥要緊些，妹妹不如先關心關心自己？」

姜瑜徹底怕了，她怨毒地瞪著姜眠，但很快眼神便潰散一片，身子忍不住顫抖，一層又一層的熱浪翻湧上來，神智失了大半。

姜眠沒什麼表情，撩起眼皮朝崔軼看去，「這就是你夥同她要用在我身上的招數？崔軼，我以你我二人少年相識的情誼最後問一次，你要對我做什麼？」

「阿眠……」崔軼聲音苦澀，手瞬間攥緊了，「妳不肯見我，我只是想知道妳在將軍府是否受人欺負——」

「好一個受人欺負！」姜眠幾乎想為他冠冕堂皇的話鼓掌，她還沒見過什麼人怕她受人欺負，想到的辦法竟需要聯合她居心叵測的妹妹對她下藥。

一想到這個人想對她做的事，姜眠便覺得噁心到了極致，一個想毀女子清白的渣男，當真以為自己是什麼大情種不成？

姜眠強忍著不適，冷嘲出聲，「那我便好好說說，夫君與我情濃意切，倒也不至於什麼人都能插足的地步。」

她這話不是只對崔軼一個人說，姜瑜能以這般行徑對付她，結合京城傳的那些謠言，看來是對沈執頗有想法，又記恨自己代嫁。

姜眠覺得好笑，別說沈執本就是和原主定了親，當初否認後又將原主推過去的人可是他們，再者她與沈執之間，哪是他們三言兩語能定義的。

不過姜眠還是按捺不住地想，都怪沈執這棵草風騷過了頭，惹桃花！

崔軼久久說不出話來，最終神色痛苦地道：「阿眠，今日之事是我衝動，即便如此，妳明知我對妳……」

姜眠簡直都要氣笑了，不欲再談，轉身欲走。

「阿眠！」

「攔、攔住她！」

兩道聲音接連響起，崔軼皺著眉望了眼地上面色緋紅、難耐到極致的姜瑜，大掌拽住了姜眠的手臂。

「全又！林雙！」姜眠冷喝。

包間門猛地被推開，聞聲闖進的是姜眠帶出來的護衛，早在先前就透過她的眼神得了指令，一直守在外頭等待召喚。

崔軼面色難看，姜瑜則幾乎要叫出聲來，然而一張口便是嬌喘，身上癢得似有百隻螞蟻在爬動。

姜眠扯了兩下嘴角沒能扯開，她忍著怒氣，冷眼看著崔軼，「我最後說一遍，放開！」

崔軼手上的力道大得驚人，盯著她好半晌，手指才一隻一隻鬆開。

姜眠躲開他將衣袖捋平，面無表情的往外走，「走。」

全又和林雙跟上，臨走前不忘將門砰一聲合上。

此時正是用膳的時候，一樓客人往來頗為熱鬧，林雙拍了拍掌，將酒樓客人的注意力吸引過來。

姜眠笑著道：「諸位，誰能去二樓最左邊的包間將地面那只碎掉的茶杯取來送至將軍府，賞銀百兩。」

「可是說真的？」

「如假包換。」

百兩銀子不是小數目，看著穿戴並非尋常人的姜眠，不少人蠢蠢欲動，等還在猶豫的人反應過來，已有人邁上了木梯。

「哎！攔住他！」有人衝著樓梯處喊，腳步急忙追隨了上去。

不少人也都動了起來，一群人往木梯走去，去尋找姜眠說的最左邊的那間屋子。

姜眠悠哉的繞過人群往酒樓外走去，準備回府，她不是聖母，姜瑜用什麼手段對付她，那她就用什麼手段報復回去，便先讓崔軼和姜瑜嘗一下人言可畏的苦頭吧。

全又不知她是何用意，問道：「夫人便這麼輕饒他們嗎？」

林雙跟著道：「小的們可以給一頓教訓的。」

姜眠撫著馬車車簾上的流蘇，淡聲道：「這樣太便宜他們了。京城人不是最愛聽書，且寫個話本送去，叫京城幾家茶樓說上三天三夜。」

京中百姓無所事事者不少，崔軼與姜瑜那般的場面被許多人撞見，接下來幾日茶樓又說了關於他們的話本子，姜府丟失多年的千金和表兄苟且的傳言傳得滿城風雨，這樣敏感的話題甚至無須推手，便遠遠高過談論姜眠和沈執的熱度。

姜瑜自從那日後就閉門不出，她抖著手縮在屋中，幾欲瘋魔，安平侯也自顧不暇，根本無空管住姜府日漸敗壞的名聲。

事情在京城醞釀幾日，終於在京兆府找上姜府和崔府之時被頂至最高峰。

姜眠將他二人告上了公堂！

事情傳到沈執耳中，他手中的狼毫筆瞬間斷成了兩半，臉上表情晦暗不明，怒中好似摻雜著某種愉悅的情緒。

他將斷筆丟下，沒什麼表情地道：「送進去，將他的腿卸了。」

屬下應聲，「是。」

沈執心中燥亂起來，他從前未曾問過姜眠和崔軼的關係，因為他害怕，怕她心中有那人的一席之地，可今日他卻鬆了口氣，腦中充斥著即刻回到姜眠身邊，將她擁在懷中吻得氣息紊亂的想法。

他想與她再行那閨房之樂，撥弄她纖細卻綿軟的腰，聽她情到深處時的淺聲嚶嚀，想得心癢癢。

他發現做這事極是快樂，更想讓姜眠也快活，可那日他學著畫中以唇相試，她哭得厲害，事了卻連連瞪他，也不知是何處犯了錯，想來是他還未學透澈？

皇宮內，侍女躬身合上了鎏金熏爐的蓋子，細煙嫋嫋，龍涎香的香氣流轉四周。

蕭明毓不自覺皺起眉，這個她多年聞過的、厭惡的味道，如今又重現她鼻間，還是如當年一般令人作嘔。

元嘉帝狀態不佳，眉目已顯老態，他揮了揮手，將留在殿內的最後一個侍女也遣了出去，要同她單獨說話。

蕭明毓目光轉向元嘉帝，話音不冷不熱，「皇兄龍體有恙，恐怕身旁不宜少人。」

元嘉帝望著這個久久住在宮外，已經多年未見的胞妹，從鼻孔中哼出了聲，「朕還沒到那個地步。」

蕭明毓並未有什麼特殊反應，「是。」

元嘉帝細細打量著這個妹妹，腦中漸漸浮現出當年她在自己與母后的寵愛之下，快樂無憂的影子，正如漂亮的明珠閃著柔和明亮的光澤，熠熠生輝。

然而當他看到蕭明毓微垂著眸，臉色淡然的模樣，元嘉帝心中產生的一點柔情急速流失，想起了多年都不欲回顧的往事。

蕭明毓一介公主，卻與他隨手賜下的一個卑賤侍衛暗生情愫，明明是他捧在手心疼愛多年的妹妹，卻怨上殺了那侍衛的冊兒，連他這個親兄長也一併恨上，甚至為了與他對抗搬去行宮多年未回！

元嘉帝正想斥責，蕭明毓卻突然走至殿中央跪了下來，叩首道：「淑寧頑劣，和皇兄嘔了多年的氣，每每想起總覺得後悔，然則脾氣控制不下，拉不下臉向皇兄求和，淑寧有罪，向皇兄請罪。」

元嘉帝猝不及防聽了這話，又見她抬頭時眼底似有紅意，心頭一哽，「過往之事，毓兒當如何？」他喚的是她小名，而非封號。

蕭明毓跪於地，輕聲說：「毓兒早已忘懷，區區一個侍衛，便是還活著也不過一面首，毓兒遲早要選駙馬的。」

元嘉帝心中的重石落了地，眉目重歸柔和，他們終歸是一母同胞的兄妹，即便蕭明毓過往犯了錯，罪也不至多重。

「妳想通了便好，冊兒確實也有錯，晚些時候朕將他叫至妳身前，讓他向妳道歉，妳既然已經回來，駙馬一事是該考慮。」

元嘉帝自然聽說了她在外養男寵，雖覺得不悅，但她終於收了心要找駙馬，他仍頗為寬慰，「京中的青年才俊皆由妳選。」

「謝謝皇兄。」蕭明毓的眉眼染上了笑意，不似之前的冷淡。

第十九章　諸事皆落定

夜幕幽深，景陽宮的仙池月影倒映，水光粼粼。

蕭明毓驅走了所有的宮女太監，坐於紫檀梳妝桌前，手上的黑髮猶如光滑的綢緞，她另一隻手執著白玉梳理弄，眼神無波地看著鏡中的自己。

片刻之間，細長的眉陡然鋒利起來，下一瞬，她手中的梳子猛然飛出，砸向了身側的百鳳插屏，「匡」的一聲，玉梳猛烈地震起又翻落，空寂的宮殿劃出刺耳的聲音。

「出來！」蕭明毓轉身而起，她的珠釵與妝容皆卸了，連宮裝也未穿，此刻卻迸發出一股莫名尖銳、凌厲之感。

面對這盛怒的玉容，插屏之後的人卻有條不紊走出，那雙肖似她的眼微微瞇著，帶著探究的味道，「姑姑，多年未見，冊兒甚是想念姑姑。」

蕭明毓就這麼盯著他許久，手在不知不覺中攥得死緊，像是想從那雙眼睛探出些什麼東西來，久久才撇過頭，冷硬道：「大皇子深夜至此所為何事？」

蕭冊走近她，彎腰作了揖，「父皇讓冊兒來給姑姑道歉……這麼多年過去，姑姑還想殺冊兒嗎？」

最後那句彷彿喟歎一般，話音在她耳邊盛放，蕭冊抬頭與她平視，眼中含了三分情，眼尾挑起，帶著笑。

蕭明毓握緊的拳頭驟然張開，被逼到極致後手猛然襲上他露出的那截脖頸，蕭冊卻像早就意識到一般，將她的手瞬間鉗住，反剪到她身後。

他腦袋靠近至她耳畔，看著她劇烈反抗的模樣，笑著道：「姑姑，妳是傷不了我的，冊兒還想同妳說——我從未後悔將那個侍衛殺了。」

蕭冊笑了笑，鼻息在她頸後流連，似要捕捉那份馨香。

「我殺了你！」蕭明毓雙眸赤紅。

「長公主！」殿門打開，面容清秀的宣玉疾步趕來，雙眼陡然睜大。

可下一瞬，蕭冊卻已經放開了禁錮蕭明毓的手，將矛頭對上了宣玉。

皇家人騎射功夫皆有太傅授之，蕭冊大掌將宣玉箍得死緊，對著蕭明毓笑得晦暗，「這便是姑姑多年在宮外所向？確實有幾分相似。」

蕭明毓面無表情看著他。

宣玉未涉武學，受人拿捏有如一隻螞蟻，他稍微一動蕭冊便加大力度，直接卸掉了他的下巴，疼得宣玉發不出一絲聲音來。

「姑姑。」蕭冊眼中有些癲狂，聲音卻逐漸清晰，「冊兒不允許這般人接近妳，一絲一毫皆不可……但就暫且留他幾日伴著姑姑。」

他笑著鬆了手，轉身離去，「姑姑好夢。」

蕭冊剛出了景陽宮，身後即刻有暗衛跟上來彙報。「殿下，閻邱之那處來報，人已經安置妥當。」

沿路的宮燈籠在石罩中，燈火寂寂，漆黑如墨的夜撞出了一片暖融融的光，身形高大的蕭冊不輕不重地捏著手中那象徵身分的麒麟玉，聲音十分愉悅，「按計畫進行便是。」

京外玄霄營邊圍，吳邵正領著一眾衛兵巡視，腳步聲與行動間盔甲摩娑聲在寂夜中分外清明，不知走至哪處，他猛地抽出手中的玄鐵劍，沉喝出聲，「誰在那處？出來！」

「是我。」重重樹影之下走出一人，衛兵中有人舉著火把，可窺見那人身材拔挺魁梧，身上所著是玄霄營校衛統領的服飾。

吳邵將玄鐵劍按了回去，對來人笑道：「閻統兵怎麼到這處來了，夜間意外甚多，弟兄們差些將您當刺客動手了。」

閻邱之背著手，聲音不疾不徐，「我聽到一些動靜追來此處，也以為是刺客，直至聽到貓叫才知認錯。」

「原來如此。」吳邵抬手抱拳，「我等誤會。」

「無妨。」閻邱之揮了揮手，「今日聽聞將軍帶了家眷，不知是何人？」

吳邵耐心解釋，「是將軍夫人，留宿於此。」

「留宿於此？」閻邱之皺眉，「畢竟是女子，有些不合軍營規矩了。」

「將軍之意必然有他的想法，我等只需遵從便可。」吳邵的表情看不出分毫不悅。

閻邱之臉色僵了僵，他想起自己儘管得了沈執允諾，實則在營中的權力少之又少，和以往相比根本不是一回事。

「對了。」吳邵沒管他在想什麼，聲音徐徐道來，「將軍正找您呢，說要問您那清肅之務如何了。」

「我這便過去。」

「正好同路，我們與您一同前往吧。」

閻邱之手握成了拳，「好。」

未過多時，幾人便來到沈執帳外，主帳營前的守衛進去稟報。

沈執聲音聽不出情緒，淡淡道：「傳上來。」

「是。」

就這間隙，姜眠執筆練字的手停下，她抬頭瞥他一眼，望見他闊挺鋒利的眉眼，「不需要我迴避？」

沈執捏了捏她的手心，意思明瞭，她無須離開。

吳邵與閻邱之一同進來，行禮作揖，姜眠則繼續垂下眉握筆寫起來，一副任由他們商議的樣子。

閻邱之見她並未離開，欲言又止，彷彿不甚贊同。

吳邵卻是沒什麼反應，朗聲道：「將軍，閻統兵來了。」

沈執翻著士軍公簿名冊，淡淡的應了聲，「好。」

閻邱之終於收了心，握緊了汗涔涔的手，仔細彙報起來，事畢又道：「共計三百二十五人，此些我查了底，多半是大皇子及各世家安插的勢力。」

沈執抬起了頭，看他眼神輕如羽睫，「確無紕漏？」

閻邱之低下了頭，「將軍當知徹底揪出這些人是不可能的，我……」

「是嗎？」沈執的聲音極輕，落在寬敞的帳中卻清晰可聞。「不若邱之先解釋一番，此人是誰？」

閻邱之不由得擰起了眉，心中不妙的感覺升起。

守衛應聲將人帶了上來，領頭的竟是陸清林，他身後兩個功夫極好的將士壓送著一個黑衣暗探，正被堵著嘴。

閻邱之轉身看到陸清林身後的人，心在剎那間墜到了谷底。

「可認清了，此人可面熟？」沈執的話音不鹹不淡。

閻邱之僵了一下，轉瞬神色茫然，「將軍在說什麼？邱之不懂。」

陸清林冷聲道：「這是大皇子的人，閻邱之，你在二皇子倒臺後又為大皇子做事，假意回頭，實則是至玄霄營對付將軍，證據確鑿，你還有何話狡辯？」

閻邱之緊緊盯著他，說不出一句話來。

吳邵聽進來的一位士兵附耳回稟，看了閻邱之一眼便抱拳道：「將軍，營中八百一十二名士兵已被制挾，聽候您的發令！」

閻邱之神色一凜，整張臉變得蒼白無比，耳邊傳來的那些話彷彿昭示著自己在他人眼中就是個笑話，什麼不計前嫌授他清肅之權，原來這幾人從未對他有過半分信任！

前後皆有人，他朝側邊退了兩步，冷笑了兩聲，指著一干人等，「原來你、你，還有你皆不過是在利用我！既然知曉，又何故戲弄於人？」

一月之期便在今日，清肅出多少人從不是問題，但若事後仍舊鬧出動亂等於證明沈執能力不足，蕭冊的策略便是讓矛盾鬧得越大越好，最好鬧到元嘉帝面前給他看，從而撤換沈執的職位。

不料蕭冊還是低估了沈執，他早有後手。

「自然是為了引蛇出洞。」沈執看著他指來的手，面無表情答道。

閻邱之的表情瞬間垮了下去，隨即神情一變，「阿執、阿執你不能這般對我！我們相識多年啊……這事、這事是我的錯，是大皇子他逼迫我的！我不該向著他來對付你……我知錯了，阿執，昔日我為你吃過刀子的！我……」

陸清林激動地打斷他，「還在狡辯！那次若非你之過，將軍絕不會涉險，你仔細想想，此事你錯有幾分！」

聽到這裡，姜眠忍不住看了沈執一眼。

他臉色算不得好，但開口時仍是四平八穩，「將人拉下去審問。」

閻邱之見沈執堅持要處置他，也不裝可憐了，怨恨地破口大罵，可惜很快又被堵了聲兒拖下去。

「下去吧。」沈執對其他人道。

吳邵最先領著人離開，陸清林幾番看了看沈執神色，最後仍是下去了，帳內很快只剩沈執和姜眠。

沈執起身一把將姜眠抱住，頭倚著她的肩。

姜眠試探著摸了摸他腦袋，卻聽著他沉沉的聲音傳來，「我給過他機會的……」

她沉默了，確實，閻邱之既是得了那份權，他大可按照沈執的吩咐來做，即便抓不出全部的內應，只要不勾結大皇子意欲陷沈執於不義，多年情分又何至於此？

姜眠安慰道：「他是罪有應得。」

「嗯。」沈執的聲音低低的。

「好啦！」姜眠扳回他的腦袋，安撫一般的吻落在他眼皮上，「你看我方才寫的。」說著將宣紙展開至他眼前。

沈執看清了用簪花小篆寫的那句詩，輕聲念道：「言念君子，溫其如玉。」

姜眠附在他耳邊，輕輕念出意思，「思念從軍的夫君，性情似玉般溫和。」

沈執的聲音似乎更低了些，「再念一遍夫君？」

姜眠眨了眨眼，故意笑著用輕柔的聲音道：「夫君。」

緊接著，鋪天蓋地的吻落在姜眠臉上，幾欲將她淹沒……

大皇子蕭冊與玄霄營統兵閻邱之密謀製造動亂的消息，像長了翅膀一般飛至京中百姓的耳中，使得民怨更甚。

元嘉帝沒想到等來的竟是這麼個消息，兒子涉了自個兒的底線，氣得他差點吐血，正要下令貶謫杖罰，蕭冊竟幹出了件更驚天動地的大事兒——

他將自己的父親，當今天子挾持了！

任誰也想不到蕭冊手上竟還藏著一支三萬人的軍隊，就分散在京城當中。

一切都發生在一夜之間，第二日朝臣上朝，眾臣彈劾蕭冊的奏摺還未呈上去，卻發覺來人赫然是蕭冊，緊接著重重的士兵便將金鑾殿圍住了。

這個謀反出其不易，卻也顯現了蕭冊的匆促。

好在沈執提前先帶了一批人馬進入皇宮內部，想來蕭冊仍有顧慮，只先將元嘉帝軟禁在他住的殿中，派了重重人馬守護，沈執便取了巧將元嘉帝換出，帶出宮外。

而後的事情便容易許多，玄霄營的兵馬在外等候多時，鐵劍鎧甲攻入，很快便活捉了蕭冊，連同金鑾殿內一干被嚇壞的大臣也救了出來。

成王敗寇，蕭冊原以為自己會被送進大牢囚禁一生，誰料卻不是這樣，當他看見一身華服，容貌豔麗的人走進來時，瞬間明白了一切。

蕭明毓臉上仍帶著與當年相差無幾的笑容，只是那份純真如今多出了些許鋒利之感，如同她手中的尖刀一般……

一場謀逆來得快去得也快，只是回府路上，不知是蕭冊的哪位忠僕，箭術稱得上高超，射中了駕馬的沈執，一行人將行凶之人殺了，立刻返回將軍府。

箭從肩部穿入，銀質的箭頭上淬了毒，姜眠趕來時沈執已經意識不清，抓著她的衣袖虛弱地道：「別擔心……」

「閉嘴，你別說話！」姜眠幾乎是強忍著淚憋出這句話，隨後幫著太醫拔除那支箭。

生死病痛前世她見的不在少數，離自己最近的一次是養育她多年、伴著她長大的奶奶病逝，那種無力回天的滋味仍藏在她內心深處，沈執的毒傷讓那些她不願觸及的回憶迸發，讓她彷徨，讓她恐慌。

宮中名聲盛望的太醫來了好幾位，傾力相治，幸而中的是常見之毒，並不難解，及時抑制了箭毒擴散。

沈執當夜便發了燒，姜眠親自守了半宿，當沈執轉醒，睜眼看見她的一瞬便要爬起。

聽到動靜，原本睏極小憩的姜眠倏地驚醒，病榻上的沈執未著外衣，露出的上身肌理線條漂亮緊實，只是右肩頭斜繞過腰腹包紮的傷處十分顯眼，紗布上滲出的血跡觸目驚心。

姜眠才因他的甦醒而欣喜，又見他因失血過多而過分蒼白的嘴唇，下意識便阻止他，「你別動！」

她手貼著感受他額頭的溫度，又摸了摸沈執的手臂，感覺他身上那股滾燙的溫度已經消散下去，應該是燒退了。「我去找太醫。」

「我沒……」

姜眠等不及沈執說完一句話，抖著手便匆匆出去喚人，事實上她作為醫者自己也能判斷，但是放在這樣重要至極的人身上，她仍是無法將懸著的一顆心落下。

太醫過來仔細診了脈，又檢查了傷處，親口對她說已無大礙，姜眠才鬆了口氣。

整個過程沈執的眼睛都緊緊跟在姜眠身上，看著她隨著太醫忙前忙後，彷彿回到沈府小院中她操勞的場景，突地有些責怪自己怎就不能小心些，讓她擔憂了。

等太醫走後，他故作輕鬆道：「我無妨了，這傷十天半個月便能好，以前在軍營……」

姜眠聽著他聲音中掩飾不住的沙啞，剜了他一眼。

沈執即刻沒了聲兒，一句話也未再說。

燈火皎皎，姜眠直視他，半晌吐出口氣來，不再追究，「餓了嗎？」

沈執垂著腦袋，搖了搖頭。

姜眠問歸問，卻沒打算聽他回應，算來沈執已經有近一天未進食，這樣身體當然是受不了的，於是她取了清粥來，給他餵了下去。

夜半時分，漫天的星子高懸，沈執用完了粥，輕輕扯著姜眠的衣裳，低聲道：「夜很深了，妳上來陪我一同睡吧。」

姜眠沉默的換了寢衣，睡在外邊，虛虛地將頭偎他身旁，臉蛋深埋得看不見半分，「不會壓著你嗎？」

「不會。」沈執垂下眼看她，本以為她要再說話，但久久過去才聽見她問下個問題。

「疼得厲害嗎？」

「有點……或許妳……」他像是認真一想，未受傷的手穿過她的後腰，貼在懷中緊了緊，「妳親親我，說不準就不疼了。」

姜眠忍不住惱了，「什麼跟什麼？胡說八道。」

但過了會兒，她仰頭，輕盈的吻在他唇邊落下。

沈執將臉貼著她，心滿意足地一笑。

元嘉帝禪位三皇子蕭則，此事在所有人意料之中。

大皇子蕭冊謀權篡位，最後死於淑寧長公主之手，可在年暮之際，徹底壓倒他的卻是接下來的一樁事。

蕭明毓自殺了。

皇室多波折，便是元嘉帝也想不通，他受千萬人俯首敬拜，內裡竟不堪至此。

元嘉帝病來如山倒，監國之權落至了蕭則手中，他以謙遜聰敏之姿躍於政治舞臺上，得了不少民聲和讚許。

目前京中若說最春風得意的，當以躍居國舅身分的裘洛楚莫屬，連以往的臭名聲也蓋不住國舅爺的光輝，一時成為京城侯爵門府的擇婿之選。

當然，裘國舅也有被人嫌棄的時候。

裘洛楚去了將軍府探望沈執，還沒進門便被小廝擋住了，「國舅爺，我家夫人說了，將軍病中不宜下床見客，您就先回去吧。」

「嘖，不見你家將軍，進去喝口茶總行吧？」

小廝笑嘻嘻道：「我家夫人還說了，裘侍郎都成國舅了，哪缺這口茶呢，要真缺了，出門東轉便是酒肆茶街。」

裘洛楚不由得皺眉，看著將軍府的牌匾，又覺得連口茶都不給喝便趕人的作風有些似曾相識，「她還說了什麼？」

小廝裝模作樣的學道：「夫人說：『拜拜了您』！」

「呵！」裘洛楚嗤笑出聲，搖搖頭走了。

沈執確實被姜眠拘著在床上養傷，這養傷之名著實好用，既不用上朝也不用去玄霄營，還能日日和姜眠待在一處，連夢都是甜的。

姜眠幫著沈執換了大半個月的傷藥，怕他傷口觸水，沐浴時會幫著擦洗，有時候沈執難耐地控制不住，便會低低喊她名字。

姜眠望著與他清雋面容分毫不符之處，頭皮發麻，「不行。」

沈執氣息不穩，眼睛睜開，面露茫然，「為什麼？」

「你傷還沒好。」

他囁嚅道：「不妨礙的，眠眠……」

姜眠看著這色令智昏的傢伙，都快氣笑了，「那也不行。」

沈執巴巴地眨眼，他這輩子再也不想受傷了！

日子又過去近一個月，姜眠時常去府醫處學醫術，回來時撞見沈執正走進院門，兩廂止步在原地。

姜眠望著穿戴整齊的沈執，突然意識到了什麼，抱手在原地，「第幾回了？」

沈執卻跳過這個問題，頂著微紅的俊臉高興地拉她的手，「眠眠，昔日與妳成婚時我一無所有，讓妳陪著我受苦，今日我還妳一個婚禮。」

婚禮？姜眠被這兩個字砸得暈暈乎乎，直至與他說定的日子到來，她還是迷茫一片。

冬杏一大清早拉她坐在妝鏡前，開開心心幫她綰髮梳妝。

鳳冠霞帔加身，大紅嫁衣紛飛似火，新娘子明豔婉約，姿態柔美，恍若朝霞中升起的旭日般閃耀，只一眼便讓人心神散亂。

沈執進來的一瞬間呆愣了下，他亦換上了廣袖的紅衣，腰帶束身，襯得身量極高，墨髮用玉冠束起，豐神俊朗，腰間芙蓉玉叮叮作響，與姜眠腰間繫的是一對。

沈執走近，姜眠有些不好意思，她內心是忐忑的，同時亦是十分歡喜。

以前沒想過穿上嫁衣是何種滋味，今日穿上了身，見到與她相同衣裝的沈執，才知將後半生交付給心愛之人，從今往後共患難、共甜苦，是一件多麼令人期待又緊張的一件事。

沈執沒說話，彎下頭，溫熱的氣息拂來，在姜眠漸漸變得淺紅的面龐前低下，與她唇齒交纏，久久才分開。

「我抱妳出去？」

姜眠頂著一雙含情的秋水翦瞳向他點頭。

沈執正想抱她，忽地想起什麼，左右巡視，找著了鴛鴦繡頂的蓋頭給她蓋上。

姜眠的視線落下了一片紅，緊接聽見他隔著紅蓋頭道：「不能讓別人看見了。」

她紅著臉拽緊他的袖子，直把大紅袍子拽得皺巴巴。

沈執愉悅的笑了聲，將她抱出去，送進了迎親的花轎。

沈執無父家，姜眠無母家，婚禮和別對夫妻皆不相同，但不妨礙將軍府外頭堵得水泄不通，舉凡前來蹭著喜氣的百姓，將軍府的侍女小廝們都會分送彩頭。

新娘子一出現，小孩們尤為興高采烈。「新娘子來了！新娘子來啦！」

炮竹聲與迎親樂器吹吹打打的聲音傳來，姜眠坐在花轎中，沈執騎上了前頭掛上大紅花的駿馬，一聲拉長的「起轎」響起，迎親隊伍走上了京城最繁華的朱雀大街，走過姻緣鵲橋，走過東街的三生石月老廟，又回到起點。

滿堂的賓客看著，牽著紅綢的夫妻終於來到了堂前。

一拜天地。

二拜高堂，臺前是沈執生母的牌位，姜眠與沈執久久俯首才起。

夫妻對拜，送入洞房。

喜房裡紅燭搖曳，喜娘的喜慶話連篇不斷，等她出去了，房內唯剩二人。

沈執挑開了姜眠的紅蓋頭，姜眠原先有些熱，此刻面上紅霞一片，像一顆誘人的果實，散發著幽香。

她接過沈執遞來的酒樽，看著他含著情意的雙目，一同將白首不離的誓言交杯飲盡。

外頭依舊鑼鼓喧天，賓客同坐而飲，裘洛楚與陸清林自是會來，幾杯酒入腹，裘洛楚又應對完四面的寒暄，終於有機會同他天花亂墜地聊起天。

「成兩次親，我懷疑他是故意的！沈執他就是在炫耀！」

向來唯沈執馬首是瞻的陸清林這次卻也附和，「我也覺得，但我好羨慕。」

裘洛楚歎了口氣，「誰不是呢？你怎麼樣了？」

「你怎麼樣了？」

兩人異口同聲，而後面面相覷。

時至今日，裘洛楚還是孤家寡人，而陸清林除了心儀的姑娘登門代替砸了他一腦袋的侍女道歉外再無進展，雖然他至今仍可以笑得心神蕩漾。

身後一個醉漢笑咪咪轉過頭，聲音迷迷糊糊道：「好辦啊！你倆在一起得了！」

兩人互看一眼，同時扭頭嘔吐！

【後記】創作之路有苦有甜

舒遙

翻到此頁的你應該知道，《不當反派當賢夫》一書算是正式要和作為讀者的你說再見啦！

很高興大家能陪伴我到這裡，其實寫下後記時，距離撰寫完已經過去了四個月，當時敲下最後一個字是什麼感受，記性奇差的我印象已經很朦朧了，大抵就是激動，很激動，而後是如釋重負。

《不當反派當賢夫》並不是我寫作的伊始，卻是我第一本真正意義上的長篇小說……咳咳，應該算是長篇吧，所以帶給我的回憶彌足珍貴。

這本書的靈感最早可以追溯到一月分，落筆於我的生日之際，可以算作給自己的禮物而生的。大抵是因為一直以來我都懶懶散散，正巧遇到這麼一個可以鞭策自己的契機，於是就有了開頭，也開始了慢吞吞的寫作旅程。

寫作過程並不算順利，那是我課程最多的時候，南方的天氣潮濕，三四月時常飄著綿綿細雨，當時每至晚間放學，總要攜風裹雨地衝回宿舍，然後就一頭扎進電腦前努力構思著劇情。

不少時候，我也會在臨睡前文思泉湧，不得不在忘記前爬起，打開電腦記錄下來，那種充實忙碌又夾帶幾分心酸之感，稍加回想仍能填滿心頭。

學業的壓力和熬夜帶來的身體不適源源不斷，好在總有讀者相伴，時時鼓勵，時時督促，給了我完成這本書莫大的動力。

雖然痛苦，但寫作的過程又是妙趣橫生的，握筆的人用文字表達個人想像，讓每一次轉折，每一個情節躍於紙上，將文字一字一句打磨，再串成珠子連結起來，串成了沈執和姜眠的故事。

《不當反派當賢夫》最初只是我腦海中零星的一些片段，故事之初，境遇淒慘的男女主角被緣分拉扯著湊在一塊，此時一個落魄向死而去，一個掙扎朝生而往，這便是兩人相遇的開始。

寫作之路同時也是認識自己、認識內心的路，或許我在寫故事這條路上才堪堪算邁開腳步的程度，但我也試圖將自己從作者的身分剝離出，以一個旁觀者的角度重溫故事。

在我看來，主角們一路相互扶持、救贖，雖然一開始女主對男主的目的不純，而男主也從女主這裡承了太多恩，兩人之間看起來似乎並不對等，然而他們的情意始終純粹，始終乾淨，儘管苦難壓身，他們依舊享受著相戀的過程，享受愛情本身，這與我寫這個故事的初心恰恰契合。

說到此處，不禁想起其他配角的遺憾，比如與有情人生死兩隔的淑寧長公主，孤獨十載仍舊未得善終；比如平樂郡主和止霖也未能衝破禮法在一起。

對於我而言，穿越這個題材最美妙的便是跨越千年而來，在這個陌生、充滿古典雅致的世界與心愛之人相識相戀，成為彼此的依託和愛戀，此後相守一生，誰也離不開誰，生時同衾，死後同穴。

嗯……囉嗦至此也到了尾聲，在此想重新介紹一下自己。

我是舒遙，從小生長在依山傍水的南方小鎮，喜歡陽光溫暖的地方，喜歡貓，喜歡讀書，常折服於纏綿悱惻的故事下。

文字給予我的力量是磅礡的，也很榮幸新月給予這次的機會，能讓我用《不當反派當賢夫》這部作品來與你們相遇，感謝新月和你們，也感謝我自己，期望在未來的某一天，我們都能與更好的自己重逢。

祝好。

二零二一年十月一日

藍海系列
仵作娘子探案錄
全四冊
白玉樓——著
破案率滿分的女仵作VS.睿智的大理寺少卿
且看這對「前」夫妻如何聯手破案，
帶著娃兒再續前緣～
新月購物市集：shopping.crescent.com.tw

藍海系列E111901-04

《仵作娘子探案錄》

孤身帶著娃兒生活，紀嬋照樣過得風生水起，
她憑藉現代驗屍知識，女扮男裝當仵作，成為縣太爺倚仗的重要人物，
並因為奇特的解剖手段與分析，入了大理寺少卿司豈的眼，
眼見他因宿敵被殺而成為被懷疑的對象，她抽絲剝繭為他洗清嫌疑，
如今但凡有什麼疑難懸案無名屍等等，他都會找上她，
這人倒是有趣，會在她解剖時仔細觀看，還敢跟擺弄完頭骨的她一起用飯，
對於她那些難以解釋的現代判斷方法，他也能仔細傾聽加以理解，
這樣一個膽大心細的人，怎麼就認不出她是多年前與他和離的孩子他娘呢？

10／13 攜手辦案無人敵 上市！

藍海系列 E112201

不當反派當賢夫

BLUE OCEAN

藍海

作　　者──舒遙
總 編 輯──徐肖男
副總編輯──王絮絹
編　　輯──黃欣誼、呂玠蓁
排版編輯──林若瑩
出 版 社──藍海製作有限公司
社　　址──台北市文山區興隆路二段22巷7弄2號
電　　話──（02）2930-1211（代表線）
電　　傳──（02）2930-4159
郵撥帳號──50135261
網　　址──http://www.crescent.com.tw
客服信箱──order@crescent.com.tw
總 經 銷──功倍實業有限公司
地　　址──新北市新莊區中港路751-2號
電　　話──（02）8521-9105
電　　傳──（02）8521-9145
初　　版──2021年10月
法律顧問──張亦君

國際書碼◎ISBN　978-986-527-339-2
Printed in Taiwan
定　價：新台幣330元
（本書遇有缺頁、倒裝請寄回更換；破損，髒汙者，請於購買日七天內連同發票寄回更換）

書海廣袤，藍海領航！

為了能找到更多閱讀的寶藏，我們需要你的參與！
請與我們分享你的想法，不管是鼓勵還是指教，都是我們最佳羅盤。

基本資料填妥，寄出回函的讀者，就有機會收到電子報、試讀本，及更多優惠資訊。

讀者基本資料

新月官網會員帳號：　　　　性別：□女 □男
姓名：
年齡：　　　手機：
地址：□□□□□

E-Mail：
□我要收到新月風實體書訊(季刊)　□我要收到電子報購書資料

讀者意見表：

Q1.請問你所買的書是＿＿＿＿＿＿＿＿，是從何處購買？
□新月官網 □便利商店 □租書店 □實體書店，店名＿＿＿＿＿＿
□網路書店＿＿＿＿＿＿ □其他＿＿＿＿＿＿

Q2.請問你購買本書的原因？（可複選）
□封面設計 □作者 □文案介紹 □書名 □優惠活動 □網路推薦書 □故事題材
□其他＿＿＿＿＿＿

Q3.請問你對本書的評價是？（請分項填寫代號：A.非常滿意 B.滿意 C.普通 D.需要改進）
封面設計＿＿ 書名＿＿ 文案＿＿ 內頁編排＿＿ 故事內容＿＿ 價格＿＿

Q4.請問你較偏愛的故事類型是？
□古代 □現代 □都愛，只要是喜愛的題材都看。

Q5.承上，有特別喜愛的故事題材嗎？（可複選）
□穿越時空 □前世今生 □青梅竹馬 □麻雀變鳳凰 □婚後談情 □破鏡重圓 □歷史架空
□宮廷鬥爭 □都會愛情 □青春校園 □其他＿＿＿＿＿＿

Q6.請問你最常從哪些管道得知新月的新書資訊？（可複選）
□新月官網 □實體書店 □網路書店 □租書店 □新月電子報 □新月風書訊
□新月粉絲專頁 □其他＿＿＿＿＿＿

Q7.請問你是否曾經透過電腦或手機等3C產品的方式閱讀作品？
□是，很習慣這種閱讀方式 □是，但還是比較喜歡實體書 □否，但想試試看
□否，也不想嘗試

Q8.請問你還喜愛哪些作者？（不限出版社）＿＿＿＿＿＿

Q9.最後，請寫下對我們的意見與建議，謝謝！＿＿＿＿＿＿

請沿虛線剪下，直接投遞（不必貼郵票，謝謝！）

姓名：

地址：

藍海製作有限公司 收

(116-87) 台北市文山區興隆路2段22巷7弄2號1F

廣告回信

台灣北區郵政管理局登記證

北台字第10739號

免 貼 郵 票

藍海

（請沿此虛線折疊後郵寄）

全民大普查

①請問你是新月官網的註冊會員嗎？

□是 □不是 □不知道新月有官方網站（請跳至第4題）

②請問你平均多久瀏覽一次新月官網？

□每天 □一個星期 □一個月 □三個月以上

③請問你瀏覽新月官網的主要目的為何？(可複選) □活動資訊 □新書資訊

□會員交流 □問題解答 □購書 □新書試閱 □線上閱讀 □其他 ________

＊新月官網不定時更新線上免費閱讀小說。

④請問你知道新月有FACEBOOK粉絲專頁嗎？

□知道 □不知道（請跳至第6題） □沒在玩FACEBOOK（請跳至第6題）

⑤請問你對新月粉絲專頁中哪些內容較有興趣？(請依喜好程度填上1、2、3)

□活動資訊 □新書資訊 □周邊資訊 □小編閒聊 □新月近況更新 □貓咪日常

□編輯推薦 □作者專欄 □其他 ________

⑥請問看到藍海美人魚的圖像，你會聯想到新月嗎？

□是 □否 □不太確定 □不知道藍海美人魚是誰

⑦請問你曾經在哪些管道看過藍海美人魚？ □新月官網 □書籍內頁

□周邊商品 □新月粉絲專頁 □新月展場 □不記得 □其他 ________

更多新書資訊及最新優惠活動請上新月購物市集查詢 shopping.crescent.com.tw

如有問題可以E-Mail至order@crescent.com.tw或利用客服專線02-29301211轉266，我們將竭誠為您服務。

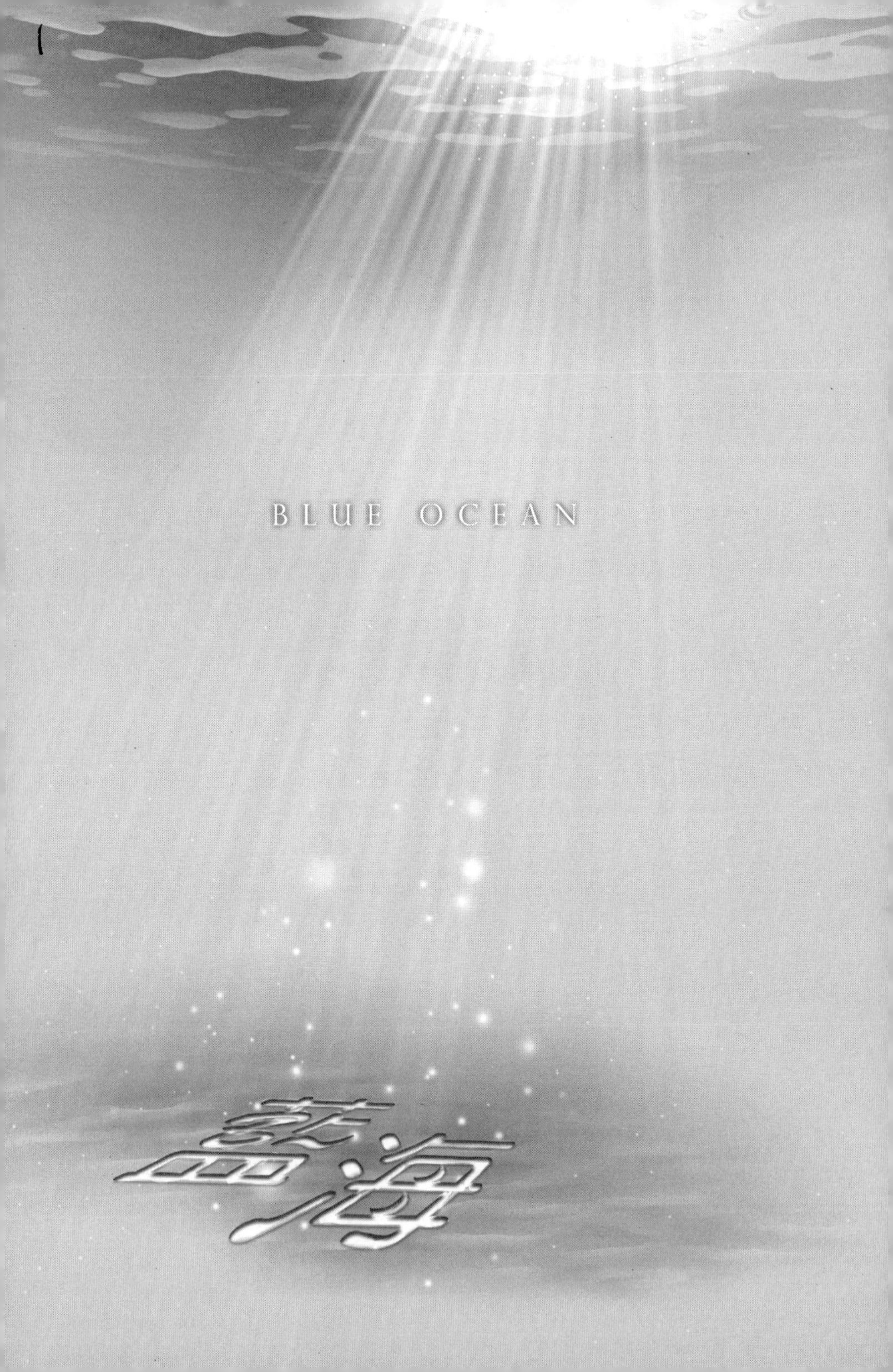
BLUE OCEAN
藍海